CW01647842

Colecție coordonată de
Alexandru Arion

CRIME SCENE PRESS

Ragnar Jónasson
Negură
Titlul original: *Myrknætti*

CRIME SCENE PRESS
Piața Presei Libere nr. 1
e-mail: redactia@crimescenepress.ro
tel.: 021.317.91.37; 021.317.91.42; fax.: 021.317.91.43
www.crimescenepress.ro

CRIME SCENE PRESS

Director editorial: GEORGE ARION

Descrierea CIP a Bibliotecii Naționale a României
JÓNASSON, RAGNAR
Negură / Ragnar Jónasson ; trad. de George Arion Jr.. - București : Crime Scene Press, 2020
ISBN 978-606-8959-59-7

I. Arion, George, jr. (trad.)

821.113.3

Coperta: ALEXANDRA BARDAN
Redactor: ALEXANDRU ARION
Tehnoredactor: LAURA TIBĂR
Bun de tipar: octombrie 2020

CNI CORESI
Tipărit la C.N.I. „CORESI" S.A.

Autorul ține să mulțumească locuitorilor din nordul Islandei și celor din Siglufjörður în mod special, precum și celor din Landeyjar pentru că s-a folosit de aceste locuri în cartea sa. Trebuie precizat, însă, că aceasta este o operă de ficțiune și că niciunul dintre personajele care apar în carte nu are corespondent în realitate.

Ragnar Jónasson

Negură

traducere de George Arion Jr.

CRIME SCENE PRESS
2020

Scriitorul islandez **Ragnar Jónasson** s-a născut la Reykjavík în 1976. Lucrează ca avocat și predă legislația privind dreptul de autor la Facultatea de Drept a Universității din Reykjavík. În trecut, a lucrat în televiziune și radio, chiar ca reporter pentru Radiodifuziunea Națională Islandeză. Înainte să-și înceapă cariera de scriitor, Ragnar a tradus paisprezece romane ale Agathei Christie în islandeză și a publicat mai multe povestiri scurte în reviste literare din Germania, Marea Britanie și Islanda.

Cărțile lui Ragnar s-au vândut în peste 1 milion de exemplare în toată lumea, iar numărul e în continuă creștere. Au fost răsplătite cu numeroase premii și distincții în Islanda, Marea Britanie și Statele Unite.

Cele două serii care l-au consacrat pe Ragnar sunt Dark Iceland (care îl are în centru pe tânărul Ari Thór) și Hulda (cu detectiva care poartă același nume). Drepturile pentru Dark Iceland s-au vândut deja în 30 de țări.

Ragnar a fondat prima filială a Crime Writers' Association din afara Marii Britanii, în Islanda, și e cofondator al festivalului internațional de literatură mystery & thriller Iceland Noir, care a fost declarat în The Guardian „cel mai bun festival de literatură polițistă din lume." Locuiește la Reykjavík cu soția și cele două fiice.

Pentru mama mea și tatăl meu

Nota autorului

Aş dori să le mulţumesc mai ales detectivului Eiríkur Rafn Rafnsson, procurorului Hulda María Stefánsdóttir, doctorului Helgi Ellert Jóhansson şi doctorului Jón Gunnlaugur Jónasson. Orice greşeli care au rămas în versiunea finală a acestui roman sunt datorate în exclusivitate autorului.

Fragmentul din poemul scris de Jón Guðmundsson cel Învăţat a fost preluat din *Fjölmóður – ævidrápa Jóns lærða Guðmundssonar* (*Fugaciul – poemul autobiografic al lui Jón Guðmundsson cel Învăţat*), cu prefaţă şi note de Páll Eggert Ólason.

Informaţiile despre efectele erupţiilor vulcanice din Islanda resimţite de-a lungul istoriei în Siglufjörður sunt preluate din cartea *Siglfirskur annáll* (*Cronicile din Siglufjörður*), scrisă de bunicul meu, Ð. Ragnar Jónasson, şi publicată în 1998.

Omul trebuie să aştepte
Să se risipească negura nopţii,
Cu trecerea vremii,
Când sorţii sunt aruncaţi,
Să îndure tăcut
Povara suferinţei,
Ăsta-i darul lui Dumnezeu
Pe care el îl mărturiseşte.

Jón Guðmundsson cel Învăţat (1574-1658)
fragment din poemul său autobiografic, *Fjölmóður* (*Fugaciul*)

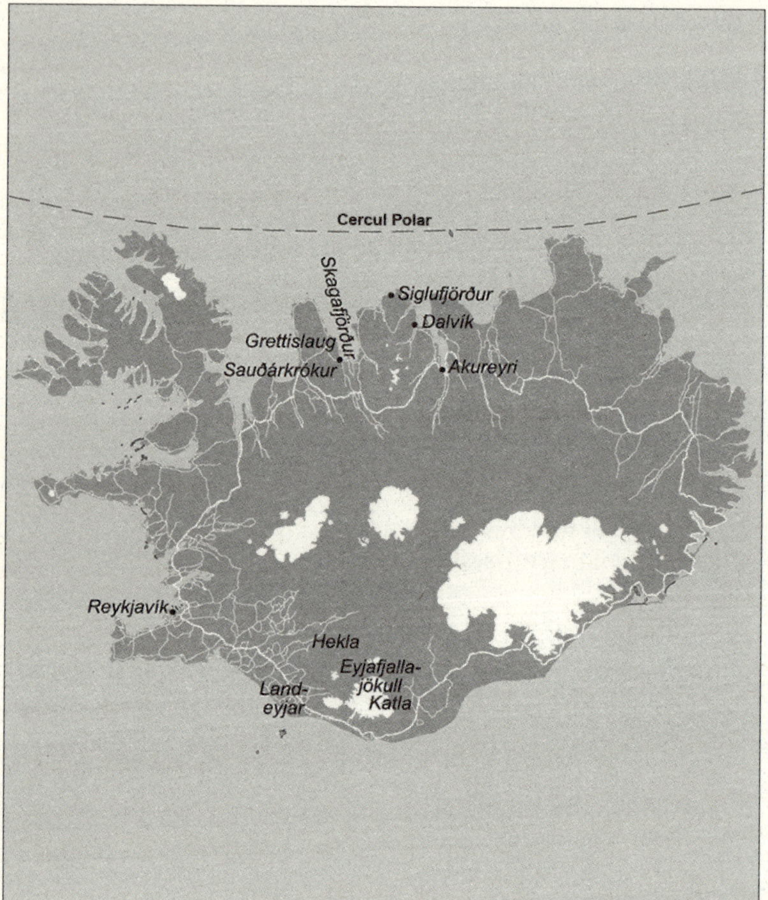

Cercul Polar
Skagafjörður
Siglufjörður
Dalvík
Grettislaug
Sauðárkrókur
Akureyri
Reykjavík
Hekla
Eyjafjalla-
jökull
Land-
eyjar
Katla

Acțiunea din *Negură* are loc în iunie 2010, după întâmplările din *Orb în zăpadă*, primul volum din seria Dark Iceland.

PARTEA ÎNTÂI: PRIMA ZI
VARA

1

Cum ți se pare Islanda?

Venise în Islanda măcar ca să scape de genul ăsta de întrebări.

Ziua începuse bine, cu o dimineață de iunie scăldată în soare – nu că în perioada aceea din an ar fi existat vreo diferență precisă între dimineață și seară, pentru că soarele strălucea tot timpul, aruncându-și lumina orbitoare oriunde cuprindea cu privirea.

Evan Fein așteptase cu nerăbdare să viziteze insula de la marginea lumii locuibile, și acum iată că tânărul din Ohio, student la istoria artei, se bucura de primul lui sejur în Islanda. Natura își concentrase energiile, parcă ținând morțiș ca după criza financiară să aducă și mai multe necazuri pe capul locuitorilor, oferindu-le două erupții vulcanice, una după alta. Dar activitatea vulcanilor părea să se fi domolit pe moment, iar Evan tocmai ratase cele două evenimente.

Era deja de câteva zile în Islanda. Întâi se bucurase de atracțiile din Reykjavík și de locurile pentru turiști, apoi închiriase o mașină și pornise spre nord. După o noapte petrecută într-un camping de la Blönduós, plecase la drum dimineața devreme, îndreptându-se spre Skagafjörður. Își cumpărase un CD cu balade islandeze vechi, iar acum îl introduse în aparatul mașinii, bucurându-se de muzică fără să înțeleagă o iotă din versuri, mândru că era ahtiat după călătorii și se cufunda în cultura țărilor pe care le vizita.

Urmă drumul șerpuitor spre Thverárfjall, pe care-l părăsi când ajunse în orașul Sauðarkrókur, aflat pe partea cealaltă a peninsulei. Voia să vadă Grettislaug, străvechile băi cu ape termale, marcate cu megaliți, despre care știa că trebuie să fie undeva pe-aproape, nu departe de țărm.

Conduse încet pe cărarea desfundată până la stațiune și se întrebă dacă nu cumva pierdea timpul încercând să dea de ea. Însă gândul că putea să se relaxeze puțin în apa fierbinte, bucurându-se și de frumusețea împrejurimilor, și de calmul dimineții, era prea ispititor. Conducea ca melcul, făcând mieii care stăteau pe marginea drumului să se împrăștie care-ncotro, dar stațiunea se încăpățâna să rămână nevăzută. Evan începu să se întrebe dacă nu cumva ratase un viraj și începu să încetinească în dreptul fiecărei ferme, încercând să-și dea seama dacă intrarea spre stațiune nu era cumva ascunsă dincolo de terenul unui fermier sau în capătul unei ulițe lăturalnice. Oare mersese prea departe?

În cele din urmă văzu o casă frumoasă despre care, când o privi mai de-aproape, constată că era numai pe jumătate construită. Nu se înălța departe de drum și în fața ei era parcată o dubă mică, gri. Evan trase pe dreapta. Apoi tresări.

Șoferul dubei, care poate că era chiar proprietarul casei, era întins pe jos. Nu se mișca. Oare-și pierduse cunoștința? Evan își scoase centura de siguranță și dechise portiera fără să oprească motorul. Baladele din alte vremuri zumzăiau în continuare din boxele minuscule ale mașinii, făcând întregul tablou să pară suprarealist.

Evan începu să alerge, apoi încetini când cuprinse cu ochii toată scena.

Bărbatul era mort. În privința asta n-avea niciun dubiu. Trebuie să fi fost un bărbat, judecând după conformație și părul tuns scurt. Dar îi era imposibil să-i identifice chipul. Îi fusese transformat într-o explozie de sânge.

Unde fusese cândva un ochi, acum nu mai era decât o orbită goală.

Lui Evan i se tăie respirația. Se uita năucit la cadavrul din fața lui, scotocind cu greu după telefonul mobil pe fundalul sonor al baladelor islandeze, care făceau notă discordantă.

Se întoarse brusc, vrând să verifice dacă nu cumva atacatorul bărbatului se afla în spatele lui.

Nimic. În afară de bărbatul mort, Evan era singur.

Lângă cadavru era o scândură mânjită de sânge – arma crimei?

Evan vomită, luptându-se cu gândurile care-i inundau mintea.

Gândește. Liniștește-te.

Se așeză pe pajiștea din fața casei și formă numărul de urgență, dorindu-și din tot sufletul să fi ales altă destinație de vacanță.

Islanda e unul dintre cele mai sigure locuri din lume, scria în ghidul pe care și-l cumpărase.

Ochii îi fugeau lui Evan în toate direcțiile, sorbind imaginea soarelui cald de vară care-și arunca lumina peste câmpiile verzi și munții uluitori, parcă suspendați în depărtare, și ale cărui raze scânteiau reflectate de insulele superbe și de apele albastru-deschis ale fiordului din apropiere.

Nu mai e un loc sigur, își zise când se făcu legătura cu centrala.

Nu mai e.

2

Bâzâitul unei muşte care se aventurase prin fereastra deschisă a dormitorului o trezi pe Ísrún, făcând-o să verifice cât e ceasul şi apoi să înjure când îşi dădu seama că e încă mult prea devreme. Căscă şi-şi întinse braţele. Nu s-ar fi întâmplat nimic dacă ar mai fi dormit puţin, iar tura ei la redacţie începea abia la nouă şi jumătate. Se ridică pe coate şi se uită afară la copacii înalţi din grădina comunală şi la blocul de vizavi. Părea că urmează o zi lipsită de evenimente importante. Vulcanul se calmase deocamdată şi, acum că venise vara, oraşul era liniştit. La fel şi redacţia. Cu o zi înainte mersese la un festival de vară împreună cu un cameraman. Nu trebuia decât să pregătească un material de umplutură pentru buletinul de ştiri de seară, ca să-l încheie într-o notă veselă. Erau şanse să nu-l difuzeze oricum, pentru că de obicei apărea ceva mai consistent care lua locul materialelor superficiale.

Făcea parte din aceeaşi echipă de ştiri de zece ani, chiar dacă existaseră şi mici pauze. Intrase în media direct din facultate, ca *freelancer*, şi continuase aşa până obţinuse diploma în psihologie. Deşi avusese o tentativă respectabilă să se angajeze în domeniul sănătăţii, constatase că-i lipsea efervescenţa din redacţie şi de-a lungul timpului tot reluase şi oprise colaborările cu toate că, în acelaşi timp, făcuse chiar şi un masterat în Danemarca şi acceptase un post temporar la un spital din Akureyri. Dar în urmă cu optsprezece luni Ísrún îşi dăduse demisia de la spital şi se mutase înapoi la Reykjavík, dornică să se întoarcă la vechiul serviciu de la televiziune.

Mulţi dintre foştii ei colegi plecaseră, înlocuiţi acum de chipuri noi, dar unii dintre cei de bază rămăseseră. Când își depusese prima oară candidatura, în urmă cu mulți ani, nu avea așteptări serioase să fie acceptată. Crezuse că cicatricea de pe față însemna din start că nu o să apară pe ecran, dar fusese acceptată cu brio, iar semnul nu se dovedise un obstacol pentru cariera ei. Se mângâie pe obraz. Cicatricea îi era acum la fel de familiară ca toate celelalte trăsături. Era amintirea unui accident din copilărie. O rudă în vârstă scăpase cafea fierbinte pe ea când avea doar câteva luni. Un obraz îi era complet desfigurat și, cu toate că învățase să se machieze cât să fie mai puțin vizibil, tot sărea în ochi. Dar poate că tocmai din cauza cicatricii fusese atât de hotărâtă să se angajeze la o televiziune. Era o ocazie să arate lumii întregi – sau măcar publicului islandez – că nu avea de gând să lase un accident s-o oprească.

Ísrún se ridică în capul oaselor și se uită mulțumită în jur prin camera aerisită, minimalistă. I se potrivea de minune să locuiască singură. În ultimii doi ani nu mai fusese cu nimeni – cea mai lungă perioadă din viața ei fără cineva alături. Mutarea în Danemarca, la studii, însemnase sfârșitul relației cu fostul prieten. Erau împreună de cinci ani, dar asta nu se dovedise suficient ca să-l convingă s-o însoțească – și nici s-o aștepte. *Mă rog*, își zisese ea, *problema lui.*

Spre surprinderea ei, jobul de la televiziune îi oferea mai multe satisfacții decât psihologia, dar lucrurile pe care le învățase la facultate o ajutau, fără îndoială, în profesia de jurnalist. Avea ocazia să vadă ceva diferit în fiecare zi, să stea de vorbă cu personaje interesante și să spere că o să-i pice și ei la un moment dat un subiect fierbinte. Acelea erau cele mai bune zile. Era dependentă de puțină presiune, dar nu-i plăcea stresul termenelor care se apropiau întruna. De multe ori, pe tură nu erau destule persoane și era dificil să predea materialele până la sfârșitul zilei de lucru. Era un lux rar dacă apuca să petreacă mai mult timp asupra unui material sau dacă reușea să se documenteze în profunzime pentru un subiect.

Ísrún închise ochii, încercând să se oblige să adoarmă din nou, dar cum bâzâitul muștei continua într-un cotlon al camerei deschise brusc ochii, iritată.

Se ridică din pat și după câteva minute era deja pe stradă, în echipament de alergare, hotărâtă să profite la maximum de faptul că începuse ziua devreme. Trase adânc în piept aerul dimineții, căruia-i lipsea prospețimea obișnuită. Avea un gust acru, era stricat de reziduurile vulcanice rămase după erupția din ghețarul Eyjafjallajökull, din partea de sud a Islandei, care în primăvară împroșcase în aer cu cenușă, blocând traficul aerian de pe jumătate din Glob. Nici nu era de mirare că musca se refugiase în casă. În timpul și după erupții, cenușa ajunsese de multe ori deasupra orașului, chiar dacă vulcanul se afla la o distanță considerabilă. Afecta pe toată lumea, îți înțepa ochii și îngreuna respirația. În zilele cele mai rele, celor care sufereau de astm sau afecțiuni asemănătoare li se recomanda să rămână în casă. Erupția se oprise, mai rămăsese doar cenușa din aer, dar lumea se temea că activitatea seismică avea să declanșeze erupția unui alt vulcan feroce, Katla, care ar fi avut consecințe mult mai devastatoare.

Ísrún locuia într-un apartament mic, cu două camere, într-un cvartal de lângă Universitatea din Islanda, și își făcuse un obicei să alerge pe malul mării ori de câte ori avea ocazia, de preferat dimineața, înainte să se îmbrace pentru serviciu și să plece la televiziune. Era hotărâtă să nu lase poluarea provocată de vulcan s-o oprească. În timp ce alerga, se gândi cum urma să se deruleze, fără îndoială, ziua aceea de rutină.

Rabla ei roșie, o mașină care era în familie de o veșnicie și pe care o primise de la tatăl ei când împlinise douăzeci de ani, o ducea încă la timp la serviciu. Devenise practic obiect de muzeu, dar își făcea datoria. În trafic nu era agitație – unul dintre avantajele faptului că lucra la redacție era acela că începea la ora 9:30, mult după ce se încheia ora de vârf de dimineață. Mai puțin populare erau frecventele schimburi târzii, care o țineau la birou după buletinul de știri de seară, până într-o inevitabilă ședință. Însă de multe ori era mai bine să lucreze la buletinul de seară – pierdea o seară, dar câștiga în schimb dimineața de a doua zi, un timp care se putea dovedi valoros.

Drace!

Uitase că Ívar era pe tură în ziua aceea și în cea de după. Între ei doi exista o tensiune vecină cu ostilitatea. El se angajase cu doi ani mai înainte, pe vremea când ea încă încerca să-și construiască o carieră în psihologie. Se credea important, fusese recrutat de la o televiziune concurentă și, cu toate că ea arătase de ce e în stare de nenumărate ori în ultimul an și jumătate, el încă o trata ca pe o începătoare. Nu era dornic să-i încredințeze nimic serios, iar ea știa despre sine că nu e capabilă să dea cu pumnul în masă și să-și impună punctul de vedere. Poate că ar fi făcut-o câțiva ani mai înainte, dar vremea aceea trecuse.

*

Se așeză pe un scaun din sala de consiliu. Ívar trecu în capul mesei cu carnetul lui, pe care-l avea mereu la îndemână, și un teanc de hârtii – comunicate de presă care urmau să ajungă fie la unul dintre ei, fie la coșul de gunoi.

– Ísrún, ai vreun material despre festivalul de vară?

Oare i se păruse sau chiar simțise o notă de superioritate în tonul lui? Oare subiectele simple trebuiau să ajungă chiar tot timpul la ea? Sau era doar paranoică?

– Încă nu. Îl termin azi și o să fie gata pentru diseară. Două minute?

– Nouăzeci de secunde, maximum.

Colegii ei se adunaseră încet-încet în jurul mesei, iar ședința de dimineață începu în mod oficial.

– A sesizat cineva poluarea din dimineața asta? întrebă Kormákur, lăsându-se pe spate în scaun și rozându-și creionul.

I se spunea Kommi, în mare parte pentru că toată lumea știa că nu suportă porecla aceea.

– Da. E cenușă de la erupție, o aduce vântul încoace. Cică s-ar fi format chiar în timpul exploziei, răspunse Ívar.

– Credeam că s-a terminat cu erupția asta, protestă Kormákur, apoi rânji. Probabil mai putem stoarce un material din ea.

– Ísrún, poți să te ocupi tu? Poate scrii ceva puțin mai amenințător. „Erupția se întoarce la Reykjavík", ceva de genul ăsta.

Ívar zâmbi.

Dobitoc condescendent! își zise ea aruncând priviri fioroase în carnet.

– Haideți să trecem la chestiile serioase, zise el.

Bineînțeles, își spuse Ísrún, ridicând iritată din sprâncene.

– Am auzit că a găsit cineva un cadavru mai în nord, nu departe de Sauðárkrókur, lângă un șantier. Deocamdată nu e confirmat nimic. Ăsta e subiectul nostru principal, dacă nu mai are loc vreo erupție între timp.

Kormákur încuviință din cap.

– Mă ocup imediat.

Până la urmă, nu părea că avea să fie o zi banală... pentru unii.

3

Ari Thór Arason încă era surprins că izbutise să rămână în poliția din Siglufjörður atât de mult timp. Trecuseră aproape doi ani de când se mutase în nord, după ce absolvise Academia de poliție, renunțând la o diplomă în teologie.

Prima iarnă petrecută în nord fusese un iad, iar zăpada i se păruse necruțătoare și sufocantă. Dar apoi din întunericul înghețat răsăriseră zilele calde, luminoase, care-i făcuseră inima să crească, și își privise noul cămin cu alți ochi. Iar acum trecuse peste el și o a doua iarnă. Cu toate că izolarea din întunecimea iernii încă îl apăsa, începea să se obișnuiască, ba chiar să se bucure când vedea neaua proaspătă pe clădirile colorate care îmbrățișau coasta, sau măreția de gheață a munților care învăluiau satul. Dar tot simțea o ușurare când soarele își arăta din nou chipul după ce rămânea exilat peste iarnă în spatele munților. Pe măsură ce se apropia luna iunie avuseseră parte de câteva zile călduroase – ceva mai târziu decât jos, în sud, însă era de așteptat. Uneori, până și soarele părea să uite de existența celui mai nordic orășel din Islanda.

În dimineața aceea, Tómas, inspectorul de poliție din Siglufjörður, îl rugase la telefon pe Ari Thór să vină la serviciu mai repede decât de obicei. Deși schimbul lui începea abia la prânz, pornise spre secție la ora nouă. Tómas nu-i dăduse multe amănunte la telefon, însă Ari Thór îi simțise îngrijorarea din glas. Adevărul e că Tómas nu prea mai dădea semne de voioșie. Îl lovise teribil hotărârea soției lui să plece la studii la Reykjavík. Poate cu excepția lui Tómas, nimeni nu se aștepta s-o mai vadă întorcându-se în Siglufjörður. Încă erau împreună, cel puțin pe hârtie, lucru care nu se putea spune și despre Ari Thór și fosta lui prietenă, Kristín.

Între ei nu mai exista nicio scânteie, cu toate că Ari Thór încă nutrea speranțe că va putea revitaliza relația. Se întâlniseră în urmă cu patru ani, pe când el era student la teologie iar Kristín la medicină. Fusese atracție la prima vedere, iar ea reușise să-l scoată din carapacea lui. Pe atunci era un tânăr tulburat, care-și pierduse ambii părinți la o vârstă fragedă și fusese crescut de bunica lui într-o manieră care-l făcuse autosuficient, încă de pe când era mic, capabil să se descurce singur și neîncrezător să lase pe alții să se apropie.

Kristín îi oferise căldura și siguranța mult-dorite, dar lucrurile începuseră să se destrame imediat ce noul serviciu îl trimisese la Siglufjörður. Pe Kristín o supărase profund hotărârea lui și rămăsese la Reykjavík, nici măcar nu se ostenise să meargă la el de Crăciun. Fusese și el la rândul lui afectat de reacția ei și se distanțaseră tot mai mult, relația devenind tot mai rece. Iar atunci călcase strâmb. Profesoara de pian din Siglufjörður, o tânără din Vestfirðir, Ugla, îl captivase la fel cum o făcuse odată Kristín, oferindu-i o evadare comodă din izolarea rece. Ce începuse cu un sărut se încheiase în dormitorul ei și n-ar fi reușit s-o convingă în veci pe Kristín că îi rămăsese fidel. Zăpada și întunericul iernii creaseră un miraj, izolarea îi zdrobise conștiința și-l convinsese că era îndrăgostit. Dar când soarele de primăvară se înălțase deasupra munților de lângă Siglufjörður își dăduse seama cu o certitudine de neclintit că aleasa inimii lui era Kristín.

Însă era mult prea târziu. Se pripise, o sunase pe Kristín să-i spună că avea pe cineva în Siglufjörður și că era momentul să pună capăt relației, iar conversația se limitase la atât. Auzise un pocnet și își zisese că probabil ea izbise telefonul de cel mai apropiat perete. Abia mai târziu descoperise că ea renunțase la o slujbă de vară și găsise posibilitatea de a-și termina studiile la un spital din Reykjavík ca să se poată muta în nord, la Akureyri, ca să fie aproape de el.

Cum de fusese atât de prost?

Bineînțeles, după ce recunoscuse că avea o iubită la Reykjavík relația cu Ugla se sfârșise și ea. Dacă Ugla ar fi avut în mână un telefon, ar fi făcut același lucru ca și Kristín, doar că ținta n-ar mai fi fost peretele, ci chiar Ari Thór. Lecțiile de pian se încheiaseră atunci și acolo.

Îi era dor de Kristín. După ce se despărțiseră încercase de mai multe ori s-o sune, dar în zadar, iar e-mailurile lui rămăseseră fără răspuns. Știa că ea se mutase la Akureyri ca să-și termine ultimul an de medicină și aflase de la niște prieteni comuni că se angajase la un spital de acolo. Era dureros s-o știe atât de aproape când o altfel de prăpastie se căsca tot mai mult între ei. După episodul acela se cufundase în muncă, trăgând de el mai mult ca niciodată. Nici nu prea avea alternativă.

În drum spre secție, Ari Thór voia să-și cumpere ceva sănătos pentru micul-dejun. Un mic vas de croazieră trăsese în port în dimineața aceea, iar orașul fremăta de activitate. Turiștii se fotografiau printre grupurile de tineri de-ai locului care-și făceau de lucru pentru primărie cu greble și alte unelte. Aroma de scorțișoară și ciocolată de la patiserie îl îmbia, dar n-ar fi fost nici pe departe un mic-dejun sănătos. Se opri o clipă și lăsă mirosul să-l învăluie. Melcii cu scorțișoară din Siglufjörður, denumiți *hnútar*, îi făceau să pălească mult pe cei cu care era obișnuit la Reykjavík. Însă aruncă o privire pe fereastră și constată că o mulțime de turiști îi împărtășeau părerea, prin urmare patiseriile trebuiau să aștepte pentru mai încolo. În loc de asta, se opri la micuța pescărie din piața primăriei și ceru niște pește uscat. Nu asta mânca el în general la micul-dejun, dar era fără îndoială o variantă sănătoasă.

– Somn, ca de obicei? întrebă vânzătorul.

– Da, te rog.

– Poftim, domnule Reverend.

Ari Thór bombăni în sinea lui, plăti punga cu bucățele de somn uscat și salută scurt la plecare. Porecla pe care i-o puseseră oamenii când aflaseră de studiile lui la teologie încă mai ieșea la suprafață din când în când. Tot nu se obișnuise cu ea, iar uneori înțepăturile îl deranjau.

Tómas adulmecă imediat aerul când Ari Thór se așeză la masă în colțul pentru cafea al secției și-și despături micul-dejun neobișnuit.

– Nu chestia aia iarăși, Ari Thór! Și-acum ți-ai luat-o la micul-dejun! Nu te-ai săturat de ea?

– Până și băieții de la oraș, ca mine, pot să se bucure de-un mic-dejun tradițional, răspunse Ari Thór continuând să înfulece.

– Lăsând gluma la o parte, Ari Thór, avem de lucru. Hlynur a pornit deja încoace și o să preia el schimbul de azi, spuse Tómas.

Tómas se schimbase de când soția lui se mutase în sud. Parcă îmbătrânise cu zece ani. Pofta de viață îi dispăruse și, cu toate că nici înainte nu prea avea cu ce să se laude, părul i se rărise vizibil.

Era limpede că Tómas se simțea singur. Ari Thór știa că și mezinul familiei plecase de acasă și locuia în timpul facultății la căminul din Akureyri. Peste vară își găsise de lucru la autoritățile locale de acolo și închiria un apartament împreună cu doi colegi. Își vizita din când în când tatăl în weekend, dar nimic mai mult, așa că Tómas rămăsese singur în casa din Siglufjörður.

– A fost găsit un cadavru, îl anunță Tómas când Ari Thór se așeză.

– Un cadavru?

– Exact. La Skagafjörður, pe Reykaströnd, lângă o casă de vacanță încă în lucru, nu departe de Băile Grettir.

– Și asta-i treaba celor din Siglufjörður? întrebă Ari Thór, dar îi păru imediat rău că pusese așa problema.

Era obosit după ce nu dormise toată noaptea. Crezuse că avea să se bucure de somn în dimineața aceea. Se frecă la ochi.

– Un turist din America a găsit cadavrul. A trecut cu mașina pe lângă el în drum spre stațiune, continuă Tómas, ignorând faptul că Ari Thór îl întrerupsese. Arată urât. Mi-au trimis poze de la locul faptei.

– Crimă?

– Nu e niciun dubiu, Ari Thór, și-ncă una violentă. Fața victimei e practic de nerecunoscut, a fost zdrobită cu o scândură. Se pare că avea și un cui bătut în ea, i-a scos un ochi. Ni s-a cerut ajutorul în anchetă pentru că victima are „domiciliul legal" aici.

Tonul lui Tómas lăsa de înțeles că bărbatul nu se născuse în Siglufjörður.

– Nu era din oraș?

– Te-ai prins. Îl chema Elías Freysson. Nu-mi amintesc să-l fi întâlnit vreodată. Era contractor, lucra la noul tunel. Le-am zis șefilor că o să aflăm tot ce putem de aici și aș vrea să te ocupi tu de asta.

Glasul îi era ferm.

– Bineînțeles, te ajut și eu, dar e momentul să iei mai multă răspundere pe umeri, Ari Thór.

Ari Thór încuviință. Îi plăcea ideea. Oboseala îi dispăru brusc și deveni deodată mai alert. Îi trecu prin minte, nu pentru prima oară, că Tómas se gândea să se mute în sud alături de soția lui și că voia să lase secția din Siglufjörður pe mâini bune.

– Ai zis că Hlynur o să preia schimbul de azi. Asta înseamnă că el nu e implicat în anchetă?

– Exact, băiete, răspunse Tómas.

Ari Thór răsuflă ușurat și speră ca reacția la răspunsul lui Tómas să nu-l dea de gol. Nu putea să lucreze cu Hlynur. Nu se înțelegeau și, mai mult decât asta, dintr-un motiv obscur, Hlynur fusese aproape inutil în ultimele câteva luni. Ajungea la serviciu mereu obosit, de multe ori pe jumătate adormit, şi era tot mai neatent.

– În regulă. Mă apuc imediat de treabă, zise Ari Thór. Cine era şeful lui Elías?

– Ştiu că Hákon e şeful de şantier, Hákon Halldórsson, spuse Tómas. E băiat din Siglufjörðdur, adăugă el, iar Ari Thór înţelese din ton că era o informaţie esenţială.

4

Când Hlynur Ísaksson ajunse la secția de poliție din Siglufjörður ca să-și înceapă schimbul, îi văzu pe Ari Thór și Tómas stând de vorbă prietenește. Simți imediat că împărtășeau un secret la care el nu trebuia să ia parte și, într-o oarecare măsură, avea dreptate.

– Eu și Ari Thór o să fim azi pe drumuri pentru niște interogatorii, zise Tómas mai mult într-o doară. A fost descoperit un cadavru nu departe de Sauðárkrókur și se pare că victima avea legături cu Siglufjörður.

Hlynur încuviință din cap, străduindu-se să arate că nu-l deranja faptul că nu e implicat și el în anchetă.

– Poți să te ocupi tu azi de secție? întrebă Tómas, probabil fără să aștepte cu adevărat un răspuns. Mai târziu trebuie să te duci la școala generală în locul meu. E ultima zi din semestru și ne-au rugat să împărțim niște premii. Voiam să merg eu, dar nu cred că reușesc să-mi fac timp.

Hlynur simți că inima începe să-i bată gata să-i spargă pieptul. Pe frunte îi apărură broboane de sudoare rece. Asta era ceva ce nu putea să facă.

– Nu poa' să se ocupe Ari Thór de asta? bombăni el.

– Ce? Cum adică? Doar ți-am zis că am nevoie de Ari Thór cu mine, răspunse Tómas cu un glas mai dur decât de obciei.

Hlynur era gata să-i dea o replică, dar i se împleticea limba.

– Păi, zise el în cele din urmă, nu prea cred c-o să mă descurc. Mai bine nu ne mai batem capu' și cu asta.

– Ba o să ni-l batem, fir-ar să fie! Te duci! Să n-aud comentarii!

mai zise Tómas, apoi ieși.

Hlynur încuviință din cap și își privi mâinile. Ar fi vrut să se ducă acasă, să se ascundă sub așternuturi și să se odihnească. Avea un sentiment neplăcut. Lucrase cu Tómas la secția din Siglufjörður vreme de șase ani și avea semnificativ mai multă experiență în munca de poliție decât Ari Thór, dar simțea că în ultimele luni balanța de putere nu mai era înclinată în favoarea lui. Cine știe de ce, Tómas părea să aibă mai multă încredere în Ari Thór, își zicea Hlynur nervos, deloc încântat de ce avea de făcut în ziua aceea. Fără îndoială, era adevărat că Ari Thór se implicase mult în ultima vreme și părea foarte capabil, chiar dacă situațiile cu care aveau de-a face nu erau prea variate.

Hlynur, însă, devenise o umbră de când începuse să primească afurisitele alea de e-mailuri.

– Nu mai ești la fel de bun, îi spusese Tómas lui Hlynur chiar după Anul Nou.

Erau de serviciu atunci și luaseră o pauză în colțul pentru cafea. Hlynur se obișnuise cu faptul că Tómas te lua din când în când prin surprindere cu ce spunea, fără niciun fel de preambul, dar de data asta fusese luat complet pe nepregătite și își dădea seama că rămăsese cu gura căscată. Doar cu câteva clipe înainte discutaseră tot felul de nimicuri. Era o zi mohorâtă, cu nori joși și un vânt rece care sufla dinspre munți. Colțul în care își beau de obicei cafeaua era la fel de trist ca vremea de afară. În chiuvetă rămăseseră câteva căni pe care nu-și găsise nimeni timp să le spele, iar lângă termos zăceau două pachete desfăcute de biscuiți cu ciocolată. Pe blatul bufetului trona un calendar vechi, de la o bancă din sud, din perioada boomului economic. Nimeni nu se îndurase să arunce această amintire a unor vremuri când economia Islandei fusese înfloritoare.

Hlynur se uitase înmărmurit la Tómas.

– Nu mai sunt la fel de bun? Cum adică? reușise să întrebe în cele din urmă, dureros de conștient că Tómas avea dreptate, și la fel de conștient de motivele pentru care nu se mai concentra la serviciu.

– Nu te mai interesează slujba? Uneori parcă ești plecat undeva, departe. Preocupat. Și nu mai ești la fel de conștiincios ca altă dată, continuase Tómas, îngrozitor de direct – ca de obicei, un observator perspicace.

– O să-mi revin, murmurase Hlynur.

– S-a-ntâmplat ceva?

– Nu, răspunsese el lapidar, sperând că Tómas n-o să se prindă de minciună.

Spre ușurarea lui, Tómas nu insistase.

Primul e-mail îl primise în urmă cu un an. Stătea în pat, cu laptopul, când mesajul îi intrase în *inbox* ca un fulger care lovește din senin. Se pomenise tremurând incontrolabil, dându-și seama că trecutul îl prindea din urmă și că nu putea face nimic ca să evite asta.

Locuia într-un apartament relativ nou, fără multe obiecte înăuntru, cu pereți goi și mobilier cât strictul necesar – dar îi convenea. Nu-i plăcuseră niciodată casele vechi, pline de fleacuri, cu podele care scârțâie. Era mulțumit de locul pe care-l găsise. Era mai mare decât avea nevoie, iar una dintre camere devenise spațiu de depozitare pentru ce luase cu el din sud, când hotărâse să accepte postul de la Siglufjörður: cutii cu cărți pe care nu le deschidea niciodată, DVD-uri la care nu se uita vreodată și haine pe care nu le purta.

Era cel mai mic dintre cei trei frați și fusese crescut în Kópavogur, un oraș de lângă Reykjavík, de mama lui, care muncea de dimineața până seara la birourile consiliului local, apoi făcea curat sau accepta orice altă slujbă în afara programului. N-o vedea prea des, iar când o vedea era de obicei pământie din pricina oboselii și stătea împreună cu cei trei băieți la masa din apartamentul lor. Hlynur își amintea foarte clar că în fiecare luni mâncau eglefin și că, de fapt, toate mesele erau preparate în casă, pentru că nu aveau bani de aruncat pe prostiile din oraș – de fapt, numai rareori își permiteau un moft, cât de mic.

Hlynur aflase mai târziu că tatăl lui era prieten bun cu băutura. Dispărea de multe ori de-acasă, uneori mai puțin, alteori mai mult, până când, în cele din urmă, după nașterea lui Hlynur nici nu se mai întorsese. Se combinase cu o femeie din Vestfirðir și, când reușea să fie treaz, își găsea de lucru pe mare sau pe uscat. Trecea numai rareori prin Reykjavík. Ca urmare, băieții crescuseră fără tată. La câțiva ani după ce plecase în Vestfirðir intrase în comă alcoolică și nu se mai trezise, ostenit după o viață scurtă și dură. Mama lui Hlynur le dăduse băieților vestea abia aproape un an mai târziu. Niciunul dintre ei nu mersese la înmormântarea lui.

Hlynur își amintea destul de vag ziua aceea. Frații lui o încasaseră mai rău, înțelegeau mai bine situația și aveau amintiri cu tatăl lor de dinainte să-i părăsească. Cu toate că Hlynur era singurul care nu și-l amintea, moartea tatălui i-a fost treptat pusă tot lui în cârcă.

„Tata a plecat când te-ai născut tu" era o frază pe care o auzise de mai multe ori decât i-ar fi plăcut.

Poate că din pricina asta nu legase vreodată niciun fel de relație cu frații lui. Cei doi parcă s-ar fi aliat împotriva sa, iar mama lor era prea ocupată ca să vadă ce se petrecea sub ochii ei. El nu îndrăznise niciodată să riposteze, își manifestase în schimb furia și ura la școală, pe acei copii care erau ținte ușoare. Devenise specialist în intimidare și violență, vărsându-și toate frustrările pe cei mai slabi decât el.

Dar acum începuseră să vină acele e-mailuri. Era limpede că trecutul întunecat se întorsese să-l bântuie.

Odată ce intrase la facultate, comportamentul i se schimbase în bine, renunțase la furie și începuse să empatizeze cu cei pe care-i hingherise, dându-și seama că era vinovat de nefericirea multor inocenți. La început nu făcuse nicio încercare să-și ispășească păcatele – asta urma să se întâmple mai târziu, când vina a început să-i macine conștiința.

A plecat de acasă imediat ce a terminat facultatea și s-a înrolat în poliție, lucrând în mai multe locuri din țară, printre care și la Reykjavík. Dar postul de acolo a venit într-o perioadă de reduceri de personal, așa că a ajuns în Siglufjörður, unde i s-a oferit un post permanent. Nu mai păstrase legătura cu familia lui. Mama lui încă lucra pentru consiliul din Kópavogur, chiar dacă acum doar cu jumătate de normă, fiind o altă victimă a tăierilor din sectorul public. Se întâlnise cu frații lui numai când mama lor îi invitase pe toți trei la cină într-una dintre puținele ocazii în care Hlynur se aflase pe lângă Reykjavík – de două ori pe an, cel mult. Îi convenea să limiteze numărul ocaziilor. Nu avea prea multe în comun cu familia lui.

Hlynur își făcuse câțiva prieteni buni în Siglufjörður, dar prefera să-și petreacă serile în fața televizorului, economisind pentru călătorii. Ultima oară mersese la un concert în Anglia cu prietenii din Siglufjörður, iar înainte de asta la un meci de fotbal. De-a lungul timpului avusese câteva relații tumultuoase cu femeile, majoritatea în tinerețe, când locuia la Reykjavík. Acum avea pe cineva la Sauðárkrókur și, chiar dacă nu era tocmai pregătit să se gândească la ea ca la o iubită permanentă, avea destul timp să-și schimbe părerea. Cu toate că familia ei era din sud, ea preda la școala elementară din Sauðárkrókur. Din când în când se întâlneau și petreceau o noapte împreună – de obicei acasă la ea, pentru că trecea rareori prin Siglufjörður. Când Hlynur avea o seară liberă, conducea uneori până la Sauðárkrókur, ocolind munții superbi care străjuiau drumul șerpuit până la Skagafjörður, uneori chiar în timpul nopților reci de iarnă și întotdeauna cu viteză mai mare decât ar fi fost prudent. Acum, că venise vara, străbătea drumul în lumina magică a amurgului, care-i permitea să admire insulele din fiord și stânca singuratică poreclită Baba, de lângă insula Drangey, rămasă încă în picioare după ce Moșul se sfărâmase în valuri. Se întrebă a cui soartă era mai rea: a Moșului înghițit de ape sau a Babei rămase singură.

Dar în ultima vreme nu prea mai avea timp să se gândească la un viitor alături de iubita lui. E-mailurile nemiloase îl măcinau pe dinăuntru. Creau o punte între trecutul său stânjenitor și viața lui de zi cu zi. Ros de vină, dormea prost, iar de multe ori nu reușea nici măcar să închidă ochii peste noapte.

Primul e-mail îl ștersese cu mult timp în urmă, fără să răspundă, încercând în zadar să-l ignore. Adresa nu lăsa să se înțeleagă cine era expeditorul, era un cont gratuit înregistrat în străinătate – fără îndoială numai ca să-l necăjească și mai tare.

Era conștient că ar fi trebuit să se străduiască să dea de urma expeditorului, poate chiar să raporteze conținutul e-mailului, dar în același timp nu-l trăgea inima să insiste în direcția asta. Știa foarte bine, sau credea că știe, de ce-i fusese trimis mesajul și nu-și dorea sub nicio formă să le explice și colegilor. Sperase că totul avea să se încheie atunci, cu un singur mesaj menit să-i tulbure liniștea.

Dar nu se întâmplase așa. Primul mesaj îi intrase în căsuța poștală cu un an înainte, în 10 mai, într-o duminică, la prânz, când lenevea în ziua lui liberă. Al doilea venise două luni mai târziu, de la același expeditor. Nici urmă de semnătură, dar cuvintele erau aceleași.

De data asta, nu mai ștersese mesajul. Îl mai deschidea din când în când cu un fel de perversitate, și acasă, și când era la serviciu, ca să-și amintească de josniciile pe care le făcuse în trecut.

Hlynur nu încetase niciodată să se urască pentru păcatele acelea de demult. Făcuse toate eforturile să și le răscumpere, într-atât încât scursese informații dintr-o anchetă a poliției către una dintre victimele lui de odinioară. Dar știa că, mai devreme sau mai târziu, avea să vină ziua judecății, iar gândul ăsta nu-i dădea pace.

E-mailurile sosiseră în continuare, iar el le păstrase pe toate, consumat de ură față de sine. Le citea iar și iar, obsedat de conținutul lor, dar conștient că-i afectau sănătatea mentală și starea de spirit fragilă.

Însă tot nu răspunsese. N-avea nimic de spus, nimic în apărarea sa. Se simțea adus în fața judecătorului, ca un răufăcător care refuzase serviciile unui avocat și hotărâse să nu comenteze, așteptându-și doar sentința.

Hlynur n-avea niciun dubiu în privința contextului mesajelor și-și amintea foarte bine de băiat. Fuseseră colegi de clasă de la șase ani. Îl chema Gauti, era rotofei și purta ochelari cu lentile groase. Timid, nu vorbea mult, dar asta era de ajuns să-l transforme în ținta furiei și frustrării reprimate ale lui Hlynur. Un Hlynur care pornise atacurile de la început, iar după aceea avusese grijă ca băiatul să nu aibă parte de nici măcar o zi bună la școală. Ignorat de frații mai mari care era limpede că-l disprețuiau, Hlynur se lega și de alți copii de la școală, dar Gauti era de departe experiența cea mai plăcută. Nu riposta niciodată și părea să se retragă tot mai mult în cochilia lui pe măsură ce atacurile deveneau mai intense. În primii ani, hărțuirea se limitase la vorbe, la glume pe seama lui Gauti în timpul și în afara orelor, un gen de tachinare care la suprafață părea inofensivă și pe care profesorii n-o luaseră în seamă. De fapt, era vorba despre o tortură psihologică sistematică, iar Hlynur se desfătase făcând asta, devenind dependent de sentimentul de putere pe care i-l dădea, atât de diferit de slăbiciunea pe care o simțea când era acasă cu frații lui. Descoperise astfel că-i era ușor să umilească oameni la fel cum, mai târziu, în rolul de polițist, își dezvoltase o capacitate deosebită de a-i face pe suspecți să-și recunoască fărădelegile.

La școală, cu timpul, Hlynur devenise tot mai agresiv cu Gauti și ceilalți colegi ghinioniști, tot mai bădăran și direct, ajungând uneori chiar la abuzuri fizice. Chiar dacă acasă era mezinul, Hlynur avea o forță impresionantă pentru vârsta lui și profitase de asta. Gauti rămăsese cu urmele manifestării fizice a furiei, mai ales în timpul lecțiilor de înot, când Hlynur începuse să-și țină victima cu capul sub apă când antrenorul se uita în altă parte. Cu timpul, îl ținea tot mai mult. Băiatului aproape că-i săreau ochii din orbite de frică. Când îl scotea la suprafață, îi șoptea la ureche:

– Data viitoare o să te-nvăț să mori.

Nu înțelegea de ce Gauti nu renunța odată, de ce insista să vină în continuare la școală. Parcă fusese crescut să nu trișeze și să nu chiulească, iar asta-l enerva pe Hlynur și parcă-i slăbea cumva sentimentul de putere. Ce-i drept, Gauti mai lipsea uneori, poate mai mult decât ar fi fost normal, dar asta se-ntâmpla pentru că băiatul era mai bolnăvicios decât alții.

Hlynur reușea cu greu să se gândească la perioada aceea. Conștiința îl apăsase tot mai mult pe măsură ce înaintase în vârstă. Făcuse tot posibilul să răscumpere suferința provocată și regreta amarnic totul, dar uneori amintirea anilor de școală îl copleșea, înțepându-l ca o mie de ace. Fusese cândva puternic, iar acum era torturat de propriul trecut. Nu putea să nu se întrebe ce amintiri le rămăseseră celorlalți, celor pe care-i hingherise, îi lovise și de care-și bătuse joc în fiecare zi.

N-avea nicio îndoială asupra motivului din spatele e-mailurilor dureroase. Știa foarte bine ce păcat era chemat să ispășească: hărțuirea la care-l supusese pe Gauti. N-avea nicio îndoială. În toate mesajele apărea aceeași frază, una singură:

Data viitoare o să te-nvăț să mori.

5

Kristín era la a optsprezecea gaură de pe terenul de golf din Akureyri. Venise devreme, singură, dar acum locul se aglomerase. Golful o relaxa și îi permitea să lase deoparte stresul de la serviciu și să se bucure de aerul curat de care avea atâta nevoie. În plus, o ajuta să uite de Ari Thór și de catastrofa în care se transformase relația lor.

Terenul de golf era ca un prieten în deșert, o oază unde putea să-și încarce bateriile înainte de efortul de peste zi.

Rămăsese surprinsă cât de mult îi plăcea să joace. Se înscrisese la un curs de golf cu o vară înainte și descoperise că-și amintea repede ce învățase cu mult timp în urmă, când juca alături de părinții ei. Când vremea începuse să se îndrepte, scosese crosele și devenise repede client fidel al clubului, de obicei dimineața devreme, înainte să-i înceapă tura.

Cât fusese studentă la medicină abia dacă ridicase vreodată nasul din cărți, dar acum avea neapărată nevoie să facă mișcare și era hotărâtă să se mențină în formă. Presiunea de la serviciu o luase prin surprindere – prin comparație, studiul fusese o joacă de copii. Probabil că stresul muncii ei îi stârnise interesul pentru sport, deși bănuia că putea fi și din cauză că golful era un sport pe care Ari Thór îl ura din tot sufletul. Doar îi spusese adeseori foarte direct ce părere avea despre prietenii lor care practicau acest sport: în opinia lui, puricii de la televizor erau mai interesanți decât un turneu de golf.

Una peste alta, golful îi permitea să împuște doi iepuri dintr-o lovitură: era ceva sănătos și relaxant și putea astfel să petreacă timp într-un loc unde nu avea absolut nicio șansă să dea de Ari Thór.

Nu mai vorbiseră de un an și jumătate, din ziua când îi spusese, sau cel puțin făcuse aluzie, la faptul că o înșelase cu o femeie din Sigulfjörður. Nu-i ceruse detalii, dar fusese ultima zi din viața telefonului ei de atunci, pe care-l spărsese de podea. Furia de atunci o uluise – doar toată lumea o recunoștea tocmai pentru calmul de care dădea dovadă!

Relația lor devenise oricum tensionată când el hotărâse să se mute în nord, în Sigulfjörður, fără să se sinchisească măcar să se consulte cu ea. Însă recunoașterea infidelității o lovise ca o palmă peste față. Îi călcase încrederea în picioare. Cu toate că nu se exprimase niciodată în sensul ăsta, ea visase mereu să-și petreacă viața împreună, într-o casă confortabilă, într-o suburbie din Reykjavík, cu doi copii și, poate, un câine.

Kristín încerca să se convingă că-și revenise după șocul suferit, că trecuse peste el și relația lor, dar știa că nu era așa. Era nevoie de mai mult timp. Ari Thór încercase de curând s-o contacteze, dar zecile de apeluri și e-mailuri rămăseseră fără răspuns. Nu merita să vorbească cu el.

Bătându-și joc de încrederea pe care o avea în el, o forțase să vadă cât de mult îl iubea pe Ari Thór și chiar și acum se lupta cu durerea despărțirii. Se simțea aproape ușurată că nu ceruse amănunte depre relația lui cu femeia din Sigulfjörður, consolându-se cu faptul că era mai bine să nu știe nimic. În același timp, însă, imaginația i-o lua razna când gândurile îi alunecau în direcția aceea și se pomenea urând de moarte o femeie pe care n-o văzuse niciodată și al cărei nume nici măcar nu-l cunoștea.

În afară de asta, viața ei era o rutină: muncă, muncă, și iar muncă.

Încheie circuitul cu un *par.*[1] Avusese și zile mai bune.

Kristín încă se obișnuia cu viața la Akureyri. După ultima conversație cu Ari Thór, când încerca să se adune, sunase la Spitalul Național din Reykjavík, sperând că-și va primi înapoi locul de peste vară, dar acesta fusese deja oferit prietenei ei, așa că nu mai avea perspective să obțină vreo slujbă acolo. Nu mai avea de ales, trebuia să rămână la Akureyri – o fată de oraș naufragiată într-o localitate mică de pe coastă. Găsise un apartament mic pe care-l mobilase simplu, cu tapet colorat pe pereți și cu cărțile de medicină pe care le adunase în facultate îngrămădite pe podea, în așteptarea rafturilor pe care avea de gând să le cumpere.

La Akureyri nu-l cunoștea decât pe un tânăr, Natan, student la universitatea de acolo și prieten comun cu Ari Thór. Se mai întâlniseră la câte o cafea și, cu toate că bănuia că-l ține la curent pe Ari Thór în legătură cu ea, hotărâse să nu-i spună nimic în sensul ăsta. Ari Thór n-avea decât să afle că-i mergea bine de una singură și că trecuse cu ușurință peste el. Poate că nu era tocmai advărat, dar se străduia să fie așa și spera că un bărbat pe care-l întâlnise la clubul de golf putea s-o ajute în sensul ăsta.

Se cunoscuseră cu trei săptămâni înainte, la prima gaură, dimineața devreme, la o oră la care s-ar fi așteptat să fie singură pe teren. Dar el ajunsese tot atunci și, cu un zâmbet cald, o întrebase dacă voia să rămână singură sau dacă avea chef să joace un meci cu el.

– E așa plictisitor să joci de unul singur, adăugase el cu veselie în glas.

Ea încuviințase, dar nu-i împărtășea părerea. Nimic nu se compara cu un circuit de unul singur, fără întreruperi – doar ea și aerul curat și răcoros al dimineții. Dar acceptase. Poate și faptul că el arăta bine îi stârnise interesul.

---

1 Numărul de lovituri maxim permis pentru o gaură pentru ca jucătorul să nu sufere o penalizare la punctaj. (*n. red.*)

Îi spusese că era *freelancer* IT-ist. Era mai mare decât ea cu câțiva ani, nu că diferența de vârstă ar fi fost o problemă dacă se înțelegeau bine. Poate că Ari Thór fusese prea mic pentru ea, de fapt. Prefera bărbați ceva mai în vârstă, cu părul ușor grizonat, cât să le dea un aer distins.

El îi propusese să se întâlnească din nou și să joace alte nouă găuri.

După aceea, prima ieșire cum se cuvine avusese loc la o cafenea, într-o seară de joi. Ea ajunsese la timp, dar el stătea deja la o masă din colț și comandase pentru amândoi ciocolată caldă, plăcintă cu mere și frișcă. Să fi fost bărbatul ideal?

Kristín îi zisese că încă își căuta echilibrul după ce pusese punct unei relații de durată. El răspunsese că se afla cam în aceeași situație, dar îi explicase mai târziu că, de fapt, soția lui murise.

Săptămâna următoare se întâlniseră din nou la prânz, la un restaurant cu pește, dar ieșirea nu se dovedise un succes pentru că amândoi se simțiseră stânjeniți încercând să acopere prin conversație zgomotul de tacâmuri și pahare. El o invitase la cină, dar programul ei de la spital o împiedicase să dea curs ofertei. Nici săptămâna următoare nu arăta mai promițător.

Se urcă în vechitura ei japoneză – luxosul 4x4 la care visa trebuia să aștepte ca numeroșii ani de studiu să rămână mai mult în urmă – și se întrebă ce avea să-i aducă ziua acea. Vremea din timpul verii era superbă, mai ales căldura aceea deosebită de care se bucura Akureyri, fiind mai înăuntrul insulei, la capătul unui fiord șerpuitor. Verile erau mai calde aici decât oriunde în Islanda, cu zile caniculare, nemișcate, sub un cer albastru-cobalt, în timp ce iernile erau de obicei mai blânde decât oriunde altundeva pe coasta de nord, grație poziționării ferite, între niște munți înalți.

Între timp ea avea să fie blocată în aripile spitalului, zilele trecând monotone una după alta. Medicina nu-i stârnise entuziasmul de care avea nevoie și îi era teamă că-și petrecuse prea mulți ani studiind ceva ce se dovedea că nu i se potrivește. Scutură din cap, parcă vrând să-și limpezească gândurile și să le alunge din minte pe cele care nu-i erau de folos. *Totul cere timp*, își zise, iar primii ani erau întotdeauna cei mai dificili. Un doctor îi spusese cândva că medicina era o vocație mai mult decât o meserie și că fiecare zi aducea mici minuni. Ea încă nu le văzuse, iar gândul că merge la spital nu îi trezea niciun fior. Poate că Ari Thór făcuse bine alegând altceva și renunțând la teologie când constatase că nu i se potrivește. Zâmbi în sinea ei, surprinsă de direcția în care-i fugiseră gândurile – la Ari Thór, din nou. Își aminti că viața ei nu funcționa așa. Își alesese calea și numai rareori revenea asupra unei decizii după ce o lua. Probabil era doar obosită după gărzile lungi, nimic mai mult.

În schimb, îi era greu să-l alunge din minte pe bărbatul acela.

6

Cu un an înainte

Fusese o zi lungă și eram extenuată. Făcusem tot ce-mi stătea în puteri să-mi construiesc o carieră în psihologie, dar acum eram din nou la redacție și fusesem aruncată în cel mai adânc punct al apei. Era mai simplu când eram mai tânără. Acum aveam aproape treizeci de ani, aproape lăsasem în urmă deceniul în care „totul pare posibil” și se pare că era momentul să mă maturizez.

Stăteam aplecată deasupra laptopului, lăsând minutele să se scurgă încet, și încercam să-mi pun ordine în gânduri. Apoi m-am întins pe vechea canapea albastră și am închis ochii. Aveam canapeaua de la un târg de vechituri. Deși arăta bine, nu era deosebit de comodă. Oricum, m-am întins cât eram de lungă. Ziua de la birou mă obosise, nu aveam energie nici să merg în dormitor.

Trebuia să mă obișnuiesc cu noua rutină. Îmi dădeam foarte bine seama că în ultima vreme nu mai fusesem eu însămi: aveam tensiunea prea ridicată, mă durea gâtul, iar stresul amenința să mă copleșească. Nu există zi liniștită în redacție. Indiferent ce se întâmplă în lume sau în viețile personale ale oamenilor din culise, știrile trebuie transmise la exact aceeași oră în fiecare seară și nu e loc de greșeli – și nici de scuze. Totul trebuie să fie gata la timp. Ținând cont de stres și ritm, se plătește extrem de prost. La spital mai aveam timpi morți dimineața, alteori zile întregi fără să mă hăituiască nimeni pentru ceva anume, zile în care puteam să mă relaxez și să-mi revin. La redacție, e o prostie să te gândești fie și numai la o pauză foarte scurtă. Se trăiește pentru moment, pentru zumzetul știrilor difuzate, pentru transmiterea evenimentelor în timp ce au loc. Primești unul, două, trei subiecte, dai câteva telefoane, te duci la fața locului cu cameramanul, termini de vorbit cu oamenii, editezi materialul, scrii comentariul și-l înregistrezi – totul în mare viteză, ca să ții pasul cu știrile de ultimă oră. Așa se desfășoară fiecare zi. Dar, în ciuda, presiunii, îmi place.

Eram gata să plec într-un concediu de o săptămână, voiam să profit de pauză și să scriu un articol despre bunica pe care n-am cunoscut-o niciodată. Trebuia să fie publicat după vară, într-o revistă – povestea vieții unei gospodine în anii de după război. Era mai degrabă o tragedie și aveam motive întemeiate pentru care voiam să scriu articolul.

Mi-am lăsat gândurile să zboare în trecut.

Eram mică, aveam opt sau nouă ani, și stăteam într-un scaun în spatele casei bunicului, la țară, în Landeyjar, pe malul apei, la vreo două ore spre est de Reykjavík. Grădina era un loc fermecat în lumina aurie a soarelui de vară, un teren de joacă plin cu vechituri de care nu se descotorosea nimeni, chiar și o mașină veche, ruginită, fără motor. Șopronul de lemn al bunicului, cu ferestrele lui mici, găzduia mobilă pliabilă de grădină și jucării, o șa veche, rachete și mingi care văzuseră și zile mai bune. Afară era cald și parcă adia încetișor o briză. Gardul care străjuia marginile grădinii implora să fie reparat. Trandafirii nu mai fuseseră îngrijiți de când Bunicul Lárus își pierduse soția, pe Ísbjörg, bunica mea.

Am stat acolo o săptămână. Veniseră și ai mei, dar în ziua aceea erau plecați undeva cu mașina. Eram singură în grădină când Bunicul a apărut ducând o cutie mare.

– Sunt tot soiul de lucruri în ea... Lucrurile bunicii tale, a zis el privindu-mă încurcat. Am găsit-o când făceam curat. Tatăl tău sau sora ta trebuie să le fi strâns aici după ce a murit ea. Cred că mai bine le arunc. Probabil nu-i bine să păstrezi lucrurile personale ale cuiva.

Am fost botezată după cele două bunici ale mele: cea din partea tatălui, Ísbjörg, și cea din Feroe, din partea mamei, pe care o chema Heidrún. Ísrún era o combinație dintre cele două nume și, în secret, îmi plăcuse mereu cât de original era. Ísbjörg murise tânără, nu avea nici cincizeci de ani.

– Bunica ta fuma mult prea mult, îmi amintea tata cu regularitate. Cancerul a doborât-o.

Eu n-am fumat niciodată.

N-am avut ocazia s-o cunosc pe Ísbjörg. A murit cu câțiva ani înainte să mă nasc eu. Iar pe bunii din Feroe îi vedeam foarte rar. Dar Bunicul Lárus din Landeyjar era mereu prezent în viața mea. Mergeam des la el în vizită, iar iarna venea el să stea la noi sau la una dintre surorile tatei din Reykjavík.

Am simțit mereu o legătură strânsă, inexplicabilă, cu bunica Ísbjörg. Lumea spunea mereu că semănăm foarte mult, și ca înfățișare, și ca gesturi. O simțeam ca pe o imagine îndepărtată, ca pe o viziune pe care o întrezăream dar nu puteam s-o disting, ca pe femeia cu care aveam atât de multe în comun dar pe care n-o întâlnisem niciodată. M-am gândit de multe ori că ar fi fost minunat s-o cunosc și am blestemat de tot atâtea ori cancerul care mi-o răpise.

Inima a început să-mi bată mai repede când Bunicul a apărut cu cutia. Lucrurile lui Ísbjörg!

Adusese și un sac de gunoi, pe care l-a deschis când s-a apucat să cotrobăie prin cutie. În sac au ajuns câteva facturi, apoi a dat de un caiet vechi.

– Rețetele ei, mi-a zis. Le vrei?

Am dat din cap că da, onorată că primesc micul caiet cu amintiri. L-am strâns la piept ca pe ceva rar și valoros. Chiar și acum, când am plecat de atâta timp de-acasă, caietul cu rețete își are locul lui special în bucătăria mea, și s-a dovedit și util.

Din cutie a apărut apoi un jurnal. Era legat superb, dar uzat și închis cu un mecanism vechi. N-avea cheie, dar asta n-ar fi fost o problemă.

– Bunica ta a ținut un jurnal în tinerețe și apoi încă unul după ce s-a îmbolnăvit, până n-a mai avut putere să țină pixul în mână, a zis încet Bunicul Lárus, răsucind cartea în mâini.

– Mi-l dai mie? am întrebat.

Îmi venea să i-l smulg din mâini și să sparg încuietoarea.

– Nu mi-a arătat ce-a scris, a zis el fără să-și ia ochii de la jurnal.

– Mi-l dai mie? am întrebat din nou.

– Să ți-l dau ție? Nu. Se duce direct la gunoi. L-a scris pentru ea, nu pentru altcineva.

Bunicul a dat drumul caietului în sacul de gunoi. Am hotărât în sinea mea că o să-l fur imediat ce se ivea ocazia.

– O să duc sacul la incinerator, a zis el când a terminat să studieze conținutul cutiei.

Am mers cu el, sperând că o să se răzgândească.

Trebuia să pun mâna pe jurnalul acela. Era singurul lucru care-mi putea arăta felul în care era și gândea bunica mea, Ísbjörg.

Secundele au trecut încet, ca o reluare cu încetinitorul, când Bunicul a luat sacul și l-a aruncat în flăcări.

A fost un gest atât de final și de brutal! Dispăruse orice șansă să mai pun mâna pe jurnal.

În anii care au urmat am revăzut la nesfârșit scena, încercând să-mi dau seama ce ar fi putut scrie ea în jurnal și ce s-a pierdut definitiv. Amintirea acelei clipe nu m-a părăsit niciodată și nici n-am încetat să mă întreb ce era în jurnal, ce amănunte lăsase bunica despre viața ei și ce putea să fi scris acolo care să ne apropie.

7

Veștile despre descoperirea cadavrului se răspândiră cu repeziciune. Unul după altul, site-urile de știri preluară subiectul, dar niciunul nu preciză că domiciliul victimei era în Siglufjörður, unde viața continua ca de obicei.

Urma să fie o zi însorită, de parcă vremea ar fi hotărât că uciderea cu brutalitate a unuia dintre locuitori nu era un motiv suficient de bun să arunce nori cenușii pe un cer de vară de un albastru altfel desăvârșit, netulburat de vreo adiere. Știrile din sud vorbeau numai despre norii de cenușă provocați de erupție, care otrăveau treptat Reykjavík, aduși în capitală de briza dinspre est. La Siglufjörður nu ajunsese nici urmă de cenușă pentru că era prea în nord. Însă, în timpul erupției, Ari Thór aflase de la un prieten din oraș că de câteva ori cenușa din sud căzuse peste Siglufjörður – o dată în secolul al XIX-lea și apoi când avusese loc marea erupție a vulcanului Katla, în 1918 – și că acum oamenii se temeau ca Eyjafjallajökull să nu-l trezească pe bătrânul și puternicul Katla din somnul lui de-un veac.

Ari Thór stabilise întâlnirea cu Hákon Halldórsson la o cafenea de lângă micul port. Știa că era unul dintre șefii de șantier de la tunelul nou care se construia între Siglufjörður și învecinatul Héðinsfjörður, parte din noua legătură cu Akureyri, cel mai apropiat oraș mare. După finalizarea lucrărilor, Siglufjörður și Akureyri aveau să fie despărțite de puțin peste o oră de mers cu mașina.

Cafeneaua avea vedere la fiord, unde apele albastru-închis se unduiau leneș în briza caldă a verii în timp ce bărcile viu colorate ale localnicilor se legănau în dane. Din ce înțelesese Ari Thór de la Tómas, care avea cunoștințe enciclopedice despre locuitorii orașului, Hákon era cunoscut cel mai bine pentru faptul că fusese vocalistul unei formații numite „Băieții cu hering". Perioada lor cea mai bună venise la mult timp după dispariția heringului, dar câștigaseră popularitate, cântaseră la petreceri din toată țara și lansaseră trei albume. Hákon nu mai era vreun tinerel, dar părea să nu fi renunțat cu totul la cariera pop – când îi permitea vremea, conducea o mașină sport MG veche pe care Ari Thór o zărise de mai multe ori, bănuind că proprietarul ei nu putea să accepte că nu mai e tânăr.

Hákon se ridică în picioare când îl văzu pe Ari Thór apropiindu-se. Proprietarul mașinii era un domn îndesat, cu un pântec proeminent, îmbrăcat în blugi, cu o jachetă de piele peste puloverul tricotat, nu tocmai pregătit să se încreadă în sosirea verii, atent să țină la distanță orice adiere de vânt rece. Era scund, cu păr grizonat și nepieptănat și barbă cenușie. Îi strânse cu putere mâna lui Ari Thór.

– Nu ești tu Reverendul? întrebă el voios.

– Nu, răspunse Ari Thór oftând. Mă cheamă Ari Thór.

Hákon se lăsă să cadă înapoi în scaunul de pe terasa cafenelei și-i făcu semn lui Ari Thór să se așeze lângă el.

– A, scuze. Am auzit c-ai fost la Teologie. Deci, despre ce-i vorba?

Mai devreme, când îl sunase, Ari Thór îi spusese doar că trebuie să vorbească despre unul dintre muncitori.

– La Reykjaströnd, în Skagafjörður, a fost găsit un cadavru.

Hákon nu răspunse. Expresia de pe chipul lui era dură și sobră ca munții la poalele cărora crescuse. Nu se lăsa tulburat de atâta lucru ca moartea unui om.

– N-ai aflat?

– Ba da. Au dat la știri de dimineață. A fost o crimă? Eu asta am înțeles.

Hákon își păstra calmul.

– Unul dintre băieții mei? întrebă în cele din urmă.

În sfârșit, în glas i se simți o notă de nesiguranță.

– Da, răspunse Ari Thór. Trebuie să te rog ca informația asta să rămână confidențială. Încă nu facem public numele victimei.

Hákon încuviință din cap, cu toate că și el, și Ari Thór știau că, de la Hákon sau de la altcineva, numele bărbatului tot avea să fie aflat în curând.

– Îl chema Elías. Elías Freysson.

– Elías? Ca să vezi...

Hákon era surprins, sau cel puțin așa părea.

– Și eu care credeam că e băiat la locul lui...

– Și băieții la locul lor pot fi uciși.

– Dacă zici tu..., mormăi Hákon mai mult pentru sine.

– Lucra de mult pentru tine?

– N-aș zice chiar că lucra pentru mine, răspunse Hákon pe un ton aproape distrat. Elías era subcontractor liber profesionist. Sunt... de fapt, erau... patru: Elías și trei băieți care lucrează pentru el. Zic „băieți", dar unul dintre ei e mai în vârstă decât Elías și toți ceilalți.

Ari Thór căutase deja toate informațiile pe care le putea afla înainte să se întâlnească cu Hákon. Elías avea treizeci și patru de ani, nu era căsătorit, nu avea copii, iar domiciliul îl avea în Siglufjörður.

– Înțeleg că a locuit în oraș, pe Hvanneyrarbraut. E corect? întrebă Ari Thór, în glas strecurându-i-se o notă de formalitate.

– Da, așa e. A închiriat un apartament de la Nóra, nu departe de ștrand. N-am fost niciodată acolo.

Hákon sorbi din cafea.

– Locuia aici mare parte din timp?

– Da, din câte știu. Accepta slujbe ici-colo. Cel mai de curând a început să lucreze la o casă de vacanță de la... din Skagafjörður. Stai, nu acolo a fost găsit cadavrul? Săracu' de el.

În glasul lui Hákon apăruse o notă de compătimire. Parcă pentru prima oară de la începutul discuției își dădea seama că Elías murise.

– N-am voie să spun prea multe, se scuză Ari Thór. Poți să-mi dai datele de contact ale celor care lucrau cu el?

Rupse o pagină din carnet și i-o dădu lui Hákon, care scrise trei nume, își verifică telefonul, apoi adăugă trei numere.

– Poftim. Sunt cu toții oameni de ispravă.

Nu criminali, lăsa de înțeles.

Chiar când dădea să se ridice, Ari Thór văzu că mai mulți trecători se opriseră să arunce priviri spre locul unde stăteau el și Hákon, dar prefăcându-se că admiră bărcuțele de la ponton sau vasul de croazieră sclipitor de la chei. Fără îndoială că toți se întrebau de ce șeful de șantier de la tunel vorbea cu poliția. Bârfele aveau să înceapă foarte curând.

– Uite ce e, prietene, zise Hákon deodată, cu artistul ar fi bine să vorbești mai întâi. Ceilalți n-ar face rău nici unei muște.

Ari Thór se îndreptă de spate.

– *Uite ce e, prietene*, zise glacial și răspicat, nu-mi spui tu mie cum să-mi fac meseria...

Hákon ridică surprins privirea și se grăbi să-l întrerupă:

– Hei, scuze...

– Nu-mi pasă dac-ai fost vedetă, adăugă Ari Thór. Cine-i artistul?

– Îl cheamă Jói. Nu-i știu numele de familie, doar că i se zice Jói. Se ocupă cu artele spectacolului, naiba știe ce-o mai fi și asta. E... știi tu...

– Nu, nu știu, zise Ari Thór și așteptă răbdător ca Hákon să-și găsească cuvintele.

– E cu verzii[2], zise el pe un ton din care i se înțelegea disprețul.

– El și Elías se cunoșteau bine?

– Da, colaborau la un concert caritabil în Akureyri. Elías făcea mereu acțiuni caritabile. Pregătește... pregătea... un concert pentru organizația caritabilă pe care o conduce Nóra. „Salvați gospodăriile", știi tu...

De data asta, Ari Thór știa exact la ce se referă. „Salvați gospodăriile" fusese înființată după criza financiară ca să ajute familiile și persoanele singure care avuseseră de suferit de pe urma situației economice, oameni care-și pierduseră slujbele sau care pur și simplu nu reușeau să se descurce. Era o organizație înființată de la firul ierbii de către un grup de localnici, printre care și câțiva din Siglufjörður, și avusese un început bun. Chiar și Ari Thór donase câteva mii de coroane într-o primă fază, iar fondatorii erau mereu în căutare de sprijin.

– Cel fel de colaborare era? Își pregătea Jói un număr cu ocazia concertului? Elías lucra pentru „Salvați gospodăriile"?

Lui Ari Thór îi păru rău imediat că pusese atât de multe întrebări deodată, o greșeală de începător în orice situație.

Dar Hákon nu părea îngrijorat și-i răspunse pe îndelete:

– Să vedem... Elli – adică Elías – s-a oferit să organizeze un concert în primăvară, toate câștigurile urmând să ajungă la „Salvați gospodăriile". El a făcut toate pregătirile. Jói cântă și el, și la voce, și la chitară. Rămăsese să aibă și el un număr la concert, dar după aia s-au certat din ceva. Asta-i tot ce știu. Deci, pe scurt, Jói e omul pe care vrei să-l iei la întrebări, nu pe colegii lui Elías.

Zâmbi cu gura până la urechi.

– Mai vedem.

Ari Thór se ridică în picioare.

– Mersi... prietene.

Se îndepărtă cu pași repezi.

---

2 Partidul Mișcarea Verde din Islanda, de orientare eco-socialistă. (*n. red.*)

8

După ședința de dimineață, Ísrún merse la Institutul meteo ca să întrebe dacă cenușa cădea încă asupra orașului. Vorbi cu o tânără care se scuză, explicându-i că terminase studiile de curând și nu lucra acolo de prea multă vreme, dar care în același timp cunoștea datele despre cenușă și poluarea aerului din Reykjavík ca pe propriile buzunare. *Ar ieși un interviu pe cinste*, își zise Ísrún, dar, când îi propuse, tonul celeilalte se schimbă imediat. Refuză sub orice formă și pentru prima dată de la începutul discuției se lăsă tăcerea.

– Nu poți doar să mă citezi? întrebă ea în cele din urmă.

– Din păcate nu dă bine, răspunse Ísrún și-i repetă placa pe care o știa aproape pe de rost: Pentru publicul de televiziune e esențial să vadă cu cine stăm de vorbă. Stai liniștită, nici n-o să observi camera de filmat, adăugă ea o minciună nevinovată.

Ísrún se văzu nevoită să recurgă la tot arsenalul din dotare ca s-o convingă pe tânără să accepte un interviu în fața camerei, iar în cele din urmă reuși. Dar începuse să aibă dubii. Persoanele emotive nu se descurcau bine în fața camerei și până și cel mai scurt dialog ar fi putut însemna un număr nesfârșit de duble, de replici filmate la nesfârșit. Uneori era mai ușor să vorbești cu politicienii, pentru că majoritatea n-aveau nicio urmă de trac în fața camerei. Oamenii obișnuiți erau de multe ori în stare să vorbească mult și bine dacă nu erau filmați, dar când vedeau camera brusc cădeau pradă emoțiilor și nu mai știau să lege nici două cuvinte. Ísrún simți un nod în stomac, dându-și seama că tânăra era exact genul ăsta de persoană.

– N-o să observe lumea că am emoții? întrebă ea.

– Nu-ți face griji! Camera ascunde lucrurile astea, minți Ísrún cu pricepere.

– Dacă iese prost, să nu-l difuzezi, bine? Să dai pe post doar ce-am declarat.

– Sigur, bineînțeles, murmură Ísrún.

Începea s-o roadă conștiința, dar avea nevoie să stea de vorbă cu un specialist, iar femeia din fața ei știa totul despre subiect.

Amănuntele despre norul de cenușă în sine nu erau prea interesante și n-ar fi făcut niciodată vâlvă. Cenușa polua aerul din Reykjavík de câteva săptămâni, dar ziua aceea era una deosebit de rea.

Așa că, după câteva întrebări generale despre cenușă, Ísrún hotărî să se concentreze asupra pericolului viitor: posibilitatea să erupă Katla.

– Dar Katla? întrebă ea. E adevărat că există șansa să erupă? N-a mai făcut-o de mult, ultima erupție a avut loc în 1918.

– Păi... păi..., se bâlbâi tânăra, nu tocmai pregătită să meargă în direcția aceea. Sigur că există un risc real, chiar considerăm că a trecut mult timp...

– Iar impactul unei erupții a lui Katla? Haos total în traficul aerian?

– Da, așa cred...

Apoi păru să-și dea brusc seama că picase în capcana lui Ísrún și-i pusese pe tavă un titlu senzaționalist.

– Adică, nu, n-avem de unde să știm. Depinde de norul de cenușă și de direcția vântului, sunt foarte multe variabile.

– Mulțumim, asta-i tot. Acum o să plecăm, zise Ísrún. Sunt sigură că o să putem folosi ceva din ce ne-ai spus.

– Vă rog să nu folosiți ultima parte, cea despre Katla, răspunse femeia, strângându-i mâna lui Ísrún.

Avea palma leoarcă de transpirație.

– Poate că nu, o să vedem, zise Ísrún, chitită să-și sperie puțin publicul cu o previziune despre o posibilă erupție violentă a lui Katla.

Unii pur și simplu nu-și doresc cele cinșpe minute de faimă, trase ea concluzia, clătinând iritată din cap. Nici măcar, ca în cazul de față, cele șaizeci de secunde.

– Lucrurile o să se înrăutățească peste zi, adăugă femeia în timp ce Ísrún se îndepărta, parcă vrând să ofere ceva la schimb pentru povestea cu al doilea vulcan. Vântul își schimbă direcția și o să aducă încoace o ploaie de cenușă și mai puternică.

Vești bune, își spuse Ísrún, pentru că asta însemna că reportajul ei putea să ajungă mai aproape de începutul buletinului de știri, cu toate că bărbatul mort din nord avea să fie, fără îndoială, știrea principală.

*

Când Ísrún se întoarse, în redacție se auzea un murmur general. Cu toții discutau despre crimă.

– Avem un nume! îl auzi pe Ívar strigându-i lui Kormákur. Elías Freyson, cu domiciliul în Siglufjörður. Contractor. Organiza un eveniment caritabil în nord. Poate fi o abordare bună – „Filantrop ucis", ceva de genul ăsta. Găsește un unghi potrivit.

– Un unghi potrivit? i-o întoarse Kormákur nu tocmai în largul lui. Omul a fost omorât!

Ivár zâmbi stângaci și se întoarse spre Ísrún.

– Cum merge cu materialele tale de umplutură? întrebă cu voce tare, parcă vrând să fie sigur că-l aude toată lumea.

– Bine, răspunse ea ferindu-și privirea.

În urmă cu câțiva ani n-ar fi lăsat pe nimeni s-o calce așa în picioare, să-i dea doar cele mai banale subiecte și apoi s-o facă de râs în fața colegilor.

*

– Ívar.

El ridică privirea, o văzu pe Ísrún lângă biroul redactorului și se-ntrebă ce mai voia de el. Poate venise să se plângă de poanta cu „materialele de umplutură" la douăzeci de minute după ce se întâmplase.

– Parcă aveai de lucru la știrea despre cenușa vulcanică, răspunse în doi peri.

Nu se sinchisea să fie politicos la serviciu, cu excepția momentelor când vorbea cu șefii, desigur.

Ea ezită.

– Haide, zi ce s-a-ntâmplat, spuse el oftând.

– Mă întrebam dacă aș putea să lucrez la știrea despre crimă împreună cu Kormákur. Pe partea mea e cam liniște, zise ea roșind.

Părea nefericită.

– Liniște? Nu sună bine.

– Sunt pe tură în următoarele câteva zile, deci nu mi-ar fi greu să urmăresc și crima, și subiectele mele obișnuite, zise Ísrún cu o determinare neobișnuită în glas, care-l luă prin surprindere.

– N-am cum să pun doi oameni să se ocupe de un singur subiect. Ai terminat de editat știrea cu festivalul?

– Nu tot, dar aproape. Nu poate s-o termine unul dintre stagiarii de peste vară?

– Mai vedem. Probabil o să intre în buletinul de seara târziu.

Ívar începea să-și piardă răbdarea.

– Și chestia despre poluarea cu cenușă?

– I-am luat un interviu unui meteorolog de la Institutul meteo, cred că putem folosi o parte din el, răspunse ea stângaci, neștiind cum să-și impună punctul de vedere. Aș vrea să plec în nord, adăugă în cele din urmă pe un ton ferm.

– În nord?! făcu Ívar uluit.

– Da, în Skagafjörður, unde a fost găsit cadavrul. Poate și la Siglufjörður.

– Ce naiba, Ísrún, nu putem să te trimitem prin toată țara, uite-așa! Trebuie să ținem de fiecare bănuț. Și cu asta am încheiat discuția.

– Dar...

– Am încheiat discuția.

– Voiam doar să zic că...

Coborî glasul și se apropie de el.

– Am primit adineauri un telefon și am o pistă care cred că merită cercetată.

– Un telefon? Explică-mi. Cine-a sunat?

– Scuze, asta nu pot să-ți zic.

– De ce dracu' nu? izbucni Ívar, reușind să se stăpânească exact înainte să dea cu pumnul în birou.

– Un prieten de la Akureyri. Zice că-l cunoștea pe tipul care a murit, dar nu știu câte detalii pot să-ți dau.

– Zi odată!

Începea să ridice tonul.

– Va trebui să mă lași să urmăresc pista.

– Bine. Fă ce vrei.

Lui Ívar îi era greu să-și păstreze calmul, mai ales că prin minte i se învârtea deja gândul că poate Ísrún ochise postul de redactor-șef, pe care-l râvnea el.

– Mi-a zis că Elías era implicat în traficul de droguri din nord, șopti Ísrún deodată, de parcă ar fi dezvăluit un secret de stat.

– Droguri? Pe bune?

Îți dădeai seama din glas că era cu adevărat surprins.

– Vezi ce poți să afli. Nu pot să-ți promit deconturi pentru benzină și cazare dacă nu vii cu ceva tare. Și nu pot să-ți dau cameraman. Va trebui să te descurci cu corespondentul nostru din nord dacă ai nevoie de filmări. Dacă nu, doar trimite-i lui Kormákur notițele și o să le folosească în reportajul *lui.*

Ívar făcu tot posibilul să accentueze faptul că reportajul nu urma să fie al ei. Dacă era într-adevăr în rivalitate cu Ísrún, își zise că era mai bine să primească meritele Kormákur, dacă ieșea ceva din subiectul acela.

– Bine.

Ísrún zâmbi.

Rar o vezi cu zâmbetul pe buze, își zise Ívar.

– Plec după-amiaza asta. Nu-ți face griji în privința cazării, găsesc eu un loc ieftin unde să stau la Akureyri. Știu bine orașul, am lucrat acolo la spital.

– Mai bine rămâneai acolo, bombăni Ívar pentru sine.

*

Ísrún ieși din încăpere fără să-i răspundă la remarca grosolană. Simțea că nici nu merită s-o facă. Motivul real pentru care plecase din Akureyri i s-ar fi părut de-a dreptul șocant lui Ívar, poate ar fi reușit chiar să-l lase o dată-n viață fără cuvinte. Dar era mulțumită că reușise să-și apere poziția și că în curând urma să plece spre nord.

Poate că întrecuse măsura inventând povestea cu Elías implicat în traficul de droguri, dar era o minciună nevinovată și, oricum, trebuia să facă cumva să lucreze pe subiectul acela.

9

Sudul Islandei – cu un an înainte

Începuse concediul. Speram să am parte de o săptămână în sudul Islandei ca să scap de presiunea și oboseala pe care le simțeam. Plănuiam să lucrez la articolul despre bunica, deși încercam încă să-mi dau seama ce scrisese ea în jurnal, misiune pe care am început-o din clipa în care l-am văzut pe bunicul aruncând caietul în incinerator.

Bineînțeles, știam că jurnalul era pierdut. În adâncul sufletului știam că n-o să aflu niciodată ce scrisese, dar tot îmi era greu să accept situația.

Poate că Bunicul Lárus, care a murit de mult, avea dreptate: Ísbjörg scrisese jurnalul pentru sine și pentru nimeni altcineva.

Am plecat cu rabla spre est, spre Landeyjar, silită de motorul mic al mașinii să respect viteza legală.

În cele din urmă, când am luat ultima curbă de pe drumul cu pietriș, mi-am înălțat privirea spre casa veche a bunicului. Se înălța pe un deal mic, cu vedere la câmpiile verzi de pe partea dinspre interiorul insulei, la munții înalți din depărtare cu vârfurile lor înzăpezite și, de cealaltă parte, la Insulele Westman, care se ridicau din mare.

Fusese un teren de joacă nemărginit pentru o fetiță care venea în vizită la bunici. Aici a suflat mereu o briză răcoroasă care aducea cu sine mirosul mării, chiar și în plină vară – cel puțin, asta-mi amintesc eu.

Am ajuns la casă și am deschis poarta, cu sârma ei ghimpată din partea de sus, uitând pe moment că un cuplu cu doi copii mici o cumpăraseră după moartea Bunicului.

În curte era parcată o camionetă destul de nouă și, când am coborât din mașină, un câine vesel a venit să mă salute.

Era puțin probabil să obțin vreo informație utilă pentru articol din vizita asta, dar ceva mă atrăgea aici.

O tânără a venit la ușă și m-a măsurat cu privirea, în tăcere, zărindu-mi cicatricea de pe față și ferindu-și imediat ochii, ca și cum n-ar fi remarcat-o. A fost suficient ca să-mi amintesc cât de mult ies în evidență.

Mi s-a sugerat să apelez la chirurgie plastică, dar n-am luat-o niciodată în calcul. Bănuiesc că, în adâncul sufletului, nu mă deranjează să fiu diferită, să înfrunt lumea și să înot împotriva curentului.

– Bună dimineața, a zis tânăra în cele din urmă, zâmbind.

– Bună. Eu sunt Ísrún.

– Da. Apari la știri, nu-i așa? a întrebat femeia și s-a uitat peste umărul meu. N-ai venit și cu un cameraman?

– Ce? Nu, nu n-am venit chiar în interes de serviciu. Lucrez la un articol despre bunica mea, am zis. A locuit aici.

– În casa asta?

– Exact. Aș putea să intru puțin și să arunc o privire?

M-a poftit înăuntru. Bănuiesc că era greu să refuzi pe cineva care oricum apărea în casă pe ecranul televizorului.

M-am străduit să-mi placă vizita. M-au năpădit amintirile, chiar dacă noii proprietari făcuseră multe schimbări. Bucătăria era nouă, iar baia fusese reparată cum trebuie. Într-o oarecare măsură, farmecul casei dispăruse – nu mai era clădirea veche și peticită în care locuise Bunicul, ci o variantă mai aranjată și mai modernă a ei.

Mi-ar fi plăcut să înnoptez acolo dacă mi-ar fi propus, dar stabilisem deja să rămân la un văr care avea o fermă în apropiere.

Puteam să-mi scriu articolul acolo, să mă relaxez și să depănăm amintiri despre familia mea.

Stabilisem și o oră la care să mă întâlnesc cu două femei care o cunoscuseră bine pe bunica Ísbjörg. Îmi spuseseră că le-ar face plăcere să-și aducă aminte de trecut cu mine.

Tremuram de nerăbdare să aflu orice indiciu, orice amănunt cât de mic care să-mi spună mai multe despre viața bunicii mele.

10

Svavar Sindrason stătea în vechiul scaun de răchită, privind în zare. Era locul lui preferat când voia să-și dea seama cum urma să fie vremea. Scena din fața lui n-avea nimic special în sine, în mare parte fiind compusă din peretele casei de alături. Dar nu conta – lui îi plăcea să studieze cerul.

Uneori mergea la biserică, mai mult din obișnuință decât din convingere, deși era credincios în felul lui. Credea într-o putere superioară dar, cum nu se aștepta să primească vreodată răspunsuri, numai rareori apela la Dumnezeu pentru sfaturi.

Acum avea între patruzeci și cincizeci de ani. Nu intenționase să locuiască în casa veche din Dalvík înainte să împlinească patruzeci de ani. Planul fusese să strângă treptat niște bani și să se mute altundeva. Se născuse și trăise aici toată viața, cu numai câteva pauze. Închiriase un apartament în sud și lucrase acolo o vreme, deși casa din Dalvík îi aparținea în totalitate, acum că ambii lui părinți muriseră. Lui Svavar îi plăcea micul oraș, dar visa la un apartament undeva în sudul Europei, de preferat lângă plajă, unde să poată lua lucrurile mai ușor, să se bucure de lumina soarelui și de multe cocktailuri lungi. Ar fi făcut aproape orice ca să-și vadă visul cu ochii.

Puțin mai devreme, Svavar se uitase la știri.

Acum stătea la geam și se gândea la Cel de Sus.

Pentru prima oară se simțea ușor confuz.

Întrebările despre viață și moarte nu-i dădeau pace.

Despre viața lui și despre moartea altcuiva.

Se întreba până unde ar fi mers ca să-și salveze pielea.

Svavar voia să trăiască din plin singura viață pe care o primise. N-avea de gând să facă asta dintr-un loc unde ar fi fost ținut sub cheie.

Însă nu doar gândul la închisoare îl îngrijora. Svavar știa că, dacă s-ar fi dus la poliție, ar fi trebuit să se teamă de moarte. De propria moarte.

Dacă ar fi avut cum să afle cât de grave ar fi fost consecințele discuției cu poliția, poate că i-ar fi fost mai ușor să ia o decizie. Îi era destul de limpede ce s-ar fi întâmplat dacă *nu* s-ar fi dus la ei.

De-a lungul timpului rostise de multe ori expresia „o chestiune de viață și de moarte", însă numai acum îi înțelegea cu adevărat sensul.

Continuă să se uite în gol pe fereastră, sperând să primească un răspuns la dilema lui. Să facă ce trebuie, să salveze viața cuiva, dar să suporte consecințele implacabile? Sau să țină totul pentru sine și să-și petreacă restul zilelor cu conștiința încărcată?

11

Colțul pentru cafea de la secția de poliție din Siglufjörður era un loc popular ori de câte ori trebuia investigat ceva ieșit din comun. Primul vizitator din ziua aceea fu Ómar, căpitanul de vas ieșit la pensie, care se înfățișă la scurt timp după publicarea știrii că trupul neînsuflețit era al unui bărbat care nu numai că lucra la noul tunel, dar locuise în Siglufjörður.

Ómar era unul dintre cei care frecventa constant secția de poliție, dar de bunăvoie, ca să bea o cafea când avea chef de companie. Nimeni nu știa pe care vas fusese comandant, dar supranumele „Căpitanul" se prinsese de el la fel de puternic cum se prinsese porecla „Reverendul" de Ari Thór, care nu predicase niciodată în fața unei congregații.

– Ce mai faci, Ómar? îl întrebă Tómas când se așezară amândoi la masă.

– Binișor, băiete. Dar tu?

Tómas nu era pregătit să vorbească despre cum se simțea. Știa exact ce urmărea Ómar – bârfe despre soția lui Tómas, care se mutase „temporar" în sud, la Reykjavík. Tómas bănuia că felul în care păstra legătura – sau mai bine zis, nu păstra legătura – cu soția lui devenise subiect de discuție în oraș.

– Bine, răspunse el mai entuziasmat decât se simțea.

De fapt, își zise, *uneori chiar mă simt bine*, dar asta numai când nu se gândea la soția lui. Tânjea să se mute la Reykjavík ca să fie lângă ea – ușor de zis, greu de făcut. Se întrebase dacă să nu ia o pauză de la serviciu, un an sabatic, ca să plece în sud. Era mulțumit și liniștit de dârzenia lui Ari Thór și se gândea că tânărul ar fi fost în stare să preia temporar conducerea dacă el, Tómas, ar fi luat o pauză.

– Ocupat?

– Ei, ca de obicei, răspunse Tómas, apelând înadins la răspunsuri scurte.

– Ce veste groaznică despre omul ăla care a fost...*omorât*, zise Ómar, accentuând în mod dramatic ultimul cuvânt.

– Da. Îl cunoşteai?

– Nu. Doamne, nu. Parcă era doar contractor pe-aici, nu-i aşa? Am auzit că făcea nişte bani lucrând la tunel. Mi se pare că toată lumea-i chitită să facă mare caz de asta. Cică locuia la Nóra în apartament.

– Aşa e, l-a închiriat, confirmă Tómas, atent să nu-i dea bătrânului prea multe detalii.

Ancheta era condusă de poliţia din Akureyri, ajutată de cea locală din Sauðárkrókur şi, în mai mică măsură, de cea din Siglufjörður.

Ari Thór începuse deja să se ocupe de caz şi vorbise cu Hákon, sau „Hákon, Băiatul cu hering", cum îi zicea de cele mai multe ori Tómas. Hákon îi oferise numele şi datele de contact ale colegilor cel mai apropiaţi de Elías. Unul dintre ei, Páll Reynisson, fusese la un moment dat poliţist în Siglufjörður. Mai erau Svavar Sindrason, care locuia în satul Dalvík, şi cel de-al treilea, Logi Jökulsson.

Tómas şi Ari Thór participaseră la o teleconferinţă şi li se spusese că Svavar Sindrason fusese deja interogat. Îl cunoştea pe Elías de mult timp, dar nu oferise prea multe informaţii. Ştia şi că Elías lucra şi în afara contractului, la casa din Skagafjörður – Elías nu se ferise să spună acest lucru.

Cel mai probabil crima fusese comisă noaptea, dar cum la ora aceea traficul nu era supravegheat în district şi nu existau camere video era imposibil să-ţi dai seama cine circulase prin zonă.

Cât despre Svavar, el spusese că în noaptea aceea dormea de mult. Locuind singur, era o afirmație greu de confirmat.

Nu eliminaseră din calcul posibilitatea ca ucigașul să fie femeie. Lovitura nu fusese dată cu multă putere, iar bucata de lemn nu era chiar atât de mare. Pagubele majore le provocase cuiul.

*

Viața Nórei Pálsdóttir putea fi împărțită în trei perioade: o căsătorie dezastruoasă, călătoriile în străinătate și uitatul în gurile altora. Studiase stomatologia pentru că tatăl ei fusese dentist și în casa părintească nu se discutase despre vreun alt gen de carieră pentru ea. În realitate n-o interesa deloc meseria ei și organiza lucrurile astfel încât să fie cât mai mult timp plecată. După zece ani de căsnicie, soțul ei își dăduse seama că ea iubea călătoriile mai mult decât îl iubea pe el, divorțase imediat și luase cu sine o parte nejustificat de generoasă din agoniseala ei. Poate că divorțul ar fi avut loc oricum, nu atât din pricină că-i plăceau călătoriile cât din cauza obiceiului ei de a nu fi tocmai credincioasă soțului.

Se mutase într-un loc mai mic, vânzând casa din zona centrală din Reykjavík și cumpărându-și un apartament în suburbii. Banii primiți îi mutase în fondul de călătorii.

Excursiile începuseră în studenție, când se plimbase în jurul lumii având în bagaj strictul necesar și preferând să umble de una singură.

Traiul pe o insulă singuratică din Atlanticul de Nord nu putea s-o mulțumească și simțise mereu un imbold puternic să exploreze lumea, să vadă și să simtă culturi îndepărtate și nefamiliare, dar și natura de pe acele meleaguri. Prin urmare, profita de fiecare ocazie ca să meargă într-un loc nou, să lase Islanda mult în spate.

Întâi alesese Europa, dar când începuse să câștige mai mult

adăugase pe listă destinații mai interesante, din Asia, Africa și America de Sud. Își descoperise locurile preferate din fiecare emisferă și se asigurase că le vizitează de mai multe ori. Itinerariul ei era nemilos. Pentru fiecare nou paradis pe care-l descoperea planifica o călătorie de întoarcere acolo, până când îi deveni limpede, odată cu trecerea anilor, că timpul e o resursă finită, și la fel și fondurile ei. Când împlinise șaizeci de ani hotărâse că era destul. Prietenii și cunoștințele ei ieșiseră rând pe rând la pensie și începuseră să vorbească despre călătorii în jurul lumii, croaziere sau plimbări prin țări străine. Dar Nóra era epuizată, extenuată de acel du-te-vino neîncetat din tinerețe.

Cam când ieși la pensie Nóra vându apartamentul din Grafarvogur. Nu se simțise niciodată în largul ei acolo, iar unul dintre motivele principale era faptul că făcea împrumuturi mari ca să investească la bursă. Când se declanșase criza financiară, descoperise repede că pierduse aproape totul.

Nu-i mai rămăsese decât să se mute din Reykjavík și să se întoarcă în nord, în orașul ei natal, Siglufjörður, reușind să salveze îndeajuns de mulți bani din dezastrul financiar ca să-și cumpere o casă frumoasă, cu vedere la mare, pe Hvanneyrarbraut. Reușea să-și acopere cheltuielile zilnice închiriind etajul. De fapt, constatase că-i place să mai aibă pe cineva în casă.

La Siglufjörður plănuia să se relaxeze, să se bucure de viață. Reușea să facă asta luând parte la scena socială a orașului, experimentând cu câțiva iubiți noi și petrecând mare parte din timp citind lângă fereastra din dormitor, de unde putea să vadă marea și munții care împrejmuiau orașul.

Era acasă când tânărul polițist bătu la ușă. Se așteptase la sosirea poliției când aflase știrea despre chiriașul ei găsit mort. În loc să-l primească în pantalonii ei obișnuiți de trening și în șlapi, se îmbrăcase mai dichisit. Măcar atâta să facă.

Sperase să vină Tómas în persoană, dar în locul lui stătea cel poreclit Reverendul, un tânăr chipeș. Era mult prea tânăr pentru ea, bineînțeles, cu toate că refuza să neglijeze vreo variantă. Era serios și avea o privire moartă, ca și cum ar fi pierdut ceva de preț.

*

– Intră.

Femeia care stătea în prag afișă un zâmbet aproape cochet în timp ce-l studia cu privirea din cap până-n picioare.

– Tu trebuie să fii Ari Thór.

Încă îl deconcerta faptul că necunoscuții știau cum îl cheamă, însă era conștient că într-o comunitate mică toată lumea îi cunoștea pe polițiști.

– Mulțumesc. Trebuie să arunc o privire în apartamentul lui Elías. Înțeleg că era chiriașul tău.

– Așa e. E groaznic ce s-a întâmplat. Bietul om... Era foarte simpatic.

Vorbele ei nu păreau sincere. *Foarte simpatic.* Se întrebă dacă ăsta avea să fie epitaful lui Elías. Oare asta urma să-i scrie pe piatra de mormânt?

– Ce mă fac eu cu toate lucrurile lui? se întrebă ea.

– Te ajutăm noi cu asta. Poate găsim vreo rudă care să le moștenească. Dar mai întâi trebuie să arunc o privire în casă. Cel mai bine e să nu atingi nimic docamdată, zise Ari Thór destul de sec, ca să evite comentarii inutile.

Pereții holului erau văruiți într-un galben închis și decorați cu stampe mici. O scară aflată în partea dreaptă ducea la etaj, unde pereții aveau aceeași culoare.

Nóra deschise ușa și-l pofti pe Ari Thór în camera de zi. Micul șemineu era plin cu vechituri și plante în ghiveci. Pe pereți atârnau picturi din cele mai îndepărtate colțuri ale lumii: una din Africa, alta cu un peisaj asiatic și o acuarelă cu Rio de Janeiro.

Era limpede că locuința aparținea unui iubitor al călătoriilor, un depozitar al amintirilor.

– Când l-ai văzut ultima oară? întrebă Ari Thór după ce luă loc pe o canapea albă.

Ea se așeză stânjenitor de aproape de el.

– Ieri, răspunse. M-am întâlnit cu el pe hol ieri dimineață devreme. După acum ai văzut, n-ar fi putut să urce fără să treacă prin hol. Am făcut schimbări în casă când am cumpărat-o, ca să am apartamente separate sus și jos.

Din nou, zâmbetul ei îl făcu pe Ari Thór să nu se simtă în largul lui. Își feri privirea.

– Părea îngrijorat din vreun motiv anume? Ai observat ceva neobișnuit la el?

Nóra se gândi o clipă.

– Bună întrebare. Nu îngrijorat, mai degrabă entuziasmat.

– De ce crezi?

– Chiar nu știu, mă tem.

– Când s-a mutat aici?

– Acum câteva luni. L-am cunoscut prin „Salvați gospodăriile". Ai auzit de ea? întrebă pe un ton mieros.

– Da, am contribuit și eu, răspunse rece Ari Thór, preferând s-o țină pe femeie la distanță.

Ea se lumină imediat la față.

– Ce mă bucur! Elías s-a oferit să mă ajute. A zis că are destul timp liber și că voia să dea ceva înapoi comunității.

Făcu o pauză.

– La începutul anului mi-a zis că a trebuit să se mute de unde locuia înainte și că avea nevoie de o casă unde să stea câteva luni, până se termina tunelul. La o ședință de la „Salvați gospodăriile" i-am zis că făcusem schimbări în casă ca să închiriez sau să vând apartamentul de la etaj. A fost chiriașul perfect, adăugă ea, coborând glasul, parcă în semn de respect pentru bărbatul mort.

N-am auzit niciun zgomot de deasupra. Iar în ultima vreme a fost plecat destul de mult.

– Ai acces în apartamentul lui?

– Acces? Bineînțeles. Dar n-am urcat niciodată. E important să respecți intimitatea altora.

Ari Thór îi simți o undă de vină în glas.

– Pe scurt, a fost un înger. Îmi plac oamenii care sunt gata să-și sacrifice timpul liber ca să facă un bine. Iar faptul că era frumos foc, un cuceritor, la fel ca tine, nu era deloc un lucru rău.

Flutură din sprâncene. Ari Thór încercă să-i ignore privirea, dar simți că obrajii i se înroșesc și, cu cât încerca mai tare să-i oprească, cu atât mai mult se colorau.

– Nu te rușina! N-ai de ce să te rușinezi că arăți bine, zise și se aplecă spre el, iar zâmbetul cochet apăru din nou. Vrei ceva de băut? O cafea? Am și vin roșu sau alb.

El se ridică repede în picioare.

– Hai să fim profesioniști, spuse cu răceală. Ești amabilă să mă lași să intru în apartamentul lui?

Era o comandă mai degrabă decât o rugăminte.

– Sigur, răspunse Nóra, fără să pară afectată de faptul că o respinsese.

Îl urmă pe scări, descuie ușa și se pregătea să intre odată cu el, însă Ari Thór ridică mâna și îi ceru, ferm, să rămână afară.

Era limpede că etajul nu fusese gândit ca apartament separat. Avea două camere, una dintre ele cu o baie mică. Probabil că ambele fuseseră cândva dormitoare, înainte ca una dintre ele să fie transformată într-o combinație ciudată de cameră de zi cu chicinetă. De-a lungul unui perete se înșirau un frigider, alături de o chiuvetă și un aragaz, iar pe lângă acestea mobila părea menită mai degrabă să umple locul, nu să-l înfrumusețeze.

Dormitorul arăta insipid, chiar lipsit de culoare, cu un pat dublu și două imagini monocrome pe perete. Zări câteva obiecte personale: o jachetă întinsă pe pat și încălțări așezate ordonat pe podea lângă niște greutăți.

Hainele fuseseră aruncate în dulap, iar printre grămezile de rufe era și o geantă de sport deschisă. Din ea se vedea cum atârnă un prosop alb, împăturit și nefolosit.

Abia după ce examină cu mai multă atenție conținutul genții hotărî că era nevoie să-l sune pe Tómas. Urgent.

12

Lui Ísrún nu-i luă mult s-o găsească pe fosta soție a lui Elías. Află și cum cheamă, și unde lucrează.

Se pricepea să strângă informații despre oameni pe internet, într-o manieră perfect legală, desigur. O uimea cât de neglijenți erau unii, cum furnizau tot soiul de informații personale pe rețelele de socializare, gata să fie culese de oricine ar fi aruncat o privire. Era mult mai ușor să descoperi trecutul cuiva, iar acum că existau și arhive online ale ziarelor era o joacă de copii să afli datele personale ale oricui.

Norul de cenușă de peste Reykjavík era tot mai dens, aerul părea grunjos, parcă ar fi fost plin de particule de nisip. Fata cu emoții de la meteo avusese dreptate. Era neobișnuit de cald pentru perioada aceea a anului, dar era imposibil să spui că vremea era bună cu un aer atât de uscat și murdar.

Când plecă de la televiziune își ținu respirația cei câțiva pași pe care-i avea de făcut de la ușă până la mașină. Când intră, se simți ușurată. Chiar dacă aerul cald și stătut era pe cale s-o copleșească, Isrún rezistă ispitei să coboare geamul în timp ce conducea spre portul unde Idunn, fosta soție a lui Elías, avea o cafenea mică.

Zona era liniștită, numai câțiva turiști hotărâseră să-și încerce norocul în cenușă și așteptau să se îmbarce pe un vas care urma să-i ducă să se uite la balene sau papagali de mare. Uneori, în weekend, Isrún mergea în port să cumpere pește proaspăt de la piață, halibut dacă găsea. De cele mai multe ori, însă, în weekend era de serviciu. Și mai erau și weekendurile în care abia reușea să se convingă să coboare din pat.

Cafeneaua era intimă. Muzica se auzea în surdină, finisajele de lemn dădeau locului o căldură rustică, iar aroma densă a cafelei proaspete te îmbia. Ușa era închisă, la fel și ferestrele, ca să nu intre aerul acru, cu toată că mirosul neplăcut și metalic al norului de cenușă se strecurase înăuntru. La o masă văzu un cuplu cu un cărucior pentru copii. Femeia sorbea din cafea în timp ce bărbatul trăgea de un pahar cu apă și se ascundea în spatele laptopului deschis. Într-un colț, un domn în vârstă stătea în picioare și vorbea cu un angajat al cafenelei, având alături un câine mare. Apoi Isrún o zări pe Idunn.

Era aceeași femeie după ale cărei poze Isrún săpase în arhiva veche a ziarului, găsind, printre altele, o imagine cu Elías și Idunn la petrecerea de patruzeci de ani a unui politican popular. Singura diferență era că atunci Idunn avusese părul vopsit într-un roșu aprins.

Isrún se apropie de ea și comandă un cappuccino.

Când Idunn îi așeză ceașca în față, Isrún profită de ocazie și deschise conversația:

– Mi se pare că te recunosc. Nu cumva ne-am întâlnit pe undeva?

– Nu știu. Se poate. Nu reușesc să țin minte fețele oamenilor, răspunse Idunn pe un ton vesel.

– Eu nu le uit niciodată. Uneori poate fi un blestem. Eu sunt Isrún.

Idunn îi spuse cum o cheamă și brusc lăsă impresia că o recunoaște pe Isrún, privind-o cu o confuzie neașteptată.

– Am impresia că te-am mai văzut undeva. Parcă la o petrecere mare de acum câțiva ani? Era ziua cuiva, împlinise patruzeci de ani, insistă Isrún, făcând apoi o pauză și sorbind din cappuccino ca să-i dea celeilalte ocazia să răspundă. Cafeneaua e a ta?

– Mersi. Da, așa e. Am deschis de curând. Am avut o cafenea în mallul Kringlan, dar am vrut să fiu mai aproape de centrul orașului, răspunse Idunn zâmbind.

Isrún hotărî să iasă cu toate armele la înaintare.

– O, Doamne, nu cumva ești soția lui Elías? Nu el a fost găsit ucis undeva în nord?

Zâmbetul dispăru imediat de pe chipul lui Idunn, înlocuit de o grimasă îndurerată.

– Poți să nu te mai prefaci. Te-am văzut la televizor. Ești la știri, nu? În fine, nu contează, actriță clar nu ești.

Isrún aprobă din cap și roși, jenată, surprinsă și dezamăgită să constate că nu era pe cât de nerușinată se credea.

– Dar ai dreptate, continuă Idunn. Am fost căsătorită cu Elías. Acum mult timp. Ce vrei să afli despre nenorocitul ăla? întrebă ea pe un ton lipsit de orice emoție. Bine i-a făcut cine i-a făcut-o.

Isrún era năucită de reacție. Simți că toate aptitudinile ei de jurnalist, rafinate de-a lungul timpului, o părăsiseră brusc și preț de o clipă parcă i se tăie răsuflarea.

– M-au sunat de dimineață de la poliție să-mi spună că Elías a murit, explică sec Idunn, rupând liniștea care se așternuse. Nu pot să zic că o să vărs prea multe lacrimi pentru el.

– A fost... A jucat și-n deplasare cât ați fost căsătoriți? întrebă în cele din urmă Isrún cu glas încet.

– Ba bine că nu! A fost un jegos fără pereche. Tot nu pricep de ce m-am căsătorit cu el, răspunse Idunn, apoi parcă regretă felul în care își alesese cuvintele. Pentru Dumnezeu, nu mă da cu declarația asta la știri, bine?

Făcu o pauză și se aplecă spre Isrún.

– Cum la fel de înțeleaptă ai fi dacă nu l-ai scoate vreo ușă de biserică.

– Nicio șansă, răspunse Isrún, puțin și pentru ea însăși. Dar sigur ai obținut ceva la divorț, nu-i așa?

Idunn râse, un râs amar, obosit.

– Da' de unde? Dobitocul n-avea nicio para chioară, cel puțin nu de care să știu eu. Eu eram cea cu salariul în casă. El s-a aranjat foarte bine după divorț și a reușit chiar să-mi ia apartamentul din Akuyreyri. Nu-i ceva deosebit, o garsonieră, dar sigur face niște bani. Am reușit să păstrez cafeneaua. E... a fost... atât de zgârciob că nici nu cred că a înregistrat apartamentul din Akureyri pe numele lui. În acte, tot compania mea apare că-l deține. Probabil n-a vrut să plătească asigurare și taxe pe el, mai zise ea și zâmbi, luminându-se la față când își dădu seama de un aspect pozitiv al dispariției lui Elías. Hei, poate că până la urmă reușesc să-mi păstrez apartamentul! Poate ar merita să-l vând.

– Uneori îți găsești norocul în cele mai neașteptate locuri, comentă Isrún neconvingător.

Îi mulțumi lui Idunn pentru timpul pe care i-l acordase și își făcu curaj să se aventureze în aerul viciat de afară.

Cerul era neobișnuit de întunecat, soarele fusese acoperit de ceața groasă, minerală, chiar dacă nu se vedea nicăieri vreun nor. Isrún simți cum i se așază cenușa pe limbă în timp ce respira, de parcă ar fi luat o gură de nisip. Se cutremură la gândul ăsta, se grăbi spre mașină și porni imediat. Se simțea ca într-un oraș străin și poluat, în timpul caniculei, nu la Reykjavík, într-o zi de vară.

N-ar fi putut alege o zi mai bună să plece din oraș. Era prima oară când se întorcea la Akureyri de când plecase de-acolo pe nepregătite, cu un an și jumătate înainte, ca să ajungă din nou la Reykjavík. Scrâșni din dinți la gândul rănilor vechi pe care le-ar fi putut deschide întoarcerea la Akureyri, dar își zise că n-avea de ales și că trebuia să meargă acolo.

Lucrurile începeau să se cristalizeze, iar Isrún simțea că prinsese un fir. Putea să-l dezvăluie pe adevăratul Elías Freysson.

*

– Kormákur! Vino puțin!

Ívar stătea pe scaunul redactorului-șef și strigase în toată redacția, ca de obicei, ca un rege care-și supraveghează supușii.

Kormákur se grăbi să ajungă lângă el.

– Cum merge cu știrea despre crimă?

– Nimic nou, răspunse Kormákur.

– Nimic nou? A fost omorât un om! Nu-mi spune că doar stai și aștepți ca poliția să țină o conferință de presă.

Tonul lui Ívar era sobru, cu o notă ascuțită de sarcasm.

– Ce? Nu, normal că nu... Dar lucrurile abia acum capătă amploare, se bâlbâi Kormákur.

– O să fie știrea noastră principală din seara asta. Ce mama naibii, încearcă și tu și fă-o să sune tensionat!

Ívar bombăni ceva pentru sine, apoi se aplecă spre Kormákur și-i șopti la ureche:

– Ascultă, cineva a sunat-o pe Ísrún și i-a dat un pont. Un amic de-al ei, nu mi-a zis cum îl cheamă, spune că Elías era implicat în afaceri cu droguri.

– Droguri? Se droga? întrebă surprins Kormákur.

– Nu, făcea contrabandă.

– Drace! Ăsta, da, subiect!

– Nu-i așa? Mi-a pus piciorul în prag că vrea neapărat să-și încerce mâna, deci dacă trimite ceva îți dau ție. Dar tot vreau să te ocupi și personal de asta. N-am încredere-n ea cu ceva atât de mare. Poți s-o faci?

– Normal!

Kormákur se grăbi la biroul lui și sună la poliția din Akureyri ca să verifice dacă exista vreo legătură între victimă și vreo rețea de traficanți.

Dar polițiștii tăceau mâlc. Nu voiau să ofere informații până la conferința de presă, iar Kormákur puse jos telefonul fără să afle nimic nou. Se întrebă ce știa, de fapt, Ísrún. Spera să se întoarcă în sud cu mâna goală, lucru care i-ar fi deschis ușa să fie zburată din echipă.

13

Kristín străbătea cu pași repezi culoarul spitalului din Akureyri. Cu timpul, linoleumul galben se zgâriase și se pătase, iar faianța albă de pe pereți își pierduse de mult luciul. Era un mediu rece și neprimitor.

Când îi începu garda, toate aripile spitalului roiau de activitate. Kristínei îi plăcea – se plictisea repede când lucrurile erau prea liniștite, avea prea mult timp să se gândească la viitor. Ca orice medic care-și obținea calificarea în Islanda, în curând urma să fie silită să se gândească la o specializare în străinătate, dar împingea gândul ăsta undeva într-un cotlon îndepărtat al minții. Nu avea starea de spirit necesară să ia decizii care să-i dicteze cursul carierei. După anii de studiu de la Universitatea din Islanda urma să se confrunte cu încă o lungă perioadă de studii, de astă dată în străinătate. Uneori îi părea rău că alesese medicina, nu-i plăcea gândul că o să petreacă ani întregi învățând pentru ca apoi să fie limitată la un singur domeniu de activitate. Când lua în calcul investiția de timp, dar și presiunea la care o supunea meseria ei, se gândea că banii câștigați nu prea meritau. Bănuia că, din moment ce economia încă stagna după criza financiară din urmă cu câțiva ani și că sectorul de sănătate punea oameni pe liber, urma să fie nevoită să lucreze în străinătate pentru ca investiția să fie rentabilă. Iar asta presupunea și mai multe decizii.

Își simți mobilul, pus pe modul „silențios", cum vibrează în buzunar. Se opri, scoase telefonul și văzu că era amicul ei de la terenul de golf. Stabiliseră să se întâlnească în timpul săptămânii.

Răspunse.

– Kristín?

– Eu sunt. Bună!

Glasul lui prietenos îi provocă o senzaţie de căldură.

– Te deranjez?

Kristín pusese mereu serviciul şi studiul pe primul loc când era cu Ari Thór. Oare din cauza asta se despărţiseră?

– Nu, e-n regulă.

– Mă întrebam dacă vrei să ne vedem diseară, să găsim un loc şi să mâncăm ceva.

– Scuze, am program astă-seară.

Era dezamăgită. Simţea nevoia să-l întâlnească, să se relaxeze şi să se gândească la altceva.

– Mâine seară?

– E perfect.

– Ne putem vedea la mine, zise ea. Termin garda la şapte.

Îi comunică adresa.

– Super! Ne vedem mâine, spuse el.

Kristín avu impresia că simte o plăcere reală în glasul lui. Şi nu putea să nu fie nerăbdătoare – deja se gândea la întâlnirea lor. Vin roşu, un platou de brânzeturi bune... Poate că avea să reuşească în cele din urmă să şi-l alunge pe Ari Thór din minte.

14

Nu băgase de seamă când coborâse, dar Nóra era deja în hol când Ari Thór ajunse și el jos cu geanta sport.

– O iei cu tine? întrebă ea.

– Da.

– Pentru ce?

Nóra făcu ochii mari, entuziasmată.

– Am nevoie de cheia de la apartamentul de sus, zise Ari Thór, evitându-i cu dibăcie privirea întrebătoare. Ai chei de rezervă?

Nóra fu luată prin surprindere.

– Cum? Da, sigur, zise ea și intră în propriul apartament, apoi se întoarse cu o cheie. Altele n-am, adăugă ea fixând geanta cu privirea.

– Cum plătea chiria?

Ea ridică privirea și zâmbi.

– Ce vrei să spui?

– Plătea cu bani lichizi sau îți transfera bani în cont?

– Tot timpul cu bani lichizi. De ce?

– O să te mai contactez dacă am întrebări, zise el cu o notă de autoritate în glas, sperând s-o domolească. Ți-aș fi recunoscător dacă n-ai povesti nimănui că am venit aici. Și să nu spui nimănui despre geantă, adăugă, încercând să arate prin ton faptul că era mai mult decât o rugăminte politicoasă.

Ari Thór își luă la revedere de la Nóra și intră în mașina 4x4 a poliției.

În Siglufjörður era încă lumină. Soarele sclipea pe cerul albastru, făcând apele fiordului să scânteieze. Pe povârnișurile înalte de deasupra orașului se vedeau încă petice de zăpadă, scoase în evidență de razele puternice. Știrile pe care le auzise despre norul de cenușă de la Reykjavík parcă ar fi venit din partea cealaltă a lumii.

Gândurile i se îndreptară spre chestiuni personale. Kristín se mutase de mult din apartamentul lui mic de pe Öldugata, de la Reykjavík, dar el tot amânase să-l dea în chirie. Trecuseră mai multe luni până-și făcuse curaj să anunțe că e în căutarea unui chriaș. De Crăciunul trecut reușise să-și ia mult timp liber de care n-avea nevoie. Ajunsese la Reykjavík cu o zi înainte de Ajun, își strânsese lucrurile personale din apartament și le depozitase altundeva înainte să se întâlnească cu potențialul chiriaș. Căzuseră de acord ca perioada închirierii să fie un an, începând din 1 ianuarie, iar Ari Thór se simțise ușurat că reușise în sfârșit să se ocupe de apartament, chiar dacă asta însemna că pune capăt perioadei pe care o petrecuse acolo împreună cu Kristín. Petrecuse Ajunul acela singur, în mașină, conducând spre nord și ascultând slujba de Crăciun la radio, acolo unde avea semnal.

Ari Thór rămase pe loc câteva momente înainte să plece de lângă casa Nórei. Amintirile îl împiedicau să se concentrze. Scutură din cap și se șterse pe frunte cu dosul palmei. Trebuia să se concentreze la anchetă.

Trase aer adânc în piept și porni spre secție ca să-l recupereze pe Tómas. Stabilise o întâlnire cu Logi Kökulsson, al treilea membru al echipei lui Elías. Hotărâseră să se întâlnească în Skútudalur, chiar la gura tunelului, iar Tómas se oferise să vină și el.

– Cam cât crezi că-i acolo? întrebă Tómas când se urcă în mașină.

– În geantă? Cred că vreo câteva milioane, în valută străină, răspunse Ari Thór și ridică o sprânceană. Și un teanc de coroane islandeze, probabil alte câteva milioane. E greu de zis. Trebuie să-i numărăm.

Tómas se încrunctă.

– Crezi că știa de ei? Poate că s-a uitat în geantă chiar înainte să apari tu.

– Nóra? Nu-mi dau seama, sincer să fiu.

– Aș crede-o-n stare, insistă Tómas bănuitor. E tare vicleană.

– Purcoiul ăsta de bani n-a apărut din senin, zise Ari Thór. Poate că Elías lucra și la negru, dar oricum nu se justifică sumele astea.

– De acord, spuse Tómas. Cred că trebuie să aflăm cu ce se ocupa, de fapt, Elías.

*

Tómas și Ari Thór îl așteptau pe Logi la intrarea în noul tunel. Din gura tunelului apăru un bărbat care părea să aibă vreo treizeci de ani. Era limpede că nu se mai bărbierise de mult timp. Casca îi era acoperită cu un strat gros de praf, iar combinezonul nu mai văzuse de mult o mașină de spălat.

– 'nă ziua, salută el scurt. N-am mult timp, am o grăma' de treabă.

– O să stăm de vorbă atât cât trebuie, i-o întoarse Ari Thór, ridicând tonul fără să vrea, apoi începu direct cu întrebările: De când îl cunoști pe Elías?

Tómas rămăsese deoparte și asculta cu interes.

– De trei ani, răspunse Logi scurt, evitând privirea amândurora.

– Înțeleg că erați trei care lucrați cu el: tu, Svavar Sindrason și Páll Reynisson.

– Așa-i.

– Era un șef bun?

– Nu erau rău.

– Plătea la timp?

– Mereu.

– Știi pe cineva care ar fi vrut să-i facă rău?

– Să fi vrut să-i facă rău? Da' ce oficioși suntem! rânji și tăcu o clipă. Io de un' să știu dac-avea dușmani? continuă, parcă deranjat de întrebările lui Ari Thór.

– Voi patru cum vă înțelegeați? insistă Ari Thór fără să-și ia ochii de la Logi, hotărât să nu-i scape nici cea mai mică schimbare din expresia feței celuilalt.

– Binișor. Svavar îl știa cel mai bine. Mai bine vorbiți cu el.

Logi căscă.

– Am găsit o grămadă de bani acasă la Elías, o parte în valută, spuse Ari Thór pe un ton ferm și văzu o urmă de uluire pe chipul lui Logi. Știai de ei?

– Dacă știam că tipu' avea bani? Da' asta nu-i treaba mea, răspunse imediat Logi, dar se vedea că e tulburat.

Ezită o clipă, apoi adăugă:

– Dar răspunsul e nu, nu știam de niciun ban.

Ari Thór făcu o pauză, așteptând ca tăcerea să devină insuportabilă înainte să pună următoarea întrebare.

– Ești sigur?

– Sută la sută, răspunse celălalt categoric.

– Dar știai că Elías lucra la o casă din Skagafjörður?

Logi se gândi o clipă.

– Păi, da. Vorbea mult despre asta. Primea o căruță de bani, așa zicea. Îl angajase nu știu ce doctor să-i ridice o casă de vacanță.

– Când l-ai văzut ultima oară?

– Când s-a terminat ieri tura, răspunse Logi vizibil iritat, neîncercând să ascundă faptul că-l agasau întrebările. Pe la nouă. Zicea că se duce imediat la Skagafjörður să mai muncească la casă.

– Tu pe unde ai umblat aseară și azi-noapte? întrebă Ari Thór încercând să-și păstreze privirea dură.

– Ce? Ce dracu-i asta? Doar nu crezi că io i-am luat maul? se enervă Logi. M-am dus direct acasă, m-am băgat în pat și-acolo am rămas până dimineață.

– Poate să confirme cineva asta?

– Păi... Întrebați-l pe frati-miu, Jökull, și pe nevastă-sa, Móna. Ei stau la etajul de sub mine. N-am cum să plec din casă fără să trec pe la ei. Locuim în casa părinților. Bătrânu' a murit și bătrâna e la cămin, așa că am împărțit casa. N-avem apartamente separate, doar câte-un etaj fiecare, te-ai prins?

– De acord. Dar cred că ai fi putut să ieși din casă în creierii nopții fără să te vadă nimeni, zise Ari Thór încercând să-l provoace pe Logi, o abordare despre care constatase că de multe ori dă rezulate.

– Da, poate cu altă ocazie, nu azi-noapte. Cumnată-mea-i însărcinată. Azi-noapte i-a fost rău și îi e greu în general. Doarme prost. N-am putut să pun geană pe geană, s-au uitat la nu știu ce film jumate din noapte. Am coborât pe la trei să văd ce se-ntâmplă, nu puteam să dorm.

– Ce film era? întrebă Ari Thór.

– Un thriller. *Seven*. L-ai văzut?

– O să vorbim cu ei, spuse Ari Thór, lăsând întrebarea fără răspuns.

– Da' te rog! Acu' po' să mă-ntorc la treabă? întrebă Logi bolovănos.

– Da. Dar să nu te duci prea departe. S-ar putea să mai fie nevoie să stăm de vorbă diseară sau mâine.

– Nu plec nicăieri până nu-i gata porcăria asta de tunel, zise el și se îndepărtă cu pași mari, fără să privească înapoi.

Ari Thór și Tómas se întoarseră la mașină în tăcere.

– O să vorbesc cu frate-su ca să verific dacă ne minte sau nu, zise Ari Thór uitându-se cu coada ochiului la Tómas.

– Poate cu ei reușești să fii ceva mai blând, îi sugeră Tómas pe un ton amical. Móna, cumnata lui, mi-e rudă. Nu apropiată, dar ne cunoaștem destul de bine. Au încercat de mult timp să facă un copil, deci sunt puțin tensionați și surescitați acum, că a rămas însărcinată, draga de ea.

Zâmbi.

Ari Thór oftă, iritat că i se spune ce să facă. Tómas îi lăsase ancheta pe mână și avea de gând să facă lucrurile cum știa el.

15

Unica lui greșeală îl costase scump pe Ríkhardur Lindgren.

În fața oglinzii apartamentului său din cartierul portuar exclusivist văzu dovada felului cum trecuse timpul peste el și cum începuse să-i albească părul. De fapt, constată că era cenușiu peste tot. Pe față avea riduri, la ochi avea cearcăne. Nici mâinile nu-i mai erau sigure ca odinioară - dar asta putea fi și din pricina băuturii.

Nu-și amintea mereu exact cât de bătrân era, de multe ori trebuia să facă niște scăderi ca să afle – nu că l-ar fi interesat să știe rezultatul. El se considera un tânăr care îmbătrânise înainte de vreme.

Se întoarse și studie apartamentul pe care-l scosese la vânzare. Era nou, mobilat cu gust, dar fără imaginație. Obiectele dinăuntru fuseseră cumpărate de la același magazin fără prea multă atenție. Pereții erau albi și în mare măsură goi, pentru că tablourile criminal de scumpe ale părinților săi erau depozitate altundeva sau se aflau la sora lui. Singurul lucru de pe pereți era ceasul, ale cărui baterii descărcate garantau că era tot timpul ora 10:01. Rafturile erau ticsite de cărți. Printre ele nu se număra niciun album de familie și nu avea nicăieri fotografii.

Nu mai avusese oaspeți de mult timp. Nu figura în cartea de telefoane, iar domiciliul legal îl avea în altă parte. Telefonul îi fusese deconectat și își cumpărase un mobil neînregistrat. Nu-l suna nimeni niciodată, iar asta era foarte bine. Măcar scăpase de apeluri în miez de noapte de la oameni zdrobiți de durere care-și pierduseră vreo rudă.

Lucrurile erau mai simple, chiar mai bune, acum, cu toate că soția îl părăsise și nu aveau împreună niciun copil.

Părinții lui – tatăl, chimist suedez, și mama, medic islandez – muriseră amândoi. Copilăria lui, mai întâi în Suedia, apoi în Islanda, fusese aproape idilică. Fusese încurajat să-și urmeze visurile, să înceapă medicina, lucru care în cele din urmă se concretizase într-un loc de muncă la spital. Viața îl tratase bine și ar fi făcut-o în continuare dacă n-ar fi lăsat plăcerea pentru băutură să se reverse în viața profesională. De câteva ori evitase necazul la mustață, dar apoi venise acea unică greșeală.

Cea care curmase viața unui pacient.

Ancheta arătase că și alții fuseseră afectați de neglijența lui, iar doi dintre ei muriseră ulterior. Totul din cauza unor greșeli a căror origine era povestea lui pătimașă de dragoste cu sticla.

În mod inevitabil, avusese loc un scandal. Ziarele nu-l mai lăsaseră în pace. Preț de mai mult timp decât i-ar fi plăcut să-și amintească fusese inamicul public numărul unu, hărțuit cu apeluri furibunde în toiul nopții, care încetaseră numai când ceruse deconectarea telefonului.

Dar toate astea se întâmplaseră în trecut – în urmă cu câțiva ani – și presa uitase de el. Dat afară, fusese dat în judecată de mai multe ori și silit de tribunale să plătească prejudiciile. Nu că ar fi fost afectat din cale-afară. Părinții lui fuseseră foarte bogați. Însă toate acelea însemnau că lucrurile se schimbaseră. Nu-și mai dorea să trăiască la Reykjavík, numai rareori ieșea din casă și nu se mai bucura nici de priveliștea superbă spre mare pe care o avea de la ferestre. Draperiile rămâneau trase, iar viața devenise o succesiune muribundă de rutine.

Alarma de la radio îl trezea în fiecare dimineață, dar de obicei rămânea în pat până la prânz. Atunci mânca o supă în timp ce asculta știrile, îmbrăca un tricou și o pereche de pantaloni de flanel, răsfoia cărțile din camera de zi și asculta la radio o poveste înainte să ațipească de după-amiază folosind două somnifere, ca să fie sigur că doarme profund o oră-două. Apoi se trezea la timp cât să vadă știrile la televizor în vreme ce pregătea cina. Patru zile pe săptămână mânca pește, vinerea – carne tocată de vită, sâmbăta – pui, iar duminica – oaie. Totul urma același tipar, săptămână de săptămână, o repetiție nesfârșită, deopotrivă refugiu și capcană. Renunțase să mai bea, lucru care se dovedise mai ușor decât se așteptase, dar în cotloanele întunecate ale minții pândea mereu amenințarea.

Dacă nu avea un motiv precis și special – dacă nu avea programare la medic sau dacă nu-i era solicitată prezența de vreo bancă –, Ríkhardur ieșea din casă numai o dată pe săptămână. Mai întâi mergea la magazinul de pește, apoi la supermarket și, în cele din urmă, într-o librărie.

Se obișnuise să cumpere trei cărți pe săptămână. Cu toate că citea pe rupte, nu intrase niciodată într-o bibliotecă. Nu-și dorea să citească volume care mai trecuseră prin mâinile a zeci de oameni înaintea lui. *Toți microbii ăia...*, își zicea în sinea lui, scârbit.

Când ajungea acasă după ieșirea săptămânală, se încuia cu totul în apartamentul ordonat în care nu mai pășise nimeni altcineva de doi ani și se simțea în siguranță, la distanța potrivită de restul lumii. Avea un sentiment de securitate.

Nu era o persoană ușor de găsit și exact asta și voia.

Era conștient că avea să fie și mai greu de dibuit dacă s-ar fi mutat în nord, dar trecuse atât de mult timp încât știa că e puțin probabil să mai suscite interes. Asta până-n ziua aceea.

O zi care începuse ca oricare alta: ziare, supa de prânz și știrile.

Un bărbat a fost găsit mort astăzi pe un șantier de la Reykjaströnd, din Skagafjörður.

Ríkhardur înțepenise cu lingura în mână, uitându-se la radio cu o privire de parcă ar fi așteptat ca prezentatorul de știri să iasă din el și să-l ia la întrebări.

Așezase cu grijă lingura înapoi în castron, cu mâinile tremurându-i ușor, apoi mersese în biroul unde avea un computer, un aparat vechi pe care-l folosea rareori. Trecuseră câteva luni de la ultima întrebuințare, dar în cele din urmă dădu semne de viață, vâjâind și zornăind. După câteva încercări eșuate, reuși să ajungă pe un site de știri care prezenta poze cu locul faptei.

De-a lungul timpului, starea de spirit i se schimbase foarte rar. Devenise lipsit de emoții, nimic nu-l atingea sau afecta.

Dar acum se ridică atât de brusc încât scaunul căzu în spatele lui.

– Ce mama naibii?! strigă el cu inima bătându-i să-i spargă pieptul, indignat până-n măduva oaselor.

16

Bărbatul care deschise ușa nu putea fi decât Jökull, fratele lui Logi.

– Bună dimineața, zise el tărăgănat, studiindu-l pe Ari Thór prin lentilele rotunde ale ochelarilor.

Avea o anumită răceală, dar asemănarea cu Logi era cât se poate de evidentă. *Parc-ar fi gheață și foc*, își zise Ari Thór. Jökull era mai mic decât Logi, mai suplu, dar era limpede că sunt frați.

– Numele meu e Ari Thór. Trebuie să stau de vorbă cu tine în legătură cu moartea lui Elías Freysson, zise el încercând să folosească un ton autoritar și așteptând să fie poftit înăuntru.

Dar Jökull nu părea să aibă chef de oaspeți.

– Păi... da, spuse el leneș. Ce vrei să știi?

– Unde a fost fratele tău azi-noapte? întrebă Ari Thór, hotărât să treacă direct la subiect.

– Ce? Doar nu crezi că Logi l-a curățat, nu? se interesă Jökull cu glas jos, profund.

Lui Ari Thór îi trecuse prin minte s-o ia ușor, să-l liniștească pe Jökull spunându-i că fratele său nu era bănuit. Pe de altă parte, chiar aveau nevoie să afle pe unde umblaseră colegii victimei, ca să-i elimine pe rând din anchetă. Iar bărbatul rece și laconic din fața lui nu-i dădea niciun motiv să se poarte cu mănuși.

– Cine știe? Poate că e unul dintre suspecți...

Răspunsul stârni o reacție imediată din partea lui Jökull, care brusc se animă.

– Da, păi, a fost acasă toată noaptea, zise el rapid.

– De unde știi?

– Noi, adică eu și Móna, soția mea, am fost treji cam toată noaptea. Ea e însărcinată și nu se simte prea bine.

Își aranjă ochelarii pe nas.

– Nu putea să plece fără să observați voi? insistă Ari Thór pe un ton dur.

– Numai dacă a sărit pe geamul de la etaj. Ascultă, știu că a fost acasă toată noaptea. A coborât la un moment dat și s-a uitat cu noi la jumătate din *Seven*. Așa se-ntâmplă când lucrezi în ture, începi să dormi la cele mai ciudate ore.

– Și tu lucrezi în ture?

Jökull păru surprins de întrebare.

– Nu. Nu-i de mine să car greutăți. Mi-e mai bine în fața calculatorului. Lucrez la Banca de Economii.

Parcă s-ar fi așteptat de la Ari Thór să știe cine lucrează pentru companiile principale din oraș.

– Trebuie să vorbesc și cu soția ta, spuse Ari Thór.

– Ce? Cu nevastă-mea? Cred că doarme.

Ari Thór rămase pe loc, fără să schițeze vreun zâmbet, așteptând ca trecerea timpului să-și facă efectul.

– Mă duc s-o chem, cedă Jökull cu un oftat și dispăru în casă.

Ari Thór se dădu câțiva pași înapoi și privi de sus în jos casa vopsită în galben. Un păianjen mic se cățăra pe perete. Își zise că probabil fusese construită în anii '60 sau '70 și părea să fi fost văruită de curând.

– Bună.

Un glas care trăda oboseală. Ari Thór se uită în jur și văzu în prag o femeie însărcinată.

– Eu sunt Móna. Voiai să stăm de vorbă.

Se sprijini de tocul ușii.

– Tu ești Ari Thór, nu-i așa? Tómas e vărul meu. Mi-a povestit despre tine.

– Bună. O întrebare rapidă: știi unde a fost cumnatul tău,

Logi, azi-noapte?

– Da. A fost aici, în casă, răspunse ea, vizibil ostenită. Noi l-am ținut treaz.

Își atinse ușor burta umflată și încercă să schițeze un zâmbet.

– Mersi, zise Ari Thór. M-am lămurit.

Se întoarse la mașină cu privirea ațintită la munții pe care se mai vedeau încă porțiuni înzăpezite.

În Siglufjörður, umbra iernii și a zăpezilor abundente care învăluiau orașul odată cu întoarcerea nopților lungi nu era niciodată departe.

17

Când Ísrún auzi la radio știrea că Ríkhardur Lindgren era proprietarul casei unde fusese comisă crima se grăbi să ajungă cu mașina la birou. Simțea încă gustul aerului poluat. Norul de cenușă de deasupra orașului devenise mai gros și mai greu. Soarele era acoperit de perdeaua opacă, însă chiar dacă nu mai puteai să-l vezi în spatele miasmei cenușii temperatura continua să crească. Vulcanul naibii... În mod normal îi plăceau la culme zilele de vară toride, dar acum s-ar fi bucurat de niște rafale reci dinspre nord.

Își amintea foarte clar cazul Ríkhardur Lindgren. Fusese pe toate canalele de știri înainte ca ea să plece la master, când încă lucra în presă. Trei oameni își pierduseră viața din cauza prieteniei lui cu băutura. Dar pe atunci avuseseră un redactor-șef neobișnuit de precaut, care hotărâse să nu-i publice numele și minimalizase amploarea tragediei.

În registrul național scria că domiciliul legal al lui Ríkhardur Lindgren era acum în Suedia. Ísrún avea o prietenă, Elín, care lucra la un ziar când subiectul ajunsese în punctul culminant și care scrisese câteva articole despre el. De atunci renunțase la jurnalism și se angajase purtător de cuvânt la o bancă. Poate că-și mai amintea câte ceva despre Ríkhardur, un amănunt sau vreo perspectivă interesantă. Avea șansa să capete o bilă albă de la Ívar și putea și să plece spre nord în timp util.

– Bună! zise ea când persoana de la celălalt capăt răspunse la telefon.

– Ísrún! N-am mai vorbit de-un secol! spuse Elín pe un ton

plăcut.

– Da, am fost cam ocupată.

Puțin zis. În ultimii doi ani viața ei fusese un montagne-russe, mai mult cu coborâșuri decât cu suișuri.

– Cum merge în lumea PR-ului? Bănuiesc că foștilor colegi le servești pe tavă numai știri pozitive.

– Din când în când, râse Elín.

Ísrún hotărî să se arunce direct în subiect cât Elín era binedispusă:

– Pot să mă consult cu tine despre ceva?

– Despre ce?

– Îți amintești de Ríkhardur Lindgren?

– Ba bine că nu! răspunse Elín tăios. Dobitocul ăla bețiv.

– L-ai mai urmărit?

– Da. Până la urmă, am scris câteva articole despre el, mai ales când au început să i se intenteze procesele.

– Mai locuiește aici sau s-a mutat în Suedia?

– Din ce știam locuia într-un apartament luxos al soră-sii, în districtul portuar, dacă bine țin minte, zise Elín cu satisfacție în glas – era limpede că-i făcea plăcere să ajute o colegă din vremea când lucra ea însăși în presă.

Jumătate de oră mai târziu, Ísrún se afla în holul unui bloc destul de nou din Vatnsstígur, un cartier foarte scump.

Nu vedea pe nicăieri numele surorii lui Ríkhardur. Totuși, exista un singur buton lângă care nu scria nimic – interfonul pentru un apartament de la etajul șase. Trebuia să fie cel pe care-l căuta.

Apăsă pe buton, dar își întoarse fața de la obiectivul camerei de lângă el. Niciun răspuns.

Sună a doua oară și așteptă.

Difuzorul pârâi și o voce răgușită de bărbat răspunse pe un ton aspru:

– Da?

– Ríkhardur? Sunt de la poliție... Trebuie să stăm de vorbă despre casa ta de pe coasta de nord.

Bombăni ceva nedeslușit, apoi îi deschise ușa.

Ísrún luă liftul până la etajul șase. În urmă cu câțiva ani ar fi pornit în alergare pe scări, dar nu credea că mai e atât de în formă.

Găsi ușa pe care o căuta și apăsă pe butonul soneriei.

Când bărbatul deschise, ea păși repede înăuntru, zâmbind, strecurându-se prin deschizătura îngustă.

– Ia stai, zise Ríkhardur nedumerit. Te știu de undeva. Cicatricea aia...

De obicei n-o pomenea nimeni, își spuse Ísrún.

– Te-am văzut la televizor.

Începuse să ridice tonul.

– Nu ești copoi! Ești o nenorocită de reporteriță! Ieși afară!

– Facem un târg, spuse ea calm. Nu-mi pasă nici de tine, nici de găinăriile tale. Mă interesează, în schimb, să aflu ceva despre Elías Freysson. Dacă-mi răspunzi la câteva întrebări, îți promit că n-o să amintesc de tine în știrea pe care o scriu. Dar dacă nu vrei să mă ajuți...

Făcu o pauză. Pe vremuri nu fusese niciodată atât de nemiloasă și calculată.

– ...poți să pui pariu că o să te trezești cu televiziunea în fața ușii.

El înghiți în sec.

– Cameramanul mă așteaptă în mașină, minți ea. Pot să-l strig. N-ai cum să ieși din clădire fără să te filmeze.

Ríkhardur se întoarse cu spatele și păru să cumpănească situația.

– Ce vrei să știi despre Elías? mârâi și se întoarse din nou spre ea.

– Cât de bine-l cunoșteai?

– Nu prea îl cunoșteam, de fapt. Lucra pentru mine. Mi s-a spus că e priceput și ne-am învoit la un preț corect.

– Cine te-a pus în legătură cu el? insistă Ísrún.

– Un amic din Dalvík. Îl cheamă Svavar. El și Elías erau prieteni buni, lucraseră împreună ani întregi.

– Vreau să dau de Svavar. Dă-mi un număr de telefon sau o adresă.

El încuviință din cap, înfrânt.

– Așteaptă aici, îi porunci și merse în camera alăturată.

Se întoarse o clipă mai târziu cu un bilet pe care mâzgălise ceva aproape neinteligibil.

– Poftim, îi zise cu asprime. Acum, valea.

– Ce mai știi despre Elías? întrebă Ísrún fără să se clintească. Mai poți să-mi spui ceva util?

– Fir-ar a dracului de treabă! Nu-l cunoșteam deloc! se răsti Ríkhardur. Dobitocul naibii, cum dracu' și-a găsit să moară fix pe terenul meu...

Ísrún rămase pe poziții, privindu-l pe Ríkhardur cum clocotește în încercarea de a scăpa odată de ea.

– Tot ce știu e că se implicase în activități caritabile, pregătea un concert în Akureyri. Asta-i tot. Acum ieși afară până nu chem poliția.

– Mulțumesc pentru tot ajutorul, zise ea zâmbind.

Auzi cum ușa se trântește în urma ei.

Coborî cu liftul și porni cu mașina spre nord.

Prima oprire urma să fie casa lui Svavar din Dalvík.

18

– Ce fițe pe noi! comentă Hlynur când îl văzu pe Ari Thór că deschide o cutie de tablă pe care erau desenați brazi de Crăciun și scoate câteva frunze de ceai, punându-le apoi la infuzat în apă fierbinte.

– Nu știi ce-i bun nici când e chiar sub nasul tău, replică Ari Thór. Toată ziua nu faci decât să dai pe gât poșirca aia de-i zici cafea.

– Să înțeleg că pentru tine Crăciunul a venit mai devreme anul ăsta.

Ari Thór zâmbi, refuzând să mai răspundă, apoi își luă ceaiul și ieși din cameră.

Hlynur rămase unde era, iritat de zâmbetul superior pe care-l remarcase.

Simțea cum crește invidia în el, ba chiar furia. Deși poate că furia ar fi trebuit îndreptată mai degrabă spre Tómas. La urma urmei, el era cel care-l implicase pe Ari Thór în anchetă, lăsându-l pe Hlynur să se ocupe de fleacuri. Oare îl pregătea pe Ari Thór pentru responsabilități și mai mari? Sau poate că-l antrena să devină următorul inspector de la secția din Siglufjörður. Fiind mai în vârstă și având mai multă experiență, Hlynur considera că el are întâietate.

Nimic nu mergea cum trebuie pentru el. Și nu reușea să-și scoată din minte e-mailurile alea. Îi era greu să se gândească la orice altceva. Iar acum Tómas pusese pe altcineva să se ocupe de cazul important, de cea mai serioasă anchetă din ultimii câțiva ani. Faptul că persoana responsabilă de investigație era Ari Thór nu făcea decât să răsucească cuțitul în rană.

Știa că are nevoie disperată să iasă din cercul vicios al regretelor și autocompătimirii, dar era mai ușor de zis decât de făcut.

Oare cariera lui urma să se risipească? Era condamnat la ratare? Avea să reușească vreodată să se îndepărteze de marginea prăpastiei și să facă ceva cu viața lui, să lase în urmă copilăria nefericită și păcatele din trecut?

Când Hlynur crescuse și își dăduse seama câtă durere le provocase colegilor în anii de școală luase legătura cu toți cei pe care îi chinuise și le ceruse iertare. Unii reacționaseră pozitiv, alții nu. Gauti era singurul pe care nu reușise să-l contacteze. În cele din urmă îl găsise cu ajutorul ziarelor – dar la ferpar.

N-avea niciun dubiu: Gauti își luase viața. Hlynur era convins că gestul fusese provocat, direct sau indirect, de hărțuirea din școală. Prin urmare, era foarte probabil ca Hlynur să fie vinovat de moartea unuia dintre colegii săi. Iar pe alții îi lăsase profund afectați.

Data viitoare o să te-nvăț să mori.

Uneori Hlynur se înfuria sau rămânea uluit când citea mesajul tulburător de pe ecranul calculatorului.

Cine ar îndrăzni să-i trimită așa ceva? Vreun cunoscut? Poate cineva din Siglufjörður? Oare expeditorul îl pândea pe drumul de acasă la serviciu și înapoi? Uneori îl rodea bănuiala că e urmărit, că o persoană din apropiere îi studiază fiecare mișcare. Se uita întruna peste umăr ca să verifice dacă are pe cineva pe urmele lui.

Totuși, nu depunea eforturi reale să afle cine-i trimitea mail-urile. Să fie cineva din familia lui Gauti sau unul dintre prietenii lui? Oricine ar fi fost, mesajele soseau în continuare și erau, fără îndoială, reale.

Poate chiar trebuia să învețe să moară.

În dimineața aceea îl sunase iubita lui din Sauðárkrókur. Hlynur știa exact despre ce voia să vorbească: următorul pas din relația lor. Îi plăcea fata, iar în condiții normale perspectiva l-ar fi entuziasmat și o astfel de discuție i s-ar fi părut binevenită.

Dar n-o sună înapoi.

*

Ari Thór sorbi din ceaiul lui de Crăciun. Avea același gust ca oricare alt ceai, nu simțea vreo aromă deosebită legată de sărbători. Nici nu era sigur ce aromă ar trebui să aibă Crăciunul, nu se gândise niciodată la asta. Își amintea că mama lui îi spunea uneori că asociază Crăciunul cu mirosul de mere, probabil pentru că în Islanda, când părinții lui erau mici, nu găseai mere prea ușor.

Se concentră din nou asupra cazului. Era mulțumit de cum progresase și hotărât să îl încheie cu succes.

De când se scursese informația cum că proprietarul casei unde fusese găsit cadavrul era nimeni altul decât doctorul rău-famat Ríkhardur Lindgren, un gând nu-i dădea pace: oare criminalul încercase să-l omoare, de fapt, pe Lindgren?

Ari Thór căutase informații despre cele trei persoane care-și pierduseră viața din pricina erorilor doctorului. O văduvă bătrână care locuia într-o suburbie de lângă Reykjavík murise în timpul operației, lăsând-o în urmă pe fiica ei, care locuia în același district împreună cu copiii săi. Murise și o pensionară din Kópavogur, dar nu înainte să treacă printr-o luptă dureroasă cu răul pricinuit de greșelile lui Lindgren. Lăsase în urmă un soț care locuia la Akureyri și câțiva copii. Un bătrân din Hafnarfjörður murise și el în timpul operației. Bărbatul avea un fiu care locuia în Norvegia.

Pe Ari Thór și Tómas îi ținea la curent cu stadiul anchetei poliția din Akureyri. Niște jurnaliști din sud sunaseră, însă, direct la secția din Siglufjörður ca să întrebe dacă Elías fusese implicat în trafic de droguri, refuzând, pe de altă parte, să spună cine era sursa pontului pe care-l aflaseră. Studiaseră și această pistă, dar deocamdată fără vreun rezultat. Se descoperise și că Elías petrecuse de curând câteva zile în Danemarca și se întorsese la începutul săptămânii aceleia. Nu cumpărase bilete de la vreo companie aeriană locală, dar începuseră cercetări care să arate dacă plecase din Danemarca în avionul unei companii străine.

Ari Thór îl contactase pe al treilea coleg al lui Elías, Páll Reynisson, căruia Tómas îi spunea „Pál Polițaiul", pentru că fusese cândva, într-o vară, ajutor de polițist la secția din Siglufjörður. Páll plecase spre nord din Reykjavík și promisese să treacă pe la secție imediat ce ajungea în oraș.

Apoi, Ari Thór voia să-l găsească pe artistul care-și punea Jói. Hákon, șeful de șantier, n-avea o părere prea bună despre el, iar dacă era să-i dea crezare lui Hákon, între Jói și Elías exista un conflict în legătură cu „Salvați gospodăriile", organizația caritabilă care-i ajuta pe cei afectați grav de efectele profunde ale crizei financiare.

Dacă așa stăteau lucrurile, amănuntul acela putea fi promițător.

19

Casa artistului era pe Hlíðarvegur. Era un bungalow vechi, văruit în alb, cu fațada împodobită cu plante cățărătoare. Pervazul ferestrei de deasupra ușii era ocupat de un rând de păpuși rusești stacojii, așezate în ordine descrescătoare, de la stânga la dreapta.

Nu se vedea nicio sonerie, așa că Ari Thór bătu în geam – mai bine zis în sculptura de sticlă care se afla în centrul ușii de la intrare.

De după clădire apăru un bărbat de vârstă mijlocie.

– Hai pe-aici. Lucrez în grădină, zise el.

Avea o barbă sură, deasă, care-i aminti lui Ari Thór de cea a lui Moș Crăciun.

– M-a anunțat Tómas că o să vii.

Când Ari Thór ajunse în spatele casei, primul lucru pe care-l văzu fu o bucată de pânză în mijlocul unei pajiști înconjurate de tufișuri de coacăze și arbuști. Pe pânză erau urme de picioare și abia atunci Ari Thór observă că bărbatul nu purta încălțări și că tălpile lui erau acoperite în vopsea.

Sub privirea lui Ari Thór, bărbatul își vârî piciorul drept într-o găleată plină cu vopsea albastră, apoi sări într-un picior spre pânză.

– Pictezi? întrebă Ari Thór, dându-și seama imediat cât de stupidă era întrebarea.

– Se poate spune și-așa, răspunse Jói vesel.

– Am înțeles că ești artist de spectacol.

– Sunt cunoscut ca artist de spectacol, dar nu-i ușor să vinzi o reprezentație, știi? Așa că m-am apucat de pictură ca să rămân pe linia de plutire. Și din când în când mai cânt pe bani. Deja am vândut un tablou unui colecționar din Olanda. De fapt, acolo sunt chiar destul de celebru. Nu-i rău să vinzi pe continent în perioada asta, când un euro înseamnă atâtea coroane. Iar aici viața-i ieftină, nu-mi trebuie cine știe ce.

Vrând să nu-și coloreze încălțările, Ari Thór avu grijă să se miște cât mai puțin.

– Locuiești de mult aici?

– Când ajunge omul să locuiască cu adevărat undeva? întrebă Jói fără să ridice privirea. Sunt cetățean al lumii, dar am stat în Siglufjörður cam de la naștere. O să hotărască alții dacă ăsta a fost un lucru bun sau nu.

– Ce anume? întrebă Ari Thór nerăbdător.

– Nașterea, răspunse Jói gânditor.

– Că veni vorba despre viață și moarte, începu Ari Thór pe un ton mai formal, înțeleg că-l cunoșteai pe Elías Freysson, bărbatul ucis ieri noapte.

Jói râse fără veselie.

– Da. Îl cunoșteam. Un derbedeu.

Parcă vrând să-l imite pe Ari Thór, vorbise pe un ton mai dur, mai serios.

– Un înger..., îi scăpă lui Ari Thór.

– Cum?

– Ceilalți mi-au spus c-a fost un înger.

– Cu siguranță știa să facă impresie bună, dar eu l-am citit. De obicei citesc oamenii. Așa e când ești artist, zise Jói în timp ce țopăia pe pânză într-un picior.

– V-ați certat? întrebă Ari Thór direct.

Găsea comportamentul artistului greu de suportat.

– În timpul protestelor? Nu, n-aș zice asta, răspunse Jói, care sări de pe pânză și își vârî piciorul stâng în vopsea galbenă înainte să înceapă din nou salturile, de astă dată cu ambele picioare.

– La care proteste te referi? întrebă Ari Thór, străduindu-se din greu să-și ascundă nedumerirea.

– Nu știai de ele? întrebă Jói ezitant.

– Sper că nu te deranjez de la lucru, comentă Ari Thór, iritat că bărbatul nu e atent la discuție.

– Stai liniștit, răspunse celălalt binedispus. Îmi place să lucrez sub presiune.

– Zi-mi ce e cu protestele astea.

– N-au fost chiar proteste, mai degrabă o mișcare de cafenea. În țara asta așa se organizează protestele. Ne-am strâns vreo zece inși și ne-am ridicat o tabără de protest unde se construiește noul tunel.

– Credeam că lumea din Siglufjörður își dorește tunelul.

– Eu, unul, nu-l vreau. Am vrut să protestăm pentru că dinamitarea muntelui afectează mediul. Și mai e și faptul că Héðinsfjörður, unul dintre cele mai ferite locuri din Islanda, o să fie acum chiar lângă drumul principal. E o bijuterie a naturii. Mai mare jalea, bombăni el.

– Și s-a luat vreo măsură?

– Vezi și tu cu ochii tăi că nu s-a luat! Tunelul se deschide la iarnă, cel puțin așa am înțeles.

– Protestele au fost pașnice?

– În mare parte da, mormăi Jói.

– Și asta ce vrea să-nsemne?

– Elías s-a enervat. De-abia se mutase aici. A început să ne-njure. Am fost singurul care i-a răspuns cum se cuvine. Mai aveam puțin și ne luam la bătaie.

Făcu o pauză.

– De fapt, m-a pus jos... Mă rog, m-a îmbrâncit. N-am răspuns. A fost ceva de moment. Dar după aia m-am uitat la el cu alți ochi, nu mi-a plăcut de el.

Ridică privirea și zâmbi strâmb.

– Vă cunoșteați dinainte?

– Nu, deloc. Cu toate că Elías a petrecut timp pe-aici, pe la țară, în copilărie, la un cuplu de fermieri din Skagafjörður. Câțiva ani a fost ca un fel de tabără pentru copiii din Reykjavík, dar de-atunci a fost abandonată.

– Poate n-ar fi rău să vorbesc cu cei doi, zise Ari Thór. Știi unde locuiesc acum?

– O să ai nevoie de niște mijloace cam neconvenționale: sunt morți amândoi. Dar unul dintre copiii lor s-a mutat aici după ce au murit. Îl cheamă Jónatan, locuiește lângă biserica veche.

– O să trec pe la el când am ocazia, zise Ari Thór hotărând să încerce o nouă abordare. Povestește-mi despre concertul caritabil pe care-l organizați împreună. Nu trebuia să fii și tu pe scenă?

– Da, și încă am de gând să apar, spuse Jói. O să aibă loc chiar dacă a murit Elías. De fapt, cred că e mai probabil să aibă loc acum că a dispărut el. Îmi trecuse prin minte să mă retrag cu totul, dar acum nu mai e nevoie s-o fac.

– De ce voiai să te retragi?

– Mă ocupam de organizare împreună cu Elías și Nóra, dar ea îl adora. Bănuiesc că ea e cea care ți l-a descris ca pe-un înger.

Rânji, dar nu așteptă răspuns.

– Era ceva dubios la toată povestea asta. De fapt, la rolul lui Elías în toată povestea. A insistat să se ocupe el de partea financiară și n-a vrut să ne implicăm în niciun fel. Nórei nu i-a păsat, dar mie da. Am făcut tot posibilul să-mi arunc privirea pe niște documente, să văd ce se-ntâmpla. S-a dovedit că aveam dreptate: am găsit o factură uriașă de la Elías și nu știu ce companie unde figurau costuri pe care nici măcar nu le-am recunoscut. Eu cred că se folosea de concert ca să bage în circulație niște bani murdari.

– Făcea spălare de bani?

– Cred că așa se spune, da. Probabil credea că n-o să-l verifice nimeni, doar pregătea un eveniment caritabil. Dar eu pur și simplu n-aveam încredere în el și asta a fost.

– Bănuiesc că nu erai prin zonă azi-noapte, când a fost ucis, gândi cu voce tare Ari Thór, de parcă ar fi fost o informație neimportantă.

– Bună încercare, spuse Jói zâmbind. Azi-noapte am fost la Akureyri. Am stat într-un camping. Desenam, nu-i luam cuiva gâtul la Skagafjörður.

– Distanța nu-i mare, murmură Ari Thór.

– Nu-s mulți kilometri, dar e distanță de la cer la pământ între a desena și a mătrăși pe cineva, nu crezi? întrebă Jói și ridică privirea de la pânza colorată.

– Se poate, concluzionă Ari Thór și se răsuci pe câlcâie ca să plece.

*

Ari Thór merse de-a lungul Hlíðarvegur, coborî panta abruptă de pe Brekkurgata și se îndreptă spre piața primăriei, pierdut în gânduri despre caz.

Când intră în piață o văzu *pe ea*.

Pe Ugla. Fata care-i distrusese relația cu Kristín. Nu, greșit. Nu ea o distrusese – trebuia să-și asume partea lui de vină.

N-o mai văzuse pe Ugla de câteva luni. Trecuse un an și jumătate de când nu-și mai vorbiseră.

Ea intrase în piață din sensul opus, așa că Ari Thór n-avea cum să se întoarcă sau să iasă de pe trotuar pe gazon fără să pară că o evită.

Ea ridică privirea când trecură unul pe lângă celălalt, dar nu-i răspunse la zâmbet.

Ari Thór fusese cândva fermecat de femeia asta, dar acum emoția dispăruse.

Acum îi era pur și simplu dor de Kristín.

20

Nu era prima oară când Páll Reynisson trecea cu mașina prin tunelul Strákar și cu siguranță n-avea să fie ultima. Se născuse și crescuse în Siglufjörður și nu putea concepe să locuiască alt undeva. Când ieși din tunel, fiordul se deschise în fața lui și-l întâmpină cu sentimentul familiar și călduros pe care i-l oferea mereu. *Sunt acasă.*

Páll lucrase timp de două veri pentru Tómas. Deși îi plăcuse serviciul, nu-l captivase suficient cât să-l facă să-și dorească o carieră de polițist. În loc de asta, urmase o pregătire de electrician. Cea mai recentă slujbă pe care o primise era la tunelul Héðinsfjörður, lucrând în echipa lui Elías Freysson.

Una peste alta, urma să fie ciudat să apară la secția de poliție unde lucrase odată ca să i se pună întrebări despre ce făcea acum.

*

Tómas hotărâse că n-o să ia parte la discuția cu Páll. Faptul că se cunoșteau ar fi făcut ambianța stânjenitoare și, oricum, avea încredere că Ari Thór o să facă o treabă bună.

Când se gândi la Ari Thór se întrebă dacă nu cumva ar fi fost o exagerare să-l recomande pentru postul de inspector, nu în ultimul rând pentru că ar fi însemnat să-l sară pe Hlynur, care avea semnificativ mai multă experiență. Dar Hlynur nu mai era în apele lui. De fapt, de multe ori era în lumea lui, undeva departe de secția de poliție, cu mintea la cu totul altceva.

La început, Tómas se întrebase dacă nu cumva e ceva trecător, o oboseală sau o proastă dispoziție de moment. Acum situația se înrăutățise atât de mult încât simțea că nu mai poate avea încredere în Hlynur decât pentru sarcinile cele mai banale.

Nu mai era punctual ca până acum și ducea la îndeplinire orice sarcină aproape în silă. Neglijența lui însemnase ratarea unui caz cu droguri destul de simplu, iar lucrurile se înrăutățiseră când un bărbat în vârstă făcuse infarct la piscină. Hlynur era atunci de serviciu și se deplasase la locul cu pricina, dar cei de față povestiseră că se holbase la ce se întâmpla ca trăsnit. Din fericire, bărbatul supraviețuise, dar nu grație vreunui efort din partea lui Hlynur.

Orice întâmplare mai gravă decât un accident în trafic însemna că Tómas era nevoit să se ocupe singur de incident sau să-l trimită pe Ari Thór. Era imposibil ca Hlynur să nu-și fi dat seama. Trebuiau să-și găsească timp și să discute cinstit despre situația aceea, de îndată ce rezolvau cazul la care lucrau acum.

Dar Tómas nu mai era deloc sigur că avea să se mute în sud, prin urmare era foarte posibil să nu aibă nevoie de un succesor, astfel încât să fie nevoit să aleagă între cei doi. Orașul avea o mare putere asupra lui. Nu știa să explice de ce îl ținea pe loc cu atâta forță. Poate pentru că trecutul lui era aici, amintirile pe care nu le putea uita. În plus, aici își construise cariera, aici se dedicase trup și suflet slujbei – mai mult ca sigur chiar exagerat. Dar dacă și-ar lua concediu o vreme, oare perioada asta s-ar transforma prea ușor într-o pauză mai lungă de la carieră? Postul de inspector nu putea rămâne deschis pentru el la nesfârșit. Era pregătit să riște?

*

– Ia loc, îi spuse Ari Thór lui Páll, hotărât să nu-i permită să se simtă în largul lui, chiar dacă, fără îndoială, cunoștea foarte bine interiorul clădirii.

– Mă bucur să văd din nou secția, zise Páll, puțin nesigur pe el. Am petrecut două veri frumoase aici, continuă, parcă dornic să spargă gheața. Lumea încă-mi spune Páll Polițistul.

– În Siglufjörður nu scapi ușor de porecle, comentă sec Ari Thór. Cu ce ocazie la Reykjavík?

– Doar o mică pauză. Ieri am avut liber și am zis să dau o fugă până-n sud să văd ce-mi oferă marele oraș. Se pare că deocamdată doar întuneric și cenușă.

Se aplecă în față și încercă să zâmbească.

– Ai stat la hotel? întrebă Ari Thór.

– Nu. La un prieten. Îți dau numele și numărul lui? întrebă, lăsându-se pe spătar.

– Bineînțeles.

Páll îi spuse o adresă din Reykjavík și Ari Thór notă informația înainte să reia întrebările:

– Când ai plecat spre casă?

– Azi-dimineață.

– Cum era să lucrezi pentru Elías? întrebă el deodată, sperând să-l ia prin surprindere pe celălalt.

– Destul de diferit, răspunse Páll, care parcă reușise să se adune.

– Cum adică?

– Nu era ușor să lucrezi cu Elías și Svavar. Se cunoșteau de mulți ani și aveam impresia că pun mereu ceva la cale, ceva despre care eu nu aflam nimic.

– Te referi la o altă slujbă?

– Se poate. Chiar nu știu, zise Páll și coborî glasul. Sau poate că era ceva mai dubios, înțelegi?

– Dacă așa stăteau lucrurile, de ce nu ne-ai anunțat?

– Era doar o presimțire. N-aveam nicio dovadă, altfel aș fi venit imediat, explică el. Dar știu că în ultimele câteva zile relația dintre ei doi a fost tensionată, erau foarte surescitați. Parcă urma să se întâmple ceva mare de tot. Dar n-am auzit nimic despre ce puneau la cale.

Páll ridică din umeri ca să-și accentueze spusele.

– De când lucrați împreună?

– Cam de vreun an și jumătate. Elías m-a luat în echipă la scurt timp după ce s-a mutat aici.

– Ce fel de om era?

Páll se gândi câteva momente.

– E greu să-l descriu. Pur și simplu am simțit că are ceva sinistru. Se prefăcea că-l interesează acțiunile caritabile, de exemplu, dar era clar că e vrăjeală. Singura persoană de care-i păsa pe bune era el însuși. Cred că voia să facă o grămadă de bani și apoi să plece în străinătate. Svavar zicea mereu că și el vrea să se mute undeva unde-i mai cald.

Se aplecă din nou în față.

– Pot să-ți zic că n-ar fi avut niciodată destui bani, nu dacă stătea pe același salariu ca și mine. Deci ori mă plăteau pe mine extrem de prost, ori aveau o combinație dubioasă de care nu mai știa nimeni.

– Dar Logi? întrebă Ari Thór. Crezi că făcea și el parte din... combinația asta?

– Sincer să fiu, nu-s sigur. Nu cred. Dar e limpede că aveau mai multă încredere în el decât în mine. Când ai fost polițist o dată, rămâi polițist pe viață, știi?

Rânji.

– L-am văzut pe Elías stând de vorbă cu Logi alaltăieri. Au tăcut imediat când am apărut, deci poate că totuși era implicat. Sau poate că încă discutau dacă să-l primească sau nu în societatea lor secretă...

Páll vorbea degajat, dar în glas i se simțea o ușoară iritare, care trăda faptul că nu-i plăcea deloc că fusese lăsat pe dinafară.

*

Hlynur îl văzuse pe Ari Thór cum dispare cu Páll în camera de interviuri.

Era cât se poate de conștient că înainte cu un an și ceva el ar fi făcut asta, nu Ari Thór. Mânia de odinioară clocoti din nou în el.

Trebuia neapărat să descopere cât mai repede cine-i trimitea e-mail-urile. Numai atunci ar fi reușit să-și regăsească întrucâtva echilibrul.

Își luă inima-n dinți și citi din nou ferparele lui Gauti. Nu se mai uitase peste ele de mult timp, dar observă aceeași coincidență: Gauti murise în 10 mai, iar primul e-mail misterios îl primise în aceeași zi, la câțiva ani după moartea lui Gauti.

În ferpare scria că Gauti lăsa în urmă o soră, mai mică decât el cu câțiva ani. Când se stinsese el, tatăl lui murise deja, dar mama încă trăia.

Hlynur le notă numele și îi căută în registrul național.

Sora lui Gauti locuia pe lângă Reykjavík. Mama lor, însă, murise la numai un an după fiul ei. Hlynur găsi cu ușurință și ferparul ei, și în timp ce-l citea simți că se stinsese de inimă rea, cu toate că nu spunea nicăieri dacă-și luase singură viața.

Simțea că i se face rău. Nu era moartea lui Gauti o cruce suficient de mare? Acum avea pe conștiință moartea a două persoane.

Simți că nu mai poate să gândească și că-l învăluie o disperare neagră din care nu avea scăpare, orice-ar fi încercat să facă.

Apoi căută pe internet poze cu sora lui Gauti.

O chema Oddrún. Era un nume neobișnuit, iar Hlynur găsi cu ușurință o poză. Privindu-i chipul, fu sigur că n-o mai văzuse niciodată pe femeia aceea.

*

Tómas și Ari Thór fuseseră rugați să participe în seara aceea la o ședință de lucru la Akureyri. Tómas propusese să plece după-amiaza târziu și să găsească pe drum un loc unde să mănânce. De fapt, Tómas era bucuros că are ocazia să mănânce în oraș și să împartă masa cu cineva. În ultima vreme trăia mai degrabă cu mâncare pregătită la cuptorul cu microunde. Nu învățase să gătească, prin urmare nu se descurca decât cu semipreparate, iar uneori își mai lua câte-o pizza congelată și o pregătea în cuptor. Îi era dor de tot ce-i gătea soția lui, și de lucrurile de zi cu zi, și de ospețele de la ocazii speciale.

Cel mai tare îi era dor de friptura de vită cu sos *bearnaise* și cartofi prăjiți care apărea din când în când în meniu - un mijloc lent și delicios de-ați grăbi sfârșitul.

*

Akureyri era ultimul loc în care voia Ari Thór să meargă. Nu era pregătit pentru o posibilă întâlnire cu Kristín, cel puțin nu încă.

Pe de altă parte, avea ocazia să verifice teoria despre Ríkhardur Lindgren. În Akureyri locuia bărbatul care-și pierduse soția din pricina lui Ríkhardur. Spera să poată sta de vorbă cu el fără implicarea lui Tómas și aranjase cu Natan, un vechi prieten din școală care locuia și el în oraș, să-l ia cu mașina și să-l ducă acasă la văduv. Era o încercare hazardată, dar mai bine făcea o verificare discretă dacă tot avea posibilitatea.

Ari Thór traversă centrul din Siglufjörður, acum năpădit de turiștii de pe vasul de croazieră, care se lăfăiau sub soarele puternic al verii, un contrast față de ce auzise că era la Reiykjavík, unde un nor gros de cenușă se adunase deasupra orașului.

Reușise să-l contacteze pe prietenului lui Páll din Reykjavík, care-i confirmase povestea acestuia din urmă. Dacă amicul ăsta chiar spunea adevărul, însemna că Páll se aflase la mare distanță de scena crimei. Acum avea de gând să dea de fiul celor doi fermieri la care, din spusele lui Jói, locuise Elías. Ari Thór mai avea puțin timp la dispoziție până să plece spre Akureyri împreună cu Tómas și spera ca scurta lui vizită să fie productivă.

Pe drum îl sună pe Natan și stabili unde să se întâlnească. Tómas spunea că ar fi vrut să mănânce ceva la Akureyri, însă Ari Thór hotărî că o să refuze, motivând că trebuia să se întâlnească cu un prieten la un sandvici. Pe Tómas sigur nu l-ar fi deranjat să mănânce singur – doar se obișnuise până acum.

Ari Thór mai avea un motiv pentru care prefera compania lui Natan: Natan o cunoștea pe Kristín, deci putea să-l întrebe dacă are vești despre ea.

După ce Ugla și Kristín îi dăduseră papucii una după alta, Ari Thór nu se mai gândise să înceapă o relație cu altcineva. În tot acel răstimp nu călcase strâmb decât o singură dată – o exprimare discutabilă, din moment ce nu mai avea nicio răspundere față de Kristín. În toamna de după despărțire, un prieten de la Academia de Poliție îl invitase la o escapadă, în Blönduós. Prieten? Prea mult zis. Mai degrabă o cunoștință. De fapt, Ari Thór avea foarte puțini prieteni și nu dezvoltase niciodată capacitatea de a strânge oamenii în jurul lui. De când îi muriseră părinții și bunica, numai cu două persoane se simțise cu adevărat împăcat: Kristín și apoi Ugla.

Cunoștința lui se mutase de curând la Blönduós cu un post temporar și nu știa practic pe nimeni de acolo. Îi spusese lui Ari Thór că nu-i plăcea gândul să meargă la petrecerea aceea de unul singur și îi sugerase că n-ar fi fost o problemă să ajungă acolo din Siglufjörður. Ari Thór era pe atunci atât de sătul de amărăciune și autocompătimire după ce făcuse praf relațiile cu Kristín și Ugla încât acceptase invitația.

Îl convinsese pe Hlynur să-i împrumute o mașină, un gest stânjenitor dat fiind că nu se întâlneau niciodată în afara biroului și n-aveau nimic în comun. Însă Ari Thór își impusese să o facă. La urma urmei, n-avea pe cine altcineva să roage: pe Tómas nu putea, iar pe Ugla nici atât.

*

Când ajunseră la petrecere, zgomotul îl asurzi iar în scurt timp îl pierdu pe amicul lui undeva în mulțime. Melodii pe care nu le mai auzise niciodată ieșeau la volum maxim din boxe, acoperind orice alt sunet. Ce formație cânta, de fapt? Basul bubuitor îl înnebunea. Hotărî repede că era prea bătrân pentru așa ceva.

Cineva se izbi de el cu putere și Ari Thór se întoarse să împingă și el – prea târziu, persoana dispăruse. Însă privirea lui Ari Thór căzu pe o fată de o frumusețe năucitoare. Se apropie de ea fără voia lui. Trupul nu mai răspundea la comenzile ritmice pe care i le dădea, iar echilibrul nu mai era cum și-ar fi dorit el să fie.

Se prezentă peste vacarmul produs de muzică, spunându-i că e polițist. Nu înțelese cum o cheamă dar, în caz că nu-l auzise din prima, îi repetă că era polițist. Fata era roșcată, mignonă, extraordinar de frumoasă și cu siguranță mult mai tânără decât el.

Aproape fără să-și dea seama, ultimul dans lent luă sfârșit dar el era încă alături de fata frumoasă. Își croiră drum până-n sala de dans, agățați unul de celălalt, și în scurt timp Ari Thór se pomeni în fața unei case din Blönduós. O casă roșie. O fată cu păr roșu care locuia într-o casă roșie.

Înăuntru, ea îi oferi o băutură, porni muzica și crescu volumul – iarăși zgomotul ăla blestemat! Nu trecu mult și hainele ei ajunseră pe podea.

Sexul cu fata roșcată fusese diferit de cel cu Kristín, mai îndrăz-

neț, mai precipitat, mai distant. Dar tot timpul cât se aflaseră unul în brațele celuilalt mintea lui zburase la Kristín.

*

După ce se dezmeticise, în drum spre Sigulfjörður, îi păruse rău de escapadă. Era un episod care ar fi trebuit încadrat la categoria „nu s-a întâmplat niciodată”, asta dacă el și Kristín aveau să mai fie vreodată împreună. *Când* aveau să fie din nou împreună, își spusese în sinea lui.

Dacă totul se terminase între ei, atunci de ce naiba se simțea vinovat, de parcă ar fi înșelat-o?

21

La secție era o liniște mormântală. Hlynur își petrecuse mare parte din zi citind ferpare vechi. Întâi ale lui Gauti, apoi ale mamei lui Gauti.

Trecuse din nou prin *inbox* și parcursese iar mesajele amenințătoare.

Când aveau să se termine toate astea?

Cum putea să-și răscumpere greșelile trecutului?

Putea măcar s-o facă?

Ar fi dat orice ca să iasă din cercul vicios sau să audă un glas care să-i spună cum să îndrepte lucrurile.

Bănuia – și se temea – că glasul îi vorbise deja.

Data viitoare o să te-nvăț să mori.

Persoana care-i trimitea mesajele, sora lui Gauti sau altcineva, aștepta inevitabilul: ca Hlynur s-o ia pe urmele lui Gauti.

Simți cum furia clocotește din nou în el.

De ce nu mă lasă-n pace?

Îmi pare rău!

Îmi pare rău pentru tot!

22

Ari Thór străbătu piața, urcă treptele abrupte până la biserica veche și cimitirul ei și ajunse în cele din urmă la casa lui Jónatan.

Jónatan stătea în prag ca un străjer de la poarta castelului. Ari Thór îl recunoscu – îl mai văzuse prin oraș, dar nu știa nimic despre el. Prin urmare, acesta era bărbatul ai cărui părinți avuseseră grijă de locul unde-și petrecuse Elías verile în copilărie. Era înalt și cocoșat, era limpede că spatele îi făcea mari probleme.

Îl măsură din cap până-n picioare pe Ari Thór prin niște ochelari cu lentile groase, apoi coborî din nou privirea, silit de cocoașă, de parcă ar fi dat un verdict.

– Ce vrei de la mine? întrebă cu o voce răgușită, fără să schițeze nicio mișcare.

Glasul lui Jónatan nu era tunetul întunecat la care se așteptase. Ari Thór nu-i spusese lui Tómas unde merge, preferând să nu-i divulge vreo informație neesențială. Nici nu-l sunase pe Jónatan dinainte, și era limpede că vizita inopinată nu era binevenită.

– Nimic deosebit, zise Ari Thór încercând să-l cântărească din priviri. Am doar câteva întrebări.

– Nu-s prieten cu poliția, cum bănuiesc că știi deja. Nu lasă pe nimeni în pace, mârâi el, dar îi lipsea volumul care i-ar fi făcut glasul profund sau amenințător. Ai venit să mă-ntrebi despre Elías?

Elías. Deci se cunoșteau. Probabil că Jónatan și-l amintea de la fermă.

– „Cum bănuiesc că știi deja", îl imită Ari Thór pe bărbatul irascibil. Asta ce-ar trebui să-nsemne? Nu mă poftești înăuntru?

– Nu poftesc pe nimeni înăuntru, replică Jónatan. Numai ticăloși băgăcioși peste tot.

Se mută din dreptul pragului pe trepte, practic călcându-l pe Ari Thór pe vârfurile încălțărilor, și trânti ușa în urma lui.

– Mă duc în centru la magazin. Poți să vii cu mine pân-acolo, băiețaș, și vorbim pe drum.

Ari Thór aruncă o privire spre piața primăriei. Nu era mult de mers de acasă de la Jónatan. Poate că ar fi avut timp de câteva întrebări, dar trebuia să și le aleagă cu grijă.

– Bine, răspunse el iritat.

Dar se simți ușurat când observă că Jónatan mergea încet, de parcă s-ar fi chinuit. Asta însemna un interogatoriu neoficial ceva mai lung.

– Ce-ai vrut să zici adineauri? întrebă Ari Thór.

– Las-o moartă, băiețaș, se răsti Jónatan. Știi foarte bine c-am stat la răcoare, altfel de ce-ai fi venit să mă freci la icre?

Fir-ar. Greșeală de începător – venise la interviu nepregătit.

– Nu stau să verific cazierul tuturor celor cu care stau de vorbă, zise Ari Thór sperând să sune convigător.

– Îmi imaginez că n-ar fi chiar plăcut, comentă Jónatan, care făcea eforturi să coboare panta abruptă.

– De ce ai stat la închisoare? întrebă Ari Thór și-i păru imediat rău că irosea timp prețios pentru ceva ce ar fi putut afla de unul singur.

– O porcărie cu droguri. Caută și tu. N-am fost nici vinovat, nici nevinovat.

Jónatan ezită, apoi păru că se hotărăște să-i explice pe larg. Ari Thór știa din experiență că toată lumea are un fel de scuză.

– Am făcut-o pentru bani, bine? Am făcut contrabandă cu niște marfă până pe continent. N-a fost ideea mea.

– Îl cunoșteai bine pe Elías?

– Bine? Nu, n-aș spune asta. Îmi amintesc de el...

Vocea îi cedă o clipă şi tuşi înainte să-şi reia ideea:

– Îmi amintesc de el de la ţară, de la ferma alor mei. N-a trecut niciodată pe la mine după ce a venit în Siglufjörður, cu toate că ştiam că s-a mutat aici înainte să aud de crimă. Nu-mi place să stau cu oamenii, aşa că nu-s la curent cu bârfele.

– Locuieşti de mult timp aici?

– De când a murit tata. Deci de vreo cinci ani. Mama a murit înainte. N-avea rost să mai păstrez afurisita aia de fermă, au murit jumate din animale şi oricum n-aveam ce să fac acolo decât să mă uit la mare şi să-mi amintesc... amintiri vechi.

Tonul lui dădea de înţeles că nu erau plăcute.

– Când ai intrat în afacerea cu droguri? întrebă Ari Thór, având grijă să-şi ascundă un zâmbet rece; mai aveau puţin până la Co-op.

– A fost demult, răspunse Jónatan cu jind în glas. Înainte să moară ai mei. M-am mutat la Reykjavík ca să învăţ ceva, cum ar trebui să facă toată lumea. Când am ieşit de la zdup am plecat înapoi în nord – n-aveam unde altundeva. Apoi a murit mama. Tata a încercat să ţină ferma pe picioare, dar a murit şi el în acelaşi an. Atunci am renunţat. Fraţii şi surorile mele mi-au cumpărat o casă aici. Au găsit-o ieftin.

Se opri şi se uită cu greu peste umăr la construcţia mică.

– Fraţii şi surorile mele sunt toţi în sud, într-un oraş de vis.

Rânji.

– Nu trec niciodată pe la mine. Aici erau preţuri mici şi cred că şi-au zis că e mai bine să mă ţină cât mai departe de ei.

– Şi cu ce te ocupi?

Ajunseseră în faţa uşilor de la magazin.

– Ei bine, tinere, cred că cel mai corect e să zici că-s pensionar. Nu mă simt bine, vezi şi tu.

Rânji din nou.

– Primesc câteva ajutoare pe motiv de boală, acum că am o

vârstă și nu mai sunt bun la nimic. Mă descurc, la limită. Nu mai știu nici ce zi e, dar știu să deosebesc între o zi de lucru și o zi de weekend. Știi cum?

Ari Thór rămase nemișcat, așteptând răspunsul.

– Dimineața, când mă trezesc, mă uit pe geam. Dacă văd oameni, înseamnă că-i zi de lucru, dacă nu – e weekend. Mi-e de-ajuns. Viața e al dracului de simplă când li se rupe tuturor că exiști.

Apoi șontâcăi în magazin fără să-i mai arunce vreo privire lui Ari Thór.

23

Jónatan habar n-avea ce intrase să cumpere în Co-op. Bani de cheltuit n-avea și, în orice caz, acasă îl aștepta tot ce-i trebuia: niște lapte, niște *skyr* și resturile cinei din seara precedentă. Adevărul era că pur și simplu nu voia să l primească pe nenorocitul de polițai în casă, iar drumul până la Co-op fusese cea mai bună idee care-i trecuse prin cap.

Fusese un chin să coboare panta fără baston, iar acum stătea în magazin ca un suflet pierdut printre turiștii de pe vasul de croazieră, fără să aibă vreun interes să cumpere ceva.

De ce nu-l lăsase pe polițai să intre? Trebuia să recunoască, unul dintre motive era acela că înăuntru era o debandadă de nedescris. Renunțase de mult să mai încerce să păstreze curățenia. Nu era ca și cum avea parte de oaspeți.

Celălalt motiv era că se temea să nu-și dorească brusc să-și descarce conștiința și să ciripească. Dar poate că n-ar fi fost așa de rău – ar fi fost oricum mai bine decât să poarte în spinarea-i cocoșată povara adevărului.

Când îl văzuse pe polițai pe trepte, preț de o clipă crezuse că totul s-a terminat. Aproape că avusese un sentiment de ușurare. Îi trecuse prin minte să-l cheme înăuntru, să-l poftească să se așeze undeva în dezastrul din casă și să-i spună tot.

Se uită în jur prin magazin. Nu zări niciun cunoscut și nimeni nu părea să-i acorde vreo atenție, așa că se îndreptă spre casele de marcat, se strecură dincolo de ele și ieși în stradă.

Se simți ca un tâmpit că intrase și plecase cu mâna goală. Când ajunse la colț, privi panta care-l aștepta. Bastonul i-ar fi fost de mare folos.

În tinerețe nu era atât de uituc. Încă din copilărie fusese ordonat și gânditor. Fusese organizat, de încredere și conștiincios. Dar într-o familie atât de mare, având atât de mulți frați și surori și părinții fiind ocupați până peste cap cu ferma, nu fusese încurajat să muncească din greu. Era cel mai mic dintre cei cinci copii de la ferma din Skagafjörður, dar parcă existase dintotdeauna certitudinea că el avea să plece în sud la studii. Îi convenise: nu avea forța necesară pentru munca fizică și nu-l interesa agricultura. Plecase, așadar, la Reykjavík, unde absolvise cu note maxime. După asta începuseră problemele care aveau să-l bântuie pentru tot restul vieții.

Își dorise să studieze medicina: o alegere dificilă și un parcurs solicitant. Se pregătise încă din vara aceea, înainte să înceapă primul semestru. Citise cărți de medicină, întrebându-se dacă era cu adevărat în stare să fie doctor – oare va reuși să-i ajute pe toți pacienții dintr-o zi, să le pună un diagnostic și să le prescrie un tratament? „Du-te acasă, n-ai nimic." Cum putea fi sigur că are dreptate? Cum naiba reușeau doctorii să ia atât de multe decizii cât era ziua de lungă? Își imagina că fiecare caz trebuia studiat amănunțit, căutând informații în cărți și articole, și că numai după cercetări exhaustive ar fi putut spune „du-te acasă, ești sănătos tun".

Dar dacă persoana respectivă tot se îmbolnăvea? Dacă neglijase ceva? Gândurile astea îl chinuiau fără încetare.

Și apoi a început studiul serios.

*

Stătea la un birou din bibliotecă, în conul de lumină aruncat de lampă. Era cu privirea ațintită în carte, dar nu mai citea. Nu mai dăduse pagina. Nu mai știa de cât timp era acolo. Începuse devreme. Citise toată noaptea, se străduise din răsputeri să memoreze toate informațiile. Cuvintele începuseră să se topească unele într-altele. Zilele treceau insipide și monotone. Oare-și ratase primul examen? Poate. Nu mai știa. De fapt, poate ratase un examen sau două... nu era pregătit pentru ele. Tata sunase în urmă cu câteva zile, dar nu fusese capabil să-i spună adevărul. Îi spusese că luase fluierând toate examenele. Nu era o minciună chiar atât de mare. Chiar știa chestiile astea mai bine decât oricine. Dar, totuși, picase..

*

După ce se alesese praful de facultate, căutase de lucru. Dar nu era simplu să găsească ceva pe placul lui la Reykjavík. Nu era îndeajuns de puternic să se spetească la munca de la fermă, dar acum căuta fără tragere de inimă exact genul de slujbă la care știa că spinarea lui slabă n-avea să-l ajute mult timp. În cele din urmă îi picase o slujbă la docuri, muncă grea de dimineață până seara. Se plătea bine, dar știa că n-o să rămână acolo mult. N-avea forța necesară. Își dăduse silința să reziste, dar durerile de spate se întorceau mereu și de fiecare dată durau mai mult.

Apoi venise o ofertă să lucreze pe barcă, unde se plătea și mai bine. Avea ocazia să câștige mai mult și să pună și deoparte.

Viața de marinar se dovedise chiar mai rea decât cea de hamal. Se sforță să reziste vreo două drumuri, să se lupte cu tangajul nefârșit, și deveni tot mai pământiu și mai slab. Acolo se întâlnise cu diavolul cu chip de om, un bărbat care făcuse tot posibilul să-l ispitească și reușise.

– Munca grea-i pentru ratați, spusese el.

Banii câștigați repede erau cei mai buni și avea slujba perfectă pentru Jónatan.

La momentul acela, spatele îi era atât de afectat că era dispus să se agațe de orice altă variantă, oricât de firavă.

Contrabanda cu droguri fusese simplă prima oară și a doua oară.

A treia oară cu noroc? Da' de unde.

Fusese prins când făcea al treilea traseu și aruncat într-o celulă, cu termenul de judecată amânat săptămâni la rând, apoi expediat la închisoare. Atunci descoperiseră părinții lui că renunțase la medicină cu multe luni înainte și devenise contractor liber profesionist în domeniul foarte practic al chimiei.

La închisoare nu fusese prea rău. Avusese o celulă destul de mare și confortabilă. Partea cea mai proastă fusese întoarcerea în nord după terminarea pedepsei, cu mintea și trupul sfărâmate.

Jónatan ajunsese în cele din urmă la capătul pantei. Se opri să se bucure de vara călduță, lipsită de rafalele crunte care biciuiau orașul în lunile lungi de iarnă. Își dezmorți trupul. Durerea din spate era puternică, dar fusese mai rea în multe alte rânduri.

Se strecură în casă, coliba aceea pentru care făcuseră chetă frații și surorile lui. Zări bastonul binecuvântat care atârna unde-l lăsase, pe radiator, în hol.

Se întinse, ostenit. Avea nevoie să se odihnească o vreme. Știa deja că avea să doarmă prost în noaptea aceea. Nu suporta lumina strălucitoare, soarele de la miezul nopții pe care toată lumea părea să-l îndrăgească. Își cumpărase draperii groase, grele, dar cumva lumina dibuia o fantă prin care să intre în casă.

În opinia lui, nopțile cele mai întunecate erau cele mai luminoase, și știa prea bine de ce așa stăteau lucrurile.

24

Începea seara când Ísrún ajunse la Dalvík, deși avu nevoie de ceasul de bord ca să-și dea seama de asta. Seara liniștită de iunie era luminoasă și limpede. Pe coasta de nord, ziua era chiar mai lungă decât în sud, la Reykjavík. Peisajul era mai stâncos și mai amenințător în nord dar, din fericire, lăsase în urmă aerul otrăvit din sud-vestul Islandei.

Opri în fața casei unde stătea cel mai apropiat coleg al lui Elías. Svavar Sindrason. Patruzeci și doi de ani. Locuia singur. Kormákur o sunase de pe drum și o întrebase dacă avea vreun subiect fierbinte pentru știrile din seara aceea. Ea îi răspunsese destul de acru că încă nu și că, în mod evident, o să dureze. Profitase de ocazie ca să-l roage să găsească orice informații putea despre Svavar, zicându-i că o să stea de vorbă cu el. Nu-i pomeni nimic despre întâlnirea cu Ríkhardur Lindgren.

Kormákur făcuse treabă bună, o sunase puțin timp după aceea cu o mulțime de informații despre Svavar: data nașterii, genul de familie în care crescuse și multe altele. Ísrún zâmbise cu gura până la urechi, bucuroasă că bărbatul o ajuta pe ea, nu pe Ívar, cum își dorea acesta din urmă.

În ciuda eforturilor lui Kormákur, însă, în media sau pe internet nu mai erau prea multe informații despre Svavar. Numele lui apărea din când în când în arhiva ziarelor sportive vechi, pentru că într-o vreme jucase handbal la nivel înalt – altfel, părea că dusese o viață deloc spectaculoasă.

Pe toată strada să înălțau case frumoase, înghesuite una în alta. Ísrún sună la ușa lui Svavar. Acum nu mai avea nevoie să-și ia inima-n dinți ca să deranjeze un străin în afara orelor de lucru. Jurnalismul o ajutase să-și formeze o carapace dură. Știrile ocupau primul, al doilea și al treilea loc de pe lista priorităților ei. Însă avea grijă să se comporte ca o profesionistă, conștientă că în meseria ei putea, uneori, să creeze probleme și unor oameni nevinovați. La fel de bine știa și că, dacă ar fi început s-o mustre conștiința, ar fi fost momentul să-și găsească o slujbă mai puțin brutală.

Cineva apăru în cele din urmă la ușă: un bărbat cu o înfățișare obosită.

– Bună seara, zise el cu voce joasă.

– Aș vrea să-ți pun câteva întrebări despre Elías, spuse ea fără să se prezinte. Am venit tocmai de la Reykjavík ca să vorbesc cu tine, adăugă ea, știind că puțină lingușeală nu strică niciodată. Chiar ți-aș fi recunoscător dacă ți-ai rupe cinci-zece minute să vorbim.

Svavar părea luat complet prin surprindere.

– Intră.

Ea nu ezită.

– Nu apari cumva la știri? mormăi el câteva momente mai târziu, când erau în camera de zi și îi studie cicatricea de pe figură.

Încăperea îi amintea de o casă de vacanță decorată excesiv, cu mobilă lipsită de farmec, pestriță, și un dulap plin cu cărți alese aleatoriu, de parcă ar fi fost lăsate acolo din greșeală. Rafturile erau în mare parte goale, la fel și pereții. Singurul semn de viață era micul televizor dintr-un colț, cu imaginea tremurată și sonorul dat destul de încet. Ísrún își zise că era mare diferența între o casă și o locuință.

Îi spuse că da, era de la știri, iar ochii lui Svavar începură să joace în toate direcțiile.

– Unde-ți e... știi tu...? murmură el.

– Cine?

– Știi tu – tipul cu camera.

– L-am lăsat la Reykjavík. Întâi fac niște cercetări preliminare, apoi o să iau și interviurile, dacă va fi nevoie, răspunse ea, având grijă să nu spună cuvântul magic „neoficial".

Interviul acela nu urma să aibă nimic neoficial. Avea să folosească orice frântură de informație utilă, dar nu cum s-ar fi așteptat el.

Svavar se așeză pe singurul fotoliu, lăsând-o pe Ísrún să stea în picioare în mijlocul camerei în așteptarea unui răspuns. După câteva clipe de tăcere, ea se îndreptă cu pași hotărâți spre bucătărie, luă un taburet, îl aduse în camera de zi și se așeză.

– M-am prins, zise el în cele din urmă, apatic. Cercetări preliminare. Bănuiesc că faci asta pentru tipul care a fost adineauri la știri.

Drace. Ar fi trebuit să-și aleagă mai bine cuvintele. N-avea să obțină nimic de la Svavar dacă ajungea s-o creadă numai asistenta lui Kórmakur. Învățase asta din experiență. Oamenii voiau să stea de vorbă cu persoane influente, iar reporterii TV aveau o influență considerabilă.

– Nu tocmai, râse ea și conștiința o înțepă, dar nu prea tare. *El* mă ajută pe mine. N-am putut să-l aduc aici – cineva trebuie să rămână la Reykjavík și să pună cap la cap buletinul de știri, continuă zâmbind și schimbă cu dibăcie direcția conversației: Îl cunoșteai bine pe Elías?

– Da, mormăi el. Foarte bine. Am lucrat pentru el ani întregi.

– Cum era ca șef?

Svavar rămase tăcut un moment.

– Al dracului de bun.

– Harnic?

– Foarte harnic.

– Erați mulți în echipă?

– De obicei doar noi trei.

Își drese glasul și-și trosni mâinile.

– Eu, Logi și Páll Polițistul. Amândoi stau în Siglufjörður. Elías era șeful.

– Și aveați suficient de lucru? întrebă ea scurt, străduindu-se să evite tăcerile prelungi care i-ar fi permis lui să-și piardă șirul ideilor.

– Da, mai mult decât suficient. Multe ture de noapte. Vor să termine tunelul. Ar trebui să se deschidă în toamnă.

– Deci, ce s-a întâmplat cu prietenul tău? întrebă ea, intrând în subiect.

– Habar n-am, răspunse Svavar pe loc, apoi se scărpină pe obrazul țepos.

– Dar ai vrea să afli, nu? insistă Ísrún, aplecându-se spre el.

– Normal că da, izbucni el, dar cu un glas atât de slab că Ísrún fu imediat convinsă că avea propriile lui bănuieli.

– A avut probleme cu legea?

– De ce întrebi?

Ísrún aproape că-l simțea cum transpiră, chiar dacă, din fericire, îi separa o oarecare distanță.

– Păi..., zâmbi ea, ...știi că gazetarii nu-și dezvăluie niciodată sursele.

– Elías era curat ca... era curat ca lacrima, mormăi Svavar. Și, oricum, despre morți numai de bine.

– Uneori face parte din meserie. Deci n-avea nicio condamnare... nicio activitate dubioasă de care să știi?

– Auzi, termină cu tâmpeniile!

Ridicase vocea și era gata să sară în picioare, cu toate că părea să-i lipsească energia să ducă mișcarea până la capăt.

– Doar nu-s la interogatoriu aici! Ce dracu' încerci să scoți de la mine?

– Cred că știi foarte bine ce. Ai vorbit azi cu poliția?

– Da, a trecut un copoi pe-aici, murmură el, în aparență recăpătându-și calmul. Le-am zis ce-ți zic și ție. Am fost acasă toată noaptea. Nu eu l-am omorât.

– Nu asta am întrebat, spuse ea pe un ton vesel, mulțumită de firmitura care-i scăpase lui Svavar.

Era ceva că aflase despre întâlnirea lui cu poliția – o frântură de informație pe care le-o putea pasa lui Kormákur și Ívar în timp ce ea continua cercetările în direcțiile în care voia.

– Asta-i tot, nu? întrebă el cu o fermitate nouă în glas.

Parcă-și descoperise în sfârșit curajul să se comporte ca proprietar al locuinței, nu ca un vizitator în propria casă.

– E foarte bine, răspunse ea. Dar sună-mă dacă mai ai ceva să-mi spui.

Ísrún își scrise numărul de telefon pe un bilețel pe care i-l înmână. Dar când făcu asta regretă imediat. Ceva din felul lui de-a fi nu-i plăcea, și poate că nu fusese o mișcare inteligentă să-i dea numărul.

Când ieși, rămase lângă mașina roșie și scoase telefonul. Era momentul să dea raportul și să câștige mai mult timp. Dacă reușea, următoarea oprire avea să însemne o noapte petrecută la Akureyri.

Kormákur răspunse imediat. Ținea mobilul mereu aproape.

– Bună. Ești în nord, nu-i așa?

Ísrún auzea zgomot de mașini în fundal și își spuse că bărbatul era în drum spre casă acum, că terminase tura.

– Da, sunt la Dalvík, am vorbit adineauri cu Svavar. A venit poliția să-l ia la întrebări azi.

– Ok, asta n-a mai zis nimeni, spuse Kormákur, iar Ísrún își dădu seama că era surprins.

Nu se îndoia că așa stăteau lucrurile. Era halucinant cum reușea să urmărească toate trusturile media, toată concurența, să citească ziare și site-uri și să mai și lucreze pe rupte. Poate că la asta se referea când îi spusese odată că se căsătorise cu slujba.

– Sper să fie de folos, zise ea. O să văd dacă reuşesc să aflu ceva mai consistent mâine. Cum a mers azi?

– Binişor, răspunse el, cu toate că nu părea că debordează de fericire. Cazul a fost cea mai importantă ştire din buletin, dar n-au fost prea multe noutăţi oricum. N-am avut nimic cu care să-i luăm pe ceilalţi, din păcate.

– Tot e ceva, zise Ísrún. Aş vrea să pot inventa o ştire-bombă. Poate mâine.

– Şi informaţia asta a ta va trebui să aştepte până mâine. Apropo, ai avut mare noroc că ai plecat azi. Nenorocitul ăsta de nor de cenuşă încă planează deasupra oraşului. E ca o pătură. E mai rău decât când ai plecat. La noapte o să fie întunecat şi mohorât la Reykjavík.

Ísrún îşi imagină cum noaptea luminoasă de vară e ascunsă în spatele pâclei cenuşii. Ca o imagine din infern.

25

Cu un an înainte

– Ar fi fost bine s-o cunoști pe bunica ta, a zis Katrín, bătrâna care stătea în fața mea la masa solidă din lemn din căsuța ei de la Landeyjar.

E-adevărat, mi-am zis, dar am răspuns numai printr-un zâmbet. Eram în sufrageria ei, dacă se poate spune așa. Casa era atât de mică încât sufrageria și bucătăria formau una și aceeași încăpere. Loc de dormit era la etaj, cel puțin așa zicea ea. Casa era bine încălzită, poate chiar prea bine. Având toate geamurile închise, căldura era sufocantă.

Katrín era rudă îndepărtată cu mine și cea mai bună prietenă a bunicii Ísbjörg. Se apropiaseră mult încă din copilărie.

Acum avea peste optzeci de ani, cam cât ar fi avut și bunica dacă n-ar fi răpit-o cancerul atât de devreme.

Stăteam lângă fereastră și priveam marea dinspre Insulele Westman. Afară, vântul sufla puternic, chiar dacă era toiul verii și zilele lungi și însorite se preschimbau în nopți albe.

– Aici mereu bate vântul, a comentat bătrâna.

Apoi, după o clipă de tăcere:

– Fir-ar să fie, voi două v-ați fi înțeles de minune! Îmi amintești de ea.

– Serios? am întrebat din politețe, pentru că am auzit replica asta de mult prea multe ori.

– Da, chiar îmi amintești de ea, repetă Katrín.

Afară era luminos, dar bătrâna aprinsese o lumânare pe masă, dând o strălucire caldă atmosferei din căsuța aceea de lemn, plină de povești și amintiri de demult.

– Am stat de multe ori aici, la masa asta. Pe-atunci eram tinere și frumoase, dacă poți să-ți închipui! Casa a fost a familiei mele de mulți ani, mai mulți decât își amintește și cel mai bătrân dintre noi. Nici eu nu-mi mai amintesc și, har Domnului, am o memorie foarte bună.

– Și ce făceați pe-atunci în timpul liber? Adică, n-aveați televizor.

– N-aveam televizor, nu, asta clar. Oricum n-am avut niciodată prea mult timp să mă uit. N-am nici acum aparat din ăsta.

A făcut o scurtă pauză.

– Păi, stăteam de vorbă. Sau jucam cărți – uneori doar noi două, alteori mai mulți. Eram mai mulți prieteni care locuiam în același district. Dar cei mai buni doi prieteni ai noștri s-au mutat la Reykjavík și am rămas singure aici.

A oftat.

– Ce jucați? am întrebat.

– Cel mai des jucam marías[3]. Îl știi?

– N-am auzit niciodată de el.

– Tinerii nu mai stau să se joace cum făceam noi. Prea mult televizor, a zis ea și s-a încruntat.

Am zâmbit în sinea mea. Nu-i spusesem că eu chiar lucram la televiziune.

– Cum era bunica mea?

– Era o femeie de ispravă, a răspuns Katrín fără să stea pe gânduri. Îmi amintești de ea, a repetat. Avea o minte ca un brici și era bună la suflet. O femeie în care puteai să ai încredere.

Am tăcut. Așteptam să aud mai multe. După puțin timp, Katrín a continuat:

---

3 Joc pentru 3-4 jucători, bazat pe levate. (*n. red.*)

– Citea mult, dar pe-atunci citeam mult cu toții. Noi, fetele, ne adunam și citeam împreună. Bunicii tale nu prea-i plăcea să stea singură în întuneric. I-a fost mereu teamă de întuneric, de noapte, de orice loc mohorât.

A zâmbit.

– Îi era frică de întuneric? Cred că era ușor să crezi în fantome – nopțile întunecoase și distanța mare dintre ferme trebuie să fi adus la viață multe legende din vechime, am zis eu și mi-am dat seama că alunecasem în rolul de intervievator, că încercam să duc conversația în direcția care mă interesa pe mine.

– Fantome? Nu pot să vorbesc pentru bunica ta, dar tot ce știu e că nu-i plăcea întunericul. Când a erupt Hekla în '47 ne-am speriat cu toții. Nimeni nu știa cât o să țină. Dar pe ea a îngrozit-o. Teama a rămas cu ea până la moarte.

– Serios?

– Da. Vorbea des despre asta. Aveam amândouă cam douăzeci de ani când s-a întâmplat. Pur și simplu, din senin, aerul s-a umplut de cenușă și cerul s-a făcut negru. Cenușa aia nenorocită a distrus toată pajiștile. E teribil când se întunecă așa de brusc și când te-aștepți mai puțin. A fost îngrozitor, iar pe bunica ta a afectat-o foarte rău.

Katrín a coborât glasul și s-a apropiat de mine.

– I-a spus „negura". Asta n-o s-o uit niciodată. După aia, de fiecare dată când a mai vorbit despre erupție, a folosit același cuvânt. Mă întreba: „Kata, îți amintești de negură?"

Am aruncat o privire pe geam.

Am simțit un fior pe șira spinării. Lumea bunicii parcă prindea viață, toate grozăviile pe care le trăise parcă deveniseră reale, palpabile.

Se potrivea de minune că afară era însorit, în ciuda vântului care nu se mai oprea, un vuiet necontenit care amintea că Islanda, insula asta izolată din nordul Atlanticului, a fost tot timpul, fie vară, fie iarnă, la mila stihiilor.

– Eu n-am fost niciodată așa citită ca bunica ta, a continuat Katrín. Ea știa un cuvânt pentru orice. Din partea mea, întunericul era doar întuneric. Dar de la un timp, la fel ca ea, nu mă mai simt în largul meu în întuneric. Mereu simt că stă la pândă ceva sinistru – ceva care se ferește de lumina zilei. Dar când se lasă întunericul... Și atunci îmi amintesc mereu de cuvântul ăsta: „negura".

26

În timp ce Tómas intră în secție ca să ia niște hârtii, Ari Thór profită de ocazie și introduse un CD cu muzică clasică de pian în CD player-ul mașinii. N-avea de gând să asculte balade vechi, de pe vremea heringului, tot drumul până la Akureyri.

Tómas avea o pasiune arzătoare pentru melodiile acelea potrivite pentru sălile de dans, iar Ari Thór nu se îndoia că, în tinerețe, șeful lui tocise mulți pantofi dansând și făcuse multe cuceriri în vale la Hvanneyrarskál, deasupra orașului Siglufjörður. Poate că muzica îi amintea de vremuri mai bune. Acum, însă, mașina era inundată de acordurile lui Chopin, iar Tómas nu zise nimic când se întoarse. Era prost dispus, ca de multe ori în zilele acelea.

Aveau să ajungă la Akureyri în timp mai mult decât util. Lui Ari Thór îi convenea de minune, pentru că izbutea și să se vadă cu Natan, și să încerce să stea de vorbă cu sărmanul om care avusese de suferit de pe urma doctorului.

– Trebuie să mă întâlnesc cu un prieten la Akureyri. E-n regulă? întrebă el politicos.

– Sigur. Ne putem vedea la un burger, răspunse Tómas.

– De fapt, am stabilit să ne vedem acasă la el. Pot să-mi iau un sandvici pe drum.

Ari Thór văzu că Tómas făcea eforturi să-și păstreze privirea ațintită la drum, de parcă s-ar fi chinuit din răsputeri să nu-și exprime dezamăgirea.

– Fă ce vrei, îl repezi el.

În mașină se lăsă o tăcere glacială până-i sună telefonul lui Tómas. Era Hlynur, a cărui voce răsuna acum din difuzoarele *hands-free* ale mașinii:

– Unde ești? întrebă el direct, cu glas tremurat și nesigur.

– În drum spre Akureyri, răspunse Tómas.

– Akureyri? Pentru ce naiba?

– O conferință despre cazul cu crima, zise Tómas cu o ușoară ezitare.

Urmă o tăcere de câteva momente.

– Bine, zise Hlynur și întrerupse apelul.

– Foarte ciudat, comentă Tómas și-și trecu o mână prin puținul păr rămas. Extrem de ciudat!

– Cum așa?

– I-am spus asta acum jumătate de oră.

*

Hlynur era așezat și se uita fix la telefon.

Era singur în secție și asuda.

Afară era călduț. De fapt, era neobișnuit de cald pentru începutul verii, iar în aerul închis, nemișcat, simțea fiecare picătură de transpirație.

Când trecu valul de confuzie care parcă-l lovise, își dădu seama că Tómas îi spusese unde pleacă înainte să pornească la drum cu Ari Thór. Scutură din cap, încercând să-și pună memoria în funcțiune. Își amintea foarte clar cum se uitase la ei pe deasupra ecranului calculatorului, cuprins deodată de o senzație de disconfort, de sentimentul straniu că rămăsese singur pe lume.

Avea impresia că Ari Thór și Tómas dispăruseră fără să spună nimănui niciun cuvânt. Se ridicase și se plimbase în sus și-n jos prin toată secția, strigându-i, întrebându-se unde ar fi putut să plece. Oamenii nu dispar pur și simplu, cel puțin nu într-un oraș mic ca Siglufjörður.

Apucase disperat telefonul și-l sunase pe Tómas ca să vadă

dacă poate da de el. La scurt timp după aceea fusese pus la punct. Se strâmbă de rușine, dar și de îngrijorare.

Ce se-ntâmpla?

Cum de uitase?

Se lăsă să cadă pe podea, epuizat din toate punctele de vedere. Își îngropă fața-n mâini și se gândi la Gauti.

Își zise că trebuia să-și revină. Ce se întâmplase în trecut trebuia să rămână acolo și nu putea fi schimbat. Trebuia să facă un efort, să-și vină-n fire și să încerce să înfrângă disperarea care-l cuprindea.

Hlynur își aminti de evenimentul de la școala elementară, care era pe cale să-nceapă. Tómas îi spusese foarte clar să meargă și „să ia niște certificate" cu el.

Poate că avea să-i facă bine.

Trase aer adânc în piept, se ridică și-și aranjă uniforma. Afară, după interiorul întunecos al secției, soarele orbitor îl luă prin surprindere. Iar aerul curat îl ajută întrucâtva să-și limpezească mintea și să se adune.

În scurt timp ajunse în partea din față a unei săli de sport pline de copii.

Studie chipurile dinaintea lui și fu propulsat înapoi în timp.

În mulțime apărură chipurile foștilor colegi și îl străbătu din nou un fior rece. Cu coada ochiului zări ochii palizi ai lui Gauti privindu-l fix de undeva din spatele sălii. Dar când se uita mai bine, ochii dispăreau, apărând din nou altundeva în mulțimea de elevi din fața lui.

Simți că-l atinge cineva pe umăr și când se întoarse constată că era directorul. Hlynur își dădu seama că înghețase.

Se strădui din greu să facă față chinului în care se transformă rapid ceremonia, o duse la bun sfârșit, apoi ieși repede din sală, fără un cuvânt. Fantomele trecutului prinseseră viață sub ochii lui. Se îndreptă spre cea mai apropiată toaletă și vomită.

27

NU CIRCULĂ – asta scria pe panourile luminoase ale autobuzelor care treceau pe lângă Ari Thór în facultate. După ce se mutase la bunica lui, în urma morții părinților săi, Ari Thór circulase mult cu autobuzul. Nu trebuise să facă niciodată nimic cât trăiseră ai lui, dar după aceea hotărâse să facă tot posibilul să nu mai depindă de nimeni.

Ce-l nedumerea era contradicția din mesajul acela. Autobuzul nu mai circula pe niciun traseu, dar trecea în viteză pe lângă el, cu certitudine îndreptându-se într-un loc anume.

La fel se simțise și el în ultima luni – mereu ocupat, dar fără vreo destinație limpede. Busola lui fusese mereu Kristín. De ce naiba o lăsase să plece?

– Ai văzut-o pe Kristín? Ce mai face? îl întrebă pe Natan imediat ce se întâlniră.

Într-un fel, nu-și dorea să audă răspunsul, dar nu reușise să se abțină să întrebe. Erau în vechiul Volvo al lui Natan, o mașină care în mod normal ar fi trebuit abia să se mai târască dar care părea să funcționeze foarte bine.

Natan nu-i răspunse imediat.

– Ne mai vedem din când în când la o cafea. Îi merge bine, răspunse el concentrându-se la drum, parcă nevrând să dezvăluie nimic.

– Deci e tot singură? întrebă Ari Thór, sperând să pară că nu-l interesează, dar conștient că nu izbutea.

– Ți-am zis, îi merge bine.

– Și asta ce-nseamnă, mă rog? izbucni Ari Thór, apoi îi păru imediat rău.

– Dacă tot insiști, îți spun: iese cu cineva, răspunse Natan la fel de tăios. E clar că încă ești căzut în freză după ea, dar trebuie să încerci să treci peste. Oricum, n-ai destule pe cap deja, cu toți morții și toate cele?

– Treaba mea peste ce trec și peste ce nu, se răsti Ari Thór.

Apoi trase aer adânc în piept și încercă să se calmeze.

– Scuze, mormăi din nou.

– Uit-o, bine? reluă Natan pe un ton prietenesc. Are balta pește. În Siglufjörður nu-s fete frumoase?

– Ba da, din păcate.

Gândul îi zbură brusc la Ugla. Regreta ce se întâmplase între ei. Relația lor distrusese ce avea el cu Kristín. Până și cea mai mică mușcătură din fructul oprit stârnise numai rele.

– Și cine-i tipu'? întrebă Ari Thór.

Cine mama naibii e dobitocu' ăsta? ar fi vrut să întrebe, de fapt.

– Nu l-am văzut niciodată, dar vorbește frumos despre el. S-au întâlnit la golf. E mai mare decât ea și i-a murit soția. Nu m-am prins niciodată ce văd femeile la bărbații mai bătrâni. Eu aproape mă simt atacat când văd o femeie de vârsta mea agățată de brațul unui babalâc.

Natan trase pe dreapta.

– Am ajuns.

*

Natan așteptă în mașină cât Ari Thór bătu la ușa bărbatului rămas văduv. Locuia într-o fostă fermă de la marginea orașului, o clădire de modă veche, din lemn, cu acoperiș înalt, învelită în foi de tablă ruginite. Grădina era neîngrijită, neglijată, plină de buruieni și iarbă crescută prea mult. Pe vremuri probabil că fusese o fermă prosperă, dar nu mai putea fi vorba de așa ceva. Nu văzu nici măcar un câine care să aștepte răbdător să ia în primire musafirii nepoftiți.

Când bătrânul deschise ușa, Ari Thór îi explică repede de ce îl vizita și își dădu imediat seama că bărbatul, care părea să se apropie de optzeci de ani, n-avea nicio reținere să-și exprime opinia extrem de proastă despre doctor.

Se așezară într-un capăt al clădirii, la căldura soarelui de seară, pe o bancă albastră și la fel de ruginită precum casa. Iarba lungă și deasă nu mai fusese tunsă de mult timp. De fapt, timpul nu părea să fi trecut frumos nici peste casă, nici peste bancă, nici peste teren, nici peste bătrânul cu care stătea de vorbă. Tot timpul cât vorbiră, privirea acestuia rămase ațintită la iarba bogată, care se unduia în adierea vântului. Ochii lui nu-i întâlniră niciodată pe ai lui Ari Thór.

– Crezi că ucigașul a făcut o greșeală? Că de fapt voia să-l trimită pe lumea cealaltă pe nenorocitul ăsta de doctor? îl întrebă el pe Ari Thór cu glas stins.

– E posibil. Deocamdată nu știm nimic sigur.

– Ce-a făcut e de neiertat, spuse ferm bătrânul. Asta-i părerea mea de om cu frica lui Dumnezeu. A venit beat la muncă, mai mare rușinea. Mi-e dor de ea în fiecare zi, mai ales în zilele însorite, ca asta. Ea era lumina vieții mele, continuă el rar.

Era limpede că nu se grăbea să scape de Ari Thór.

– Ați vorbit cu... Ríkhardur, după tot ce s-a întâmplat?

– Nu, și nici n-aș face-o, răspunse bătrânul. Ce să mai fac cu vreun fel de compensație la vârsta mea?

Ari Thór nu și-l putea imagina pe bărbatul blând din fața lui punând la cale o crimă, cu atât mai puțin omorând pe cineva cu atâta violență.

– Știți dacă a fost amenințat vreodată?

– Nu, dragule. Habar n-am. N-o să-ți spun că nu mi-a trecut

prin minte să-l amenință eu însumi. Gândurile îți fug în tot soiul de părți, știi? Ajungi în locuri în care ai impresia că-ți va părea rău să te afli. Dar mie nu-mi pare rău că am gândit așa ceva, absolut deloc, mai zise bătrânul și căzu pe gânduri.

Ari Thór așteptă răbdător să vorbească din nou.

– Merita mai bine de-atât. Era un om atât de cald, de amabil, de bun, și mult mai deșteaptă decât mine. Ea era filosofu-n casă. Descoperise sensul vieții, cel puțin așa credea ea. Spunea că nu există un răspuns simplu. Fiecare dintre noi trebuie să-și găsească propriul scop în viață, lucrul care ne face fericiți. E bine, nu crezi? Dacă ar exista un singur scop pentru toții copiii Domnului, atunci am face cu toții același lucru. Ar fi o lume insipidă, nu-i așa?

Se uită țintă la iarbă, parcă bucuros că avea ocazia să vorbească despre soția lui.

– Mă tem că trebuie să plec, zise Ari Thór în cele din urmă și se ridică.

Știa prea bine ce – sau cine – îi adusese lui bucurie în viață. Dar el își ratase ocazia să o simtă. Totuși, nu izbutea să și-o scoată pe Kristín din gânduri. Sperase multă vreme că o să fie din nou împreună, dar în ziua aceea șansa să se împace i se părea mai îndepărtată ca niciodată.

– Mulțumesc că ați vorbit cu mine.

– Mulțumesc că ai venit. Păcat că nu Ríkhardur a fost victima. Ar fi fost o veste foarte binevenită.

28

Ari Thór asistă la întâlnirea de la Akureyri mai mult cu trupul decât cu mintea. Încerca să asculte, dar gândurile nu i se dezlipeau de la Kristín. Nu se servea ceai, așa că bău o cafea diluată și ronțăi niște biscuiți.

Helga, o detectivă tânără de la poliția din Akureyri, îi informa pe toți cei de față că Elías călătorise în Nepal cu doar câteva zile înainte să fie ucis. Făcuse escală la aeroportul Kastrup din Copenhaga. Înainte să afle acest aspect, crezuseră că petrecuse câteva zile în Danemarca. Deocamdată nu exista nicio explicație pentru călătoria în Nepal.

Atmosfera din camera de consiliu era apăsătoare. Crima atrăsese multă atenție, iar presa urmărise îndeaproape subiectul.

Încă năucit de vestea că în viața Kristínei apăruse un alt bărbat, Ari Thór nu-și mai amintea ce-i spusese bătrânul de la fermă. Dar un lucru era clar: nu el era criminalul. Ari Thór era gata să-și abandoneze teoria cum că ar fi existat o pistă care să-l implice pe Ríkhardur Lindgren, cel puțin pentru moment.

Se strădui să urmărească restul ședinței și să țină sub control gelozia pe care o simțea pe dinăuntru – însă era un sentiment pe care nu izbutea mereu să-l gestioneze.

Se gândi la primul moment când îi făcuse probleme. Câți ani să fi avut? Șaptesprezece? Optsprezece? Începuse să iasă cu o fată care învăța la altă școală. Credea că se îndrăgostise, dar relația durase numai trei săptămâni. Se sfârșise tumultuos, la o petrecere.

Fata mersese acolo fără el, așa că Ari Thór hotărâse să-i facă o surpriză. Începuse seara la altă petrecere, cu colegii lui de clasă, băuse prea mult punch, apoi luase un taxi până la petrecerea unde era prietena lui. Încă își amintea casa – o vilă elegantă din Hafnafjörður, plină de mobilă greoaie, de modă veche, care crea o atmosferă mohorâtă, întunecată, cu toate că era posibil ca amintirea să-i fie influențată de ce se întâmplase după aceea.

N-o văzuse din prima și o căutase în camera de zi și în bucătărie. Întrebase în stânga și-n dreapta până când cineva arătase cu degetul spre hol.

– Pe-acolo pe-undeva.

Luase la rând camerele până când o găsise în ultima, în brațele altcuiva.

Emoția care-l cuprinsese în clipa aceea avusese atâta forță, îi dăduse o asemenea senzație tulburătoare de putere că evita să-și amintească episodul. Dar acum, gândindu-se la Kristín și la bărbatul misterios, simțea același impuls copleșitor să-și folosească pumnii – iar de data asta era treaz ca o călugăriță.

Fata ridicase privirea când el pășise în cameră, se descolăcise din brațele băiatului și se uitase la Ari Thór fără să spună nimic, dar expresia de pe chipul ei exprima ceva între „îmi pare rău" și „asta-i viața".

Ari Thór își pierduse controlul, nu se putea spune altfel. Se aruncase asupra băiatului și-l lovise cu pumnul. Mai mult din noroc decât din intenție, lovitura fusese atât de puternică încât băiatul se prăbușise pe spate și se lovise la cap în tăblia patului. Din tăietură țâșnise sângele. Ari Thór ieșise repede din cameră, înainte ca băiatul să-și revină.

Nu mai vorbise niciodată cu fata. Ce-l uimea, în schimb, era că băiatul nu făcuse plângere. Poate că și pe el îl rodea conștiința? Nu furi iubita altuia și nici nu râvnești la femeia aproapelui tău. Toată lumea știa asta. Doar era una dintre Cele Zece Porunci, nu?

29

Era seara târziu iar Ísrún nu se simţea în formă. E adevărat, era epuizată după drumul lung cu maşina de la Reykjavík, dar mai era ceva. Nu putea să dea vina pe cazarea ieftină, care, de fapt, era bună pentru ce oferea: un pat curat, un dulap şi un scrin în care nu era decât o Biblie.

Poate că amintirile erau cele care nu-i dădeau pace, acum, că ajunsese la Akureyri. Era dezamăgită de ea însăşi – crezuse că era mai puternică de atât. Alesese o pensiune, chiar dacă ar fi putut, fără îndoială, să stea pe gratis la oricare dintre vechii ei prieteni. Dar de când se mutase în sud mai păstrase doar ocazional legătura cu prietenii de la Akureyri. Mai mult, plecase foarte din scurt şi inventase nişte pretexte foarte străvezii pentru faptul că dispăruse fără să spună nimănui adevăratele motive pentru care se mutase. Pe astea le păstra numai pentru ea.

Trase draperiile şi se întinse să doarmă. Nu era chiar atât de târziu, dar voia să se trezească devreme. A doua zi trebuia să înceapă cu o vizită în apartamentul lui Elías, care se dovedise că era, până la urmă, proprietatea soţiei lui. Apoi voia să meargă în Siglufjörður, un loc unde nu mai fusese niciodată.

Dormea deja când sună telefonul. Un jurnalist bun nu şi-l închide niciodată – ştirile sunt pe primul loc –, dar Ísrún înjură în timp ce cotrobăia după el, spunându-şi că uneori merita să mai încalce regulile gazetăriei ca să doarmă şi ea ca lumea.

Era Kormákur. Trecu direct la subiect:

– Eşti la Akureyri?

Ea se frecă la ochi şi bolborosi ceva care putea fi interpretat drept răspuns afirmativ.

– Dormeai? Hai, trezirea, ciripi el entuziasmat. La biroul șerifului se ține o ședință despre cazul cu crima.

– Țin o conferință de presă? întrebă ea, încă buimacă.

– Nu, nimic de genul ăsta. Nimeni în afară de noi nu mai știe despre asta. Am eu un contact. Du-te acolo imediat!

Ísrún se ridică în capul oaselor, uluită nu doar de vestea pe care i-o împărtășise Kormákur, ci de faptul că avea o sursă atât de bună la Akureyri. Era incredibil ce ași scotea din mânecă.

– Am și plecat, zise ea. Primesc și cameraman?

– E și el pe drum. Îi acoperim noi costul.

– Și pot să-l iau mâine dimineață la Siglufjörður?

– Chiar crezi că Ívar o să accepte asta?

Scepticismul din tonul lui Kormákur era limpede. Avea dreptate, nu putea să creadă una ca asta.

Făcu un efort și se ridică în picioare, chiar dacă nicio părticică din trup nu voia să se dea jos din pat. Nu-și dorea decât să-și tragă pătura până peste cap și să închidă ochii, dar instinctul îi spunea că știrile trebuiau să fie puse pe primul loc și că era obligatoriu să urmărească o pistă, chiar dacă era foarte probabil să nu ducă nicăieri.

*

Cameramanul, care era și corespondentul local, o aștepta în fața biroului șerifului.

– Încă n-a ieșit nimeni, zise el.

Timp de-o jumătate de oră nu se întâmplă nimic. În oraș se lăsase răcoarea nopții. Ísrún tremură. Dar, când se uită la cer, văzu că era luminos și senin. Nici urmă de cenușă. Râse fără veselie în sinea ei, gândindu-se cât de învăluit în mister și umbre era cazul acela. Aruncă o privire la ușile de sticlă ale clădirii. Oare și toți cei dinăuntru aveau impresia că orbecăie pe întuneric?

În sfârșit se văzură semne de mișcare. Oamenii ieșeau. Probabil că întâlnirea luase sfârșit. Primul care ieșise era un bărbat de vârstă mijlocie, în uniformă, pe care Ísrún nu-l recunoscu. Avea peste cincizeci de ani și era aproape chel. În spatele lui era un alt agent, mai tânăr, probabil nu împlinise încă treizeci de ani, mai înalt și mai bine clădit.

Se îndreptă spre ei și era gata să le adreseze prima întrebare când zări un chip cunoscut de la buletinele de știri: Helga, unul dintre detectivii cu state vechi de la secția din Akureyri.

– Deci copoii au venit deja pe urma vânatului, zise Helga cu un zâmbet prietenos. Deocamdată n-avem nicio informație. S-ar putea să dăm o declarație diseară, mai încolo, adăugă ea, cu toate că expresia chipului spunea altceva.

Ísrún știa că se rulează și rămase pe poziții.

– Cum merge ancheta?

– N-avem noutăți, zise Helga.

– L-ați interogat pe Svavar Sindrason în legătură cu cazul?

Era limpede că întrebarea o luase pe Helga prin surprindere.

– Am interogat multe persoane în cadrul anchetei. Deocamdată n-avem un suspect, răspunse ea scurt.

– Ancheta are vreo legătură cu Ríkhardur Lindgren?

– Asta în niciun caz nu.

Ísrún era gata s-o întrebe despre apartamentul lui Elías din Akureyri când Helga i-o tăie din scurt:

– Deocamdată gata cu întrebările.

Ísrún era prea obosită ca să mai insiste.

30

O noapte de vară în Siglufjörður.

Jónatan închise televizorul și privi afară pe fereastră. Primprejur erau puțini oameni. Vasul de croazieră probabil ridicase ancora, luându-i și pe turiști.

La știri spuseseră că în Reykjavík era întuneric și că aerul era înecăcios, orașul fiind acoperit de norul de cenușă. Aici nu era nici urmă de așa ceva. Cel puțin, nu deocamdată. Micul oraș se scălda într-o lumină strălucitoare. Dar cât avea să mai continue asta?

Nu-i plăceau schimbările aduse orașului: clădirile noi, cafenelele și restaurantele, noul tunel. Nu mai avea tihnă. Nenorocitul ăla de tunel era un blestem. Liniștea și izolarea aveau să dispară în curând.

Vizita polițistului îl preocupa.

Jónatan se străduise să nu se gândească la trecut, la părinții lui sau la zilele „de aur".

Și nici la violență. Violența în cea mai limpede și mai primitivă formă.

Avusese de suferit de pe urma ei la fel ca și ceilalți băieți, chiar dacă el era cu câțiva ani mai mare.

Îi era greu să pună degetul pe locul de unde venise violența aceea în stare pură, dezlănțuită. Să fi fost dependența pe care ți-o crea sentimentul de putere?

Era sigur că totul era cumva legat de putere.

Oare fusese vorba despre nevoia de a arăta cine o deținea, de fapt?

În ciuda faptului că fusese mai degrabă victimă decât făptaș, tot simțea că poartă pe umeri o parte din răspundere – mai cu seamă mai târziu, când păstrase tăcerea. Dacă ar fi ieșit în față cu ce știa, poate că i-ar fi putut ajuta măcar pe unii dintre copiii ghinioniști, dacă nu pe sine însuși.

Se gândise, sau cel puțin sperase, ca totul să fi fost dat de mult uitării.

Acum avea impresia că nu așa stăteau lucrurile.

Sărmanul Elías. Fusese una dintre victime.

Jónatan spera ca nu întâmplările acelea – întâmplări care ar fi trebuit să rămână îngropate adânc în trecut – să fi dus la moartea lui.

Ar fi fost o cruce prea greu de purtat.

INTERLUDIU

MAI ÎNAINTE, ÎN VARA ACEEA

Pe marginea drumului stătea un băiețel. Era îmbrăcat într-un soi de uniformă școlară, cămașă albă cu pantaloni gri, o curea colorată și o cravată în dungi. La mână avea un ceas digital, iar lângă el un ghiozdan. Cu mâinile își acoperea gura și nasul. Poate că făcea asta ca să se ferească de praful și gazele de eșapament care pluteau peste tot. Poate doar se gândea. Poate se ruga.

Totul în jurul lui arăta cenușiu. Casele erau înconjurate de nisip și pietre, iar la marginea șoselei se vedeau smocuri de iarbă. Dar nici măcar ea nu era verde, cum se obișnuise Elías să vadă în Islanda – verdele ierbii era întinat de un cenușiu greoi, prăfos.

Elías stătea pe bancheta unui taxi ca vai de lume. Se opriseră din pricina unui ambuteiaj. Privea afară pe geam și aștepta. Se uită drept în ochii copilului, apoi întoarse capul. Atunci taxiul înaintă câțiva metri, apoi se opri din nou, dar băiatul de la marginea drumului ieșise din câmpul vizual al lui Elías. Avea o aură de inocență care-i aruncase gândurile lui Elías în urmă cu zeci de ani, într-o vreme când inocența nu-i fusese încă răpită de monstrul de la fermă.

În spatele lui se înălțau două clădiri de cărămidă, una dintre ele un supermarket, cu vitrina ticsită de conserve și având pe perete o reclamă viu colorată la săpun. În fața magazinului erau stivuiți saci și cutii, iar o bătrână stătea în pragul ușii și aștepta clienți. În cealaltă clădire se vindea vopsea. În fața ei era parcată o motocicletă veche.

Elías se întrebă, nu pentru prima oară, dacă drumul pe care-l făcea avea să merite. Se afla într-o țară străină și fusese angajat să îndeplinească o sarcină ciudată pentru niște personaje cam suspecte.

Până atunci nu mai ieșise niciodată din Europa. De obicei, o săptămână sau două în care bea bere undeva pe o plajă îi satisfăcea toate nevoile de a călători. Așa i se părea și normal să fie – o pauză de la munca cea de toate zilele de acasă, din Islanda.

Însă era conștient că oamenii cu care se asociase urmau să-l îmbogățească. Primise ocazia să-și demonstreze valoarea. Întâi misiunea de acum, apoi, dacă lucrurile mergeau bine, îi promiseseră ceva de și mai mare amploare. Dar știa că trebuie să aibă grijă să nu se lase dus de nas. Trebuia să fie cu ochii-n patru.

Îi spusese lui Svavar despre noii lui prieteni și că se gândea să-l ia și pe el în afacere. Se gândea chiar să ia pe cineva sub aripa lui, să-l implice în operațiune și să-i dea o parte din câștiguri. Mai era loc de o persoană dacă mai existau misiuni ca aceea.

Abia aștepta să scape din prostia aia de apartament din Siglufjörður. Avea de gând să se mute imediat ce era gata tunelul, dar nu intenționa să renunțe la activitatea caritabilă. Se dovedise o metodă genială pentru spălarea banilor.

Taxiul mai înaintă câțiva centimetri. Era aglomerat pe ambele sensuri. Elías zărise câteva autobuze rablagite atât de pline de călători că unii dintre ei, preferând să nu le aștepte pe următoarele, adoptaseră măsura drastică de a atârna în afară.

Căldura îl sufoca și nu părea să existe posibilitatea să coboare geamurile din spate ale taxiului.

Își petrecuse prima noapte din călătorie la Kathmandu, urmând să ia alt avion a doua zi. Nu-i fusese niciodată frică să zboare, dar călătoria din capitală cu micul avion care tremura din toate încheieturile îi dăduse o stare de neliniște. Acum ajunsese la destinație, într-un orășel de provincie.

Era în taxi de jumătate de oră. Șoferul nu cruța claxonul, iar din când în când se uita peste umăr la Elías, dând din umeri în semn că n-avea ce să facă.

Poate era mai bine că Elías nu putea să coboare geamurile. Aerul de afară era greoi de la atâtea mașini. Înțelese de la șofer că undeva în față se lucra și că drumul fusese închis – era cea mai probabilă explicație pentru întârziere.

Oare era prea periculos să călătorească până-n capătul celălalt al lumii pentru niște oameni pe care nu-i cunoștea mai deloc? Toate astea ca să ia o femeie și s-o aducă în Europa?

– E o schemă fantastică, n-o să-ți pară rău, îi spusese în engleză unul dintre bărbați, un intermediar care se ocupa de viza femeii.

Lăsase de înțeles că Elías n-o să fie nevoit să facă multe astfel de drumuri. Îl aștepta ceva și mai mare – atunci, alții aveau să se ocupe de călătoriile obositoare.

Drumul era un test pe care voia neapărat să-l treacă cu brio. Trebuia doar să nu lase efectele călătoriei lungi să se joace cu mintea lui.

Trecură pe lângă o piață agitată de la umbra unui bloc din cărămidă roșie. La intrare se vedeau cărucioare mici pline ochi cu fructe viu colorate. Activitatea era în toi. Vânzătorii stăteau de vorbă cu clienții, părând să nu fie afectați de zumzetul constant al traficului.

Ambuteiajul dădu semne că se deștepenește puțin, iar șoferul mări viteza. În depărtare, Elías văzu mai multe clădiri din cărămidă roșie, copaci semeți și, printre toate astea, câte-un panou unde se făcea reclamă în engleză la bere europeană.

Lui Elías i-ar fi plăcut una rece ca gheața.

Casele începură să se împuțineze, iar cele câteva pe care le văzu păreau gata să cadă.

Poate că-i făcea femeii un serviciu luând-o din sărăcia care domnea peste tot în jur. Nu ştia dacă ea avea idee despre ce urma să o aştepte în Europa sau nu. Nu că i-ar fi păsat. Problema lui nu era o femeie de la celălalt capăt al lumii, despre care nu ştia nimic. Era pregătit să o sacrifice ca să-şi atingă scopurile. De fapt, mai mult decât pregătit – chiar încântat.

*

Elías stătea în faţa grupului de case împreună cu fata şi familia ei.

Fusese poftit în locuinţa lor, dar refuzase. Nu avea nici chef, nici vreun interes.

Fata era o frumuseţe, asta era limpede. Noii lui angajaţi aveau să fie mulţumiţi de el odată ce o livra la destinaţia din Islanda.

Nu mai termina familia să-şi ia rămas-bun odată? Zări o femeie care trebuia să fie mama fetei. Avea ochii în lacrimi.

Pentru Dumnezeu! Gata odată!

În timp ce aşteptă, gândurile începură să-i hoinărească. Îi trecu prin minte că probabil n-avea s-o mai vadă niciodată, dar nu-şi dădu voie să stăruie asupra acelui gând, cu atât mai puţin să simtă vreo emoţie. Lumea e un loc dur – ştia din proprie experienţă.

Fata îşi luase rămas-bun de la toată lumea în afară de mama ei.

Şi nu mai termină odată...

Se întoarse spre mama ei, cu lacrimile curgându-i pe obraji, şi era gata s-o îmbrăţişeze. Elías oftă. Îi puse o mână pe umăr, cât de amabil putea, şi-i spuse că o să piardă avionul.

Fata tresări, cu ochii înlăcrimaţi, dar încuviinţă din cap şi-l urmă în taxi.

Nu fusese chiar sincer. Mai aveau timp berechet, dar el nu mai avea răbdare să asiste la încă o despărţire cu bocete.

*

Odată ajunși în micuțul aeroport pentru zboruri interne, tânăra se așezase sub un ventilator. Era îmbrăcată cu cea mai elegantă bluză pe care o avea, cea roz-pal, și se uita la islandezul ciudat care venise până aici ca s-o ia cu el. Se plimba în sus și-n jos prin clădirea terminalului, fără o destinație limpede. Îi părea puțin rău de el. Nu putea fi ușor pentru un străin să găsească avionul care urma să-i ducă la Kathmandu. Rămăsese lângă fereastră, privind avioanele care decolau și aterizau unul după altul. Urma să fie prima dată când pășea într-un avion. Zborurile erau scumpe, iar familia ei nu și le permisese niciodată. Nu că ar fi avut unde să călătorească.

Îi venea greu să creadă că i se arătase ocazia să plece în Islanda și să locuiască acolo. Era sigură că atât de departe în nord înghețai de frig, dar se plătea bine și era entuziasmată de gândul că o să călătorească în Europa. Cu toate astea, nu reușea să se liniștească. Deja îi era dor de familie. Ei erau motivul pentru care făcea asta: ca să le asigure viitorul.

Descrierea postului era limpede: trebuia să lucreze într-un hotel mare. Îi suna bine, la fel și faptul că masa și cazarea erau incluse. Asta însemna că putea să economisească tot ce câștiga. Era și mai bine că rupe câteva cuvinte în engleză. Așa o găsiseră, de fapt – pe un site pentru persoane care-și caută de lucru. Islandezul o asigurase că la noul loc de muncă nu trebuia să-și facă griji despre cât de bine știa limbi străine.

*

Micul avion era arhiplin, iar Elías simți din nou că-l cuprinde neliniștea. Spera să scape întreg din locul ăla afurisit. Singura ușurare era că măcar scăpa de la țară și se întorcea la oraș.

Când ajunsese în zona unde locuia fata se pomenise că gândurile îl poartă înapoi la ferma din Skagafjörður, unde copilăria lui se transformase într-un infern.

Pe atunci avea șase ani și era entuziasmat că o să-și petreacă vara departe de oraș, cum făceau mulți alți copii ai căror părinți erau încântați să-i lase să vadă cum e la țară în Islanda, un loc pe care ei înșiși îl părăsiseră venind la oraș ca să lucreze sau să învețe.

Însă visul de la țară devenise repede un coșmar.

La început, abuzurile fuseseră numai verbale. Cuvintele nu aveau în ele nimic nevinovat sau jucăuș – erau răutate pură.

Dar lucrurile nu se opriseră aici, dimpotrivă, se înărutățiseră. Mai întâi bănuise că tot ce-i trimiteau ai lui peste vară era furat. Apoi, loviturile înlocuiseră cuvintele.

Bătaia nu era groaznică. Se luau toate măsurile să nu rămână urme. Dar nici măcar asta nu era partea cea mai rea. Despre apogeu nici nu reușea să vorbească. Îi era imposibil să descrie în cuvinte enormitatea violenței comisă împotriva lui. Băieții nu vorbeau nici între ei despre asta, deși el era sigur că fuseseră supuși cu toții aceluiași tratament. Până și Jónatan, fiul cel mic al cuplului, care era, totuși, mai mare decât Elías. Probabil că el suferise cel mai mult și nu avusese voie să se întoarcă în sud în toamna aceea.

După prima vară, când se întorsese la școală, Elías nu mai era decât o umbră. Amenințările nu fuseseră prea voalate. Se insinuase destul de limpede că era posibil ca părinții lui să aibă parte de niște „accidente" dacă nu promitea două lucruri: primul – să nu sufle o vorbă despre ce se întâmplase peste vară, iar al doilea – să se întoarcă anul următor.

– Nu ne descurcăm fără copiii care să ne ajute peste vară cu munca, i se spusese foarte clar și răspicat, cu toate că el știa că părinții plăteau o sumă importantă ca să-și trimită odraslele acolo.

Elías n-avea de gând să discute despre ce se întâmplase vara aceea. Era profund rușinat, convins că sub o formă sau alta era vina lui. Nu scosese niciun cuvânt, reușind cumva să se împace de unul singur cu ideea, deși nici acum nu știa cum de izbutise.

Toată iarna fusese înspăimântat de începutul verii, dormise prost și se trezise de multe ori peste noapte, scăldat de sudoare și tremurând îngrozit. Părinții nu înțelegeau ce-l frământa pe iubitul lor fiu, dar el nu-și călcase promisiunea, nu spusese nimic. Când începuse să se apropie primăvara și întunericul iernii făcuse loc luminii, soarele urcând tot mai sus pe cer, părinții îi spuseseră că aranjaseră totul astfel încât la vară să meargă din nou la fermă.

– De-abia aștepți, nu-i așa, Elías?

Dacă de-abia aștepta? Nici pe departe. Experiența îl distrusese pe dinăuntru, nu mai putea să aștepte nimic cu nerăbdare – nici vara, nici iarna, nici măcar Crăciunul sau ziua lui. Teama copleșea totul și îl înfășura cu tentaculele ei.

Reușise să supraviețuiască celei de-a doua veri, fără ca după aceea să fie în stare să spună cum izbutise să o facă. Băieții din vara precedentă se schimbaseră, iar acum apăruseră doi copii noi. Elías ar fi vrut să-i avertizeze, să le spună să fugă, să se ducă acasă înainte să fie prea târziu. Dar nu avusese curaj. Abuzurile începuseră din nou, la fel ca înainte, cu toate că acum erau pedepsiți pentru orice fleac și devenise imposibil să se mai comporte conform unor reguli născocite numai de o minte bolnavă.

În vara aceea, Elías parcă-și pierduse tot cheful de viață, parcă murise ceva în el. Următoarea vară se îmbolnăvise chiar în drum spre fermă. Zăcuse zile-n șir, slăbise și era pământiu la față. Doctorul nu știa ce diagnostic să-i pună pentru că nu știa ce pățise, iar din partea lui nu primea niciodată vreo explicație concludentă.

Starea lui Elías se îmbunătățise pe parcursul verii, iar în cele din urmă ajunseseră cu toții la concluzia că era prea târziu să-l mai trimită la fermă. Încă nedumerit, doctorul sugerase să rămână în oraș, ca să-i monitorizeze starea.

Trecuseră zeci de ani până să mai calce în Skagafjörður. Când avusese în sfârșit un motiv să meargă în zona aceea, simțea că tot ce se întâmplase acolo parcă avusese loc într-o altă viață, a unui alt copil. Singurele emoții pe care le simțea erau furie și nevoia să se răzbune. Dar era greu să se răzbune pe cineva care zăcea la doi metri sub pământ.

Așa că răzbunarea lui căpătă alte forme.

*

Erau nevoiți să înnopteze la Kathmandu, așa că de la aeroport plecară direct la hotel. Elías rezervase o cameră mică pentru ea și un apartament pentru el. Descoperise că, deși coroana islandeză pierduse teren, banii lui încă aveau destulă putere de cumpărare în partea aceea de lume. Hotelul nu se zgârcea cu luxul, avea mobilier și finisaje opulente, iar personalul îl întâmpină cu brațele deschise. Se simțea în largul lui acolo. Fata nu spunea mare lucru. Părea recunoscătoare și se purta amabil. El îi propuse să ia cina împreună. Nu era obligat s-o facă, dar n-avea chef să mănânce de unul singur. Ajuta și faptul că ea era tânără, nu împlinise încă douăzeci de ani, și deosebit de frumoasă.

Se întinse în pat și ațipi o vreme, apoi se plimbă prin centrul orașului. Era copleșitor de aglomerat, peste tot pe străduțele înguste numai zgomote și agitație. Reclame colorate anunțau de toate, de la restaurante la spălătorii, de la operatori de internet la companii de telefonie.

Gândurile i se întoarseră la Islanda – la Skagafjörður și la Siglufjörður.

Nu ezitase să accepte oferta când i se propusese să lucreze la noul tunel, chiar dacă asta însemna să locuiască în Siglufjörður.

Știa că o să-i fie bine și avea nevoie să strângă bani grei ca să plece definitiv de pe insulă. Locuise la un moment dat la Akureyri, iar apropierea de Skagafjörður nu-l deranjase câtuși de puțin.

Abia la câteva luni după ce se mutase la Siglufjörður descoperise că Jónatan locuia și el acolo, fiul celor doi de la fermă, singurul membru al familiei care nu se mutase din nordul Islandei. Îl văzuse prin oraș de câteva ori, dar nu-i vorbise niciodată. N-ar fi avut ce să-și spună, nu exista niciun motiv pentru care să împărtășească durerea unui trecut atât de îndepărtat. Jónatan nu arăta bine, îmbătrânise înainte de vreme și șchiopăta, era tras la față și cocoșat.

Elías se simțise mult mai bine văzând cât de bolnav era celălalt. Poate că, până la urmă, se putea spune că el scăpase chiar nevătămat după verile petrecute la țară.

*

Lui Elías nu-i fu ușor să se descurce cu masa joasă de la restaurant, care-l forța să stea într-o poziție nefirească, incomodă, cu picioarele încrucișate. Fata se așeză în fața lui. Părea mai liniștită. Comandă șase feluri pe care i le recomandă chelnerul. Meniul era în engleză, dar Elías tot nu înțelegea în ce ordine trebuiau mâncate preparatele acelea ciudate. Ospătarul aduse în același timp o supă, un fel cu orez, pui condimentat, o budincă și încă un fel pe care Elías nu reuși să-l identifice.

Niciunul nu vorbi în timpul mesei. Fata parcă nu îndrăznea să spună nimic, iar el nu era interesat s-o întrebe ceva despre ea. Nu era acolo decât ca s-o aducă în Islanda, unde fără îndoială avea să afle adevărul dur despre ce o aștepta.

Ce-și dorea, de fapt, să facă era s-o ducă în apartament și s-o cunoască în felul lui, dar nu voia să riște. I se spusese foarte clar că nu trebuia să se atingă de ea, doar s-o aducă în Islanda. Urma să primească o parte din bani când ajungeau în aeroport, după care trebuia s-o ascundă pe fată câteva zile. Apoi o preluau ei. Pe urmă aveau să-i dea de făcut ceva mult mai bine plătit.

Nu era rău.

Se uită la ea și zâmbi. Ispita era prea puternică să-i reziste.

Ea îi zâmbi înapoi cu ochi nevinovați și plini de speranță.

*

Fata privi pe fereastra micii camere de hotel, care i se părea delicios de spațioasă. Afară se întuneca, iar pe terenul hotelului fuseseră aprinse luminile. Vedea contururile șezlongurilor cu dungi de lângă piscină și copacii superbi.

Un nou capitol din viața ei stătea să înceapă.

Era șansa ei să-și ajute familia și simțea o recunoștință profundă pentru noii ei angajatori, care se deranjaseră chiar să trimită pe cineva tocmai din Islanda s-o aducă la noul loc de muncă.

Se întinse pe patul minunat de comod, închise ochii și în câteva clipe adormi.

PARTEA A DOUA: A DOUA ZI

1

Se trezi pe întuneric. Un fascicul slab de lumină se strecura printr-o crăpătură prin care putea să și respire, dar nu părea să fie aproape nicio diferență între zi și noapte. Nu știa cât dormise de data asta.

Nu-l mai văzuse de mult pe bărbat și încerca să înțeleagă ce i se întâmpla. O adusese în Islanda ca s-o lase să moară, încuiată aici?

De ce ar fi făcut asta?

Păruse un om așa de bun...

Nu-și mai încăpea în piele de bucurie când avionul aterizase în sfârșit în Islanda după zborul îndelungat. Peisajul care o întâmpinase nu semăna cu nimic din ce văzuse până atunci. Aterizaseră la miezul nopții, dar afară era ciudat de luminos. Avea impresia că țara aceea neobișnuită urma să fie un loc bun pentru ea.

La aeroport, bărbatul schimbase câteva cuvinte cu un altul, care-i dăduse o geantă sport. Ceva din felul în care se apropiaseră unul de celălalt îi trezise un sentiment neplăcut. Părea să fie ceva bizar în felul în care se întâlniseră. Dar era optimistă și entuziasmată, așa că nu intrase la bănuieli, n-avea niciun motiv să creadă că avea de ce să-și facă griji.

Drumul de la aeroport cu mașina dură câteva ore. Se așteptase ca traseul să se încheie la hotel, unde o să înceapă imediat să lucreze. Dar când se opriseră, clădirea din fața lor nu arăta deloc a hotel.

Spre uluirea ei, bărbatul o apucase, o împinsese printr-o ușă și o încuiase acolo, lăsând-o învăluită în întuneric. Încercase să-l strige sau să întrebe ce se întâmpla, să ceară îndurare. Nu primise niciun răspuns.

Abia atunci înțelesese că nu ajunsese în Islanda ca să lucreze la un hotel.

Mai târziu, el se întorsese cu mâncare și apă. Încercase să-l atace, să evadeze, dar amândoi știau că ea nu se putea pune cu un bărbat atât de masiv și puternic.

N-avea de ales decât să aștepte. Era lihnită când el apăruse din nou cu încă o porție. Încercase din nou să evadeze și să ajungă la lumina soarelui islandez, dar acum era chiar mai slăbită. El o împinsese înapoi cu ușurință.

– Oprește-te, îi porunci în engleză. Sau nu primești mâncare.

Acum se întreba dacă vorbise serios. O pedepsea pentru că se opunea? De cât timp era acolo? O zi? Două? Terminase de mult mâncarea și apa.

Era un spațiu foarte înghesuit, abia avea loc să stea în picioare și să facă niște pași dintr-o parte în alta. N-avea ferestre și stătea în întuneric. Numai o dâră luminoasă își croia drum prin fanta dintre ușă și podea. Cel mai rău era că n-avea toaletă. Mirosul o copleșea.

Închise ochii și se așeză ținându-și capul în mâini, așteptând, doborâtă de oboseală. Amorțise din pricină că n-avea destul spațiu și picioarele îi erau săgetate de niște ace dureroase. Îi era cumplit de sete. În sticlă nu mai era nicio picătură de apă. Încercase să soarbă ultimele urme de apă de mai multe ori. Era surprinsă că nu-i mai era foame. Setea devenise atotputernică.

Acum era sigură că dacă bărbatul nu se întoarcea nimeni n-avea să-i sară în ajutor. Nimeni n-ar fi venit s-o caute. Avea să moară acolo, într-un loc pe care nu-l cunoștea, dintr-o țară îndepărtată.

Gândurile îi fugiră spre casă. Știa că familia ei nu se aștepta să primească un semn prea curând. Le promisese să-i sune și să le scrie când avea timp. Avea să mai treacă o săptămână până să înceapă să-și facă griji pentru ea, poate chiar mai multe, iar până atunci ar fi fost moartă de mult.

Nu știa cât putea supraviețui fără mâncare și apă. Nu învățase asta la școală. Dar simțea cum puterile o părăsesc de la un minut la altul.

La început o cuprinsese groaza că era încuiată, că era prizoniera cuiva, că nu putea să scape, că n-avea nici aer, nici lumină. Era un sentiment cumplit. O vreme îi fu greu să respire, aproape că se aștepta să leșine de frică. Dar, treptat, reuși să-și controleze respirația gândindu-se la ceva frumos, la o zi frumoasă de vară acasă la părinți.

Apoi începuse să strige din toți rărunchii după ajutor. Tăcerea care urmă țipetelor era asurzitoare. N-avea cine s-o audă. Se odihni puțin, încercând să-și păstreze energia, apoi începu din nou. Când reuși să adoarmă, răgușise atât de tare că aproape nu mai avea voce.

Renunță să mai strige. Rămăsese fără glas. Avea limba atât de uscată că nu mai putea scoate niciun sunet.

Dar era hotărâtă să încerce în continuare, să facă tot posibilul să rămână trează, chiar dacă voia cu disperare să doarmă. Îi era cât se poate de limpede ce urma să se petreacă dacă ar fi căzut într-un somn adânc. Și n-avea de gând să lase asta să se întâmple.

2

La Akureyri, Ísrún se trezise devreme și se uita la o casă veche, în paragină.

N-avea ce să vadă. Clădirea se afla la o distanță semnificativă de cel mai apropiat vecin și dădea impresia că la parter era o prăvălie sau un atelier, poate, dar ferestrele fuseseră acoperite cu scânduri. Apartamentul lui Elías trebuia să fie la etaj. Nu zărea nicio mișcare. Draperiile erau trase la toate ferestrele.

Simți un fior rece. Era o casă în care nu și-ar fi dorit să locuiască. Parcă ar fi fost bântuită.

Îi trecu prin minte să facă înconjurul clădirii, s-o studieze mai de-aproape ca să vadă dacă poate intra. N-avea cine s-o reclame din moment ce proprietarul era mort. El, în orice caz, n-avea să-i facă probleme. Totuși, gândul că ar fi scotocit în apartamentul bărbatului nu-i surâdea, chiar dacă ar fi găsit ceva important pentru știre. Își cântări o clipă variantele și hotărî să nu intre.

După ce se urcă în mașină, nici măcar nu privi peste umăr când apăsă accelerația și se îndreptă spre Siglufjörður.

*

Svavar dormise prost. Se pomenise deodată în centrul atenției, vizitat și de poliție, și de reporterița aia. Își spuse că ieșise din ambele situații fără să fi zis prea multe. Nu-l trădase pe Elías și nici nu se încurcase în declarații.

Noaptea, însă, începuse să fie măcinat de îndoieli. Cât mai era în stare s-o țină tot așa?

Reușise să adoarmă de câteva ori, dar de fiecare dată se trezise leoarcă de sudoare, impacientat, gândindu-se la *ea*. La femeia pe care n-o văzuse niciodată. La femeia din altă țară, din cealaltă parte a lumii.

Nu știa decât că e tânără și frumoasă. Așa i-o descrisese Elías, cu toate că nu folosise cuvintele astea.

Dar, de când aflase de moartea lui Elías, Svavar nu mai reușise să se gândească la nimic altceva în afară de ea.

Se gândea la ea toată ziua, uneori și noaptea, când nu reușea să adoarmă. Iar când dormea, o visa.

Timpul se scurge.

Poate era deja prea târziu?

La început, încercă să se convingă că asta nu era grija lui. Nu putea fi răspunzător pentru toate persoanele din lume.

Oamenii mor tot timpul.

Ce contează dacă azi moare o necunoscută?

Își dădu seama de cât de șubred era argumentul în clipa în care și-l formulă în minte. Elías nu și-ar fi bătut capul, dar Svavar nu era Elías. Erau foarte diferiți, chiar dacă fuseseră prieteni atâta vreme. Svavar era conștient de latura întunecată a lui Elías. Uneori îi venea greu să priceapă cât de nemilos putea fi acesta.

Svavar ar fi recunoscut primul că nici el nu era vreun înger. Niciunul dintre ei nu respectase litera legii. Erau frați de arme, trecuseră împreună și prin bune, și prin rele.

Așa că atunci când Elías primise misiunea asta i se păruse firesc să-i ceară ajutorul lui Svavar, spunându-i că era în contact cu oameni implicați într-o gamă largă de activități în toată lumea. Printre afaceri se numărau și traficul de carne vie și prostituția și aveau posibilitatea să aducă femei din Asia pe continent prin Islanda. Luaseră legătura cu niște indivizi din Asia și se pregăteau să transporte tinere interesate să lucreze în Europa. Odată ajunse acolo, urmau să-și dea seama de realitatea crudă. Cel puțin așa pusese Elías problema, rânjind cu toată gura.

– Da' asta deja nu mai e treaba mea, adăugase. Pare o combinație profitabilă și am nevoie să mă ajute cineva în care am încredere, cineva care să facă niște drumuri, să le aducă aici și să le țină undeva până le ducem mai departe. Te bagi?

Svavar încuviințase din cap și se gândise la casa visurilor lui, undeva în sudul Europei, poate în Italia sau Portugalia, ceva mult în sud. N-avea cum să oprească el traficul de persoane, era practicat peste tot – atunci, de ce să nu scoată niște bani din chestia asta?

Acum, când se gândea la acel raționament, nu mai era la fel de convins.

Prima misiune a lui Elías fusese să zboare în Nepal, să ia o fată și să se-ntoarcă. Odată ajunși aici, trebuia s-o preia altcineva. Fusese o treabă simplă, îi spusese. Svavar aproape că se așteptase ca în următoarea misiune să fie trimis el și chiar se gândea cu nerăbdare că o să aibă ocazia să viziteze o parte îndepărtată a lumii.

Dar visurile se transformaseră repede în coșmaruri. Simțea un rău fizic când se gândea la planurile lui Elías. Îi mulțumi lui Dumnezeu că nu trebuise să plece el s-o aducă pe nefericita femeie, căreia nici prin gând nu-i trecuse că i s-ar fi putut întâmpla ceva atât de groaznic.

– Am nevoie s-o ascund câteva zile, spuse Elías. Stai liniștit, n-o s-o țin la tine-n pivniță, adăugase văzând expresia de pe chipul lui Svavar.

Svavar se dădu jos din pat și privi pe fereastră.

Era o zi superbă în Dalvík, un loc pe care încă îl considera temporar, până reușea să-și împlinească visul și să migreze în sud, cum fac păsările toamna. După mutare, era sigur că nu s-ar mai fi întors niciodată. Poate că deja așteptase prea mult să facă mișcarea. Oare pierduse trenul acela? Poate că n-ar fi fost rău să-și ia tălpășița cât mai repede, să vândă casa, să folosească banii pe care-i economisise, să facă rost de valută și să-și găsească de lucru într-o țară mai caldă. Nu era chiar stilul de viață la care visase, dar era un pas în direcția bună. În orice caz, ar fi scăpat de corvoada zilnică din Islanda și, cu toate că n-ar fi putut să iasă imediat la pensie, ar fi ajuns într-un loc mai cald și mai luminos.

Cerul era albastru deschis. Îi era dor de prietenul lui, dar în același timp se simțea ușurat că se eliberase de el. Parcă i s-ar fi luat o povară de pe umeri. Înțelese într-o străfulgerare care erau granițele dintre bine și rău. Conștiința lui își făcea simțită prezența în cel mai neplăcut mod cu putință.

Îl durea să se gândească la fată.

Voia s-o salveze, dar în același timp nu-și dorea să meargă la închisoare.

Fir-ar a dracului de treabă.

Oare să-i salveze femeii viața și să curețe mizeria pe care o lăsase în urmă prietenul lui, sau să nu se mai gândească deloc și s-o lase să moară?

Câte alte nopți fără somn ar mai fi fost în stare să suporte?

Svavar nu știa despre fată decât că Elías nu le spusese colaboratorilor străini unde o ținea ascunsă. Elías nu avusese niciodată încredere în alții și voia să fie sigur că primește și ultima parte din bani. Însă el fusese ucis în urmă cu douăzeci și patru de ore. Numai Dumnezeu știa când mâncase biata fată ultima oară.

Măcinat de dubii, Svavar făcu tot posibilul să se convingă singur că nu era problema lui.

Nu se cunoșteau. Erau oameni diferiți. Unul dintre ai avea să moară, celălalt – să trăiască.

Asta făcea, oare, parte din ceea ce Elías numise „cruda realitate"? Lucruri de genul ăsta li se puteau întâmpla celor ca ea.

Cel mai rău era că nu știa unde fusese ascunsă fata.

Pe de altă parte, poate că așa era în regulă. Poate că, la urma urmei, era mai bine să lași lucrurile să-și urmeze cursul firesc.

3

Ísrún condusese de-a lungul coastei pe drumul spre Eyjafjörður, trecând pe lângă ferme unde era în toi pregătirea fânului și în aer plutea un miros de iarbă proaspăt tăiată, pusă deoparte pentru iarnă. Trecu prin micul sat pescăresc Ólafsfjörður, care se agăța de malul golfului și unde casele se strânseseră unele în altele în jurul portului. De acolo se încadră pe un drum cu pietriș, prost făcut, pe care trebuia să fie mereu cu ochii-n patru. Conduse încet ca să-și menajeze mașina veche, măcar de cele mai rele gropi, așteptând ca din clipă-n clipă să-și dea duhul. Aici, munții erau aproape, se ridicau amenințător deasupra drumului. Încă se vedea zăpadă din belșug. Ar fi vrut să tragă mașina pe dreapta, să facă cei câțiva pași până la povârnișul unui munte acoperit cu o pătură de omăt de un alb strălucitor la lumina soarelui și să se întindă în ea ca să-și odihnească trupul obosit. Zilele acelea îi era foarte greu să-și găsească timp să se relaxeze – și totuși, o călătorie sub presiune, cum făcea atunci, era o variantă mai bună decât să audă în redacție șuvoiul neîncetat de cuvinte al lui Ívar.

Mai simțea și că răzbunarea ei întârziase destul. N-avea de ales – era fascinată de caz și voia să afle ce i se întâmplase, de fapt, lui Elías.

Nu avu parte de un traseu mult mai bun când ajunse în sfârșit la capătul cărării și se înscrise pe drumul spre Siglufjörður. Deși asfaltat, tot era prea periculos pentru gustul lui Ísrún. Nu se simți pe deplin în siguranță până nu trecu prin tunelul Strákar și nu văzu fiordul apărând înaintea ei, de parcă orașul ar fi întâmpinat-o cu brațele deschise.

Intenționa ca în ziua aceea să stea de vorbă cu Logi și Páll, colegii lui Elías, și s-o întâlnească pe femeia despre care aflase din registrul național că împărțise casa cu el. Ísrún încetini, încercând să-și dea seama unde se află. Se uită la un indicator și constată că era pe Hvanneyrarbraut, strada lui Elías.

Nu dură mult să-i găsească locuința, o casă superbă de la marginea apei. Era exact genul de casă în care și-ar fi dorit ea să locuiască dacă ar fi hotărât vreodată să se mute din Reykjavík într-un oraș mai mic. Genul acela de priveliște ar fi fost una dintre condițiile obligatorii.

Apropierea de marea colorată într-un albastru-cobalt avea ceva liniștitor, poate din pricina genelor pe care le moștenise, poate pentru că prin vene îi curgea puțină apă sărată. Bunicul ei din Feroe fusese marinar, la fel ca înaintașii lui. Ísrún nu era interesată de navigație și evita să prezinte știri despre nivelul apelor sau pescuit. Până la urmă, poate că o atrăgea marea în sine, nu peștii care trăiau în adânc.

Ísrún apăsă pe butonul soneriei lângă care numele Nórei Pálsdóttir era scris cu o caligrafie îngrijită și stilizată. Nu se întâmplă nimic. Așteptă și sună din nou. Bătu și la ușă, ca să fie sigură că o s-o audă cineva. În sfârșit, văzu un semn de viață în spatele perdelelor aproape transparente care acopereau ferestruica decupată în ușă.

O femeie îmbrăcată într-o rochie galben-deschis apăru în prag și îi afișă un zâmbet primitor. Avea dinții de un alb perfect. *Cam prea perfect*, comentă Ísrún în sinea ei, *pentru o femeie de vreo șaizeci de ani.*

– 'Neața și scuze că te-am făcut să aștepți, zise femeia cu un glas mieros.

– Bună. Mă cheamă Ísrún. Tu ești Nóra?

– Da, așa e.

Zâmbetul larg apăru din nou, iar femeia arătă spre numele

scris sub sonerie.

– Nóra Pálsdóttir. Iar tu ești de la știri, nu?

Ísrún încuviință.

– Intră. Scuze pentru dezordine. Nu așteptam nicio vizită. Sunt foarte necăjită de când a murit bietul Elías.

Ísrún o urmă într-o cameră de zi din care se vedea marea, conștientă că avea noroi pe încălțări. Încercă să găsească dezordinea pentru care se scuzase Nóra dar, din câte-și dădea seama, și casa, și proprietăreasa erau curate și aranjate, pregătite parcă să serbeze Crăciunul în toiul verii. Nu reuși să nu observe, în schimb, mirosul puternic de parfum. Lui Ísrún nu-i plăcea să folosească parfum, în timp ce Nóra parcă hotărâse că n-avea rost să se zgârcească.

– Sunt devastată, spuse Nóra și oftă. Absolut devastată. Tot nu-mi vine să cred că s-a întâmplat. Ia loc! Mă duc să văd dacă am ceva în frigider, adăugă înainte ca Ísrún să poată spune ceva.

Tropăi afară din cameră, timp în care Ísrún se așeză în fotoliul care părea cel mai confortabil din încăpere.

– Sper că n-o să mă citezi la știri, strigă Nóra la ea din bucătărie. Dar te-aș înțelege dacă o s-o faci. Ai și tu munca ta, la fel ca noi toți, adăugă înainte ca Ísrún să aibă ocazia să răspundă.

Se lăsă tăcerea câteva momente, apoi Nóra se întoarse cu un tort de ciocolată decadent.

– Nu lucrez. Sunt pensionară. Poate că am ieșit la pensie mult prea devreme. Oricum, am descoperit o vocație, dacă se poate pune așa, iar acum sunt ocupată până peste cap cu acțiuni caritabile. Ai auzit de „Salvați gospodăriile”?

– Aș vrea să te întreb câte ceva despre Elías, dacă ești de-acord, spuse Ísrún pe un ton ferm.

Nóra puse tortul pe masă.

– Uitasem complet că-l am. E cu rom și ciocolată. Fără falsă modestie, e delicios, zise ea dramatic.

Ísrún nu spuse nimic, aşteptând un răspuns la întrebare.

– Da, sigur că da, zise Nóra în cele din urmă. Întreabă-mă ce vrei. O să mă străduiesc să-ți zic tot ce știu despre Elías.

Stătea perfect nemișcată, ca și cum rochia galbenă ar fi trebuit să nu se șifoneze.

– Cum cred că-ți închipui, lucrez la un material despre crimă, spuse Ísrún și încercă să schițeze un zâmbet. Dar nu numai despre crimă. Vreau să aflu ce fel de om era victima. Mă gândeam că mă poți ajuta cu mai multe informații în direcția asta.

– Sigur. E o plăcere și o datorie. Cum vrei să procedăm? Vrei să iei notițe acum și să vii mai târziu pentru interviu? întrebă ea, vizibil entuziasmată.

– Exact. Parcă ai fi și tu jurnalistă.

– Am visat să fiu, dar n-am încercat. În loc de asta am devenit stomatolog. Probabil că mi-ai văzut lucrările peste tot prin sud fără să știi, râse Nóra. Mare păcat că nu pot să-ți arăt apartamentul lui. E la etaj, însă poliția l-a sigilat și a luat toate cheile. Au găsit ceva sus și unul dintre polițiști a plecat cu o geantă sport. Asta-i tot ce știu.

Când zâmbi îi apărură niște cute la ochi.

– Nu-i nimic, o liniști Ísrún, apoi se uită cu jind la tort. Cred că totuși o să iau o felie, te rog. Chiar tu l-ai făcut?

– *Oui*, răspunse Nóra pe același ton teatral. E o rețetă franțuzească pe care am învățat-o în vremea când călătoream.

Tăie o felie groasă, o aşeză pe farfurie și i-o întinse lui Ísrún.

– Vrei și cafea? Am gata făcută.

– Mulțumesc.

Nóra ieși în fugă din cameră și se întoarse cu o ceașcă aburindă.

– Ești pregătită pentru orice. Ai avut mulți oaspeți de când cu crima? întrebă Ísrún.

Regretă imediat – Nóra părea jenată.

– Spune-mi depre „Salvați gospodăriile", se grăbi Ísrún să adauge.

Nu-i trecu prin minte altceva cu care să salveze situația. Îi ieși. Expresia îndurerată de pe chipul Nórei se schimbă imediat într-un zâmbet și femeia se lansă într-o poveste despre trecutul mișcării. Numai tortul delicios făcu relatarea suportabilă.

Chiar la sfârșitul istorisirii, când aproape că renunțase să mai asculte cu atenție, Ísrún se pomeni brusc interesată din nou când Nóra îi pue că Elías practic preluase conducerea „Salvați gospodăriile".

– Și asta numai datorită energiei și grijii ieșite din comun pentru cei mai puțin norocoși decât el, încheiase ea pe un ton foarte serios.

– Deci relația dintre voi era strict profesională sau mai era și altceva la mijloc? Scuze dacă e o întrebare prea personală.

– Doamne, stai liniștită, am auzit de toate pân-acum, chițăi Nóra. Răspunsul e nu. Relația n-a mers în direcția la care te gândești tu. Nu că ar fi fost vreo surpriză.

Nóra începu să se joace cu una dintre mânecile rochiei galbene.

– Am văzut că-mi arunca ocheade, dacă-nțelegi, și eram cam de-aceeași vârstă.

Cam de-aceeași vârstă... Ísrún făcu ochii mari. Elías probabil că avea vreo 35 de ani, în timp ce Nóra arăta de parcă i-ar fi putut fi mamă.

– Cât a locuit aici cu tine?

– S-a mutat chiar după Anul Nou. Înainte de asta a stat cu chirie la colegul lui, Logi.

Nóra căzu pe gânduri.

– Mă întrebam ceva, reluă ea. Poate ar fi bine să înregistrăm interviul la sediul „Salvați gospodăriile". Poate cu sigla noastră în fundal. Ce zici?

– E o idee, spuse Ísrún, sperând că Nóra n-o să-i observe lipsa de entuziasm. Elías avea vreo relație cu vreo femeie din zonă?

– Nu cred, răspunse Nóra, parcă ușor iritată. Cred că avea o iubită pe undeva, totuși. Poate că voia s-o țină departe de bârfele dintr-un oraș mic. Bărbații ca el – adică bărbații arătoși – au de-obicei câte-o femeie în fiecare port.

– Probabil că da, fu de acord Ísrún, lăsând jos ultima furculiță de tort, pentru care-și pierduse brusc pofta.

– Când crezi că am putea înregistra interviul?

Nóra nici măcar nu se așezase. Încă stătea în picioare, ca o regină înveșmântată în galben care-și supraveghează tărâmul din punctul de observație aflat în mijlocul încăperii.

– Trebuie să trec prin toate materialele și să-l întreb pe redactorul-șef ce pistă vrea să urmăm. Vedem atunci dacă pot să chem un cameraman din Akureyri. Dacă reușesc, poate-l filmăm azi mai târziu, bine?

Nóra zâmbi din nou și dinții ei albi sclipiră iar.

– E minunat! Poți să-mi dai numărul tău de telefon, pentru orice eventualitate?

Ísrún zâmbi și ea.

– Stai liniștită. Te sun eu mai târziu.

4

A doua zi după ședința de la Akureyri, Ari Thór veni devreme la birou. Era a doua zi de anchetă și, după efortul din prima zi, știa că nici următoarea n-avea să fie ușoară. După ce văzuse știrile despre norul de cenușă de la Reykjavík, din sud, era recunoscător că în nord avea parte de aer curat. Își aminti de școală, când învățaseră despre celebra erupție a lui Skaftáreldar de prin 1700. Nu așternuse negură numai deasupra Islandei și Europei, făcând soarele să capete culoarea sângelui și provocând scăderea temperaturilor, ci însemnase și moartea a poate douăzeci la sută din islandezi.

Hlynur era deja la secție când ajunse Ari Thór, dar părea lipsit de chef ca întotdeauna, holbându-se la ecranul calculatorului de parcă ar fi fost cufundat într-un caz complex, cu toate că Ari Thór știa că nu exista nimic serios la care să lucreze. Parcă nici nu-l observă când intră.

Se făcuse aproape ora unsprezece când Ari Thór își dădu seama că nu mâncase nimic cu o seară înainte și nici la micul-dejun. Ieși până la magazin să-și cumpere o pungă de pește uscat. Afară îl întâmpină briza răcoroasă a mării, dar soarele era de nevăzut pe cerul înnorat.

Când se întoarse la secție se întâlni cu Tómas în pragul ușii.

– Hai să ne plimbăm puțin, îi propuse Tómas și porni în josul străzii alături de Ari Thór, care nu rostea niciun cuvânt.

– Sunt pregătit să renunț la toate astea, începu Tómas mohorât. Cu Hlynur nu reușesc să mă-nțeleg deloc. Iar Ómar Marinarul a fost aici cât ai ieșit tu. A plecat adineauri sau, mai bine zis, i-am zis că aveam o întâlnire și a plecat în sfârșit. Cred că nu voia să mai stea cu Hlynur, care parcă a văzut o fantomă. Și m-am cam săturat și de Ómar, crede-mă. Vorbește, ceva de speriat, zise Tómas și oftă.

– E destul de inofensiv, spuse Ari Thór.

– În tinerețe era un scandalagiu fără pereche. L-au cunoscut și ai mei. Uneori venea seara și ne bătea la ușă, mort de beat. Ar fi trebuit să dorm de mult la ora aia, dar îmi amintesc limpede de hărmălaia pe care o făcea. A rămas fără vlagă acum, dar tot e un ghimpe-n coastă.

Trecură pe partea cealaltă a străzii și se îndreptară spre o clădire de lângă micul port, renovată de curând, care găzduia acum centrul de informații turistice și un bistro nou.

– Locul ăsta începe să se schimbe, zise Tómas, deloc încântat de perspectivă.

Se așezară pe o bancă de lângă clădire și Ari Thór molfăi o bucată de pește uscat.

– Sunt schimbări peste tot, continuă Tómas. Restaurante, poate un hotel nou, mai mulți vizitatori, mai mulți turiști, și-acum tunelul... Siglufjörður o să fie practic la drumul mare. O să avem nevoie de mai mulți agenți ca să facem față. O să vină pe-aici tot soiul de indivizi... Droguri și mai știu eu ce. Faptul că acum se poate ajunge atât de ușor aduce cu sine la fel de multe avantaje și dezavantaje.

– Ce părere ai despre cazul cu Elías? întrebă Ari Thór, nesimțindu-se în largul lui să fie părtaș la starea depresivă a lui Tómas.

Acesta oftă. O femeie în vârstă, care mergea în baston, trecu pe lângă ei. Îl salută pe Tómas cu un gest din cap, fără îndoială surprinsă că doi dintre cei trei polițiști ai orașului stăteau pe bancă în miezul zilei, și nici măcar una din cale-afară de însorită.

– Nu-mi dau seama, răspunse Tómas în cele din urmă. Mă uluiește că nu-i în mâinile noastre. Ai făcut treabă bună și am depus toate eforturile. Acum a rămas în seama deștepților de la Akureyri să vadă dacă pot să rezolve misterul.

– Nu putem să le verificăm telefoanele?

– Telefoanele? întrebă Tómas surprins.

– Da. Îi luăm pe cei care-l cunoșteau pe Elías cel mai bine și ne uităm la istoricul apelurilor: Páll și Logi, și Svavar, individul ăla din Dalvík. Poate și pe Nóra și pe Hákon, șeful de șantier. Nu putem afla dacă azi-noapte a fost vreunul dintre ei în Skagafjörður?

– Nu uita de Jói, completă Tómas cu un zâmbet viclean. Dar nu. Nu putem face asta. Niciunul dintre ei nu e suspect. Nu putem să le călcăm în picioare viața personală numai pentru că-l cunoșteau pe Elías, chiar dacă anchetăm o crimă. Pe avocații noștri i-ar lovi damblaua chiar și numai să audă de una ca asta.

– Numai belele cu avocații ăștia..., comentă Ari Thór.

– Ai dreptate, băiete, zise Tómas și căscă.

– Obosit?

– Nu chiar. Dar azi-noapte am dormit prost, răspunse Tómas, care părea ostenit, chiar dacă n-o recunoștea.

Ari Thór ezită, neștiind dacă să aducă în discuție subiectul care-l frământa atât de tare pe Tómas. Era doar o umbră de când se mutase soția lui în sud. Ari Thór nu voia să pășească pe un teren minat, dar hotărî că trebuia, totuși, s-o facă.

– Cred că e o mare schimbare pentru tine...

– Este, băiete, zise Tómas și repetă vorbele de mai devreme. Schimbări peste tot, concluzionă el, cu mintea aiurea.

– Ce mai face? Soția ta, adică.

– Îi merge bine, din câte-am auzit, mormăi Tómas. Mă mai sună din când în când și zice că-i e bine. A terminat primul an de facultate. Vorbește mereu despre oameni pe care nu-i cunosc. Se pare că-i place să petreacă mult timp cu ei. Cu alți studenți, mai tineri decât ea. Nu-mi dau seama ce i-o fi trebuit să se cărăbănească altundeva la vârsta asta. Aveam de toate aici, era foarte bine.

– De ce nu mergi și tu în sud?

Se lăsă o liniște prelungă. Ari Thór își dorea să-și poată retrage cuvintele, dar ele rămăseseră în suspensie în spatele paravanului de tăcere.

– Poate c-ar trebui. Tu ce crezi? îl întrebă Tómas, luându-l pe nepregătite.

– Eu ce cred?

– Credeam că n-o să pot să mă mut niciodată, dar acum nu mai sunt așa de sigur. Poate că nu mi-ar prinde rău o schimbare.

Căzu din nou în tăcere câteva momente.

– Nu știu. Poate că acum sunt prea bătrân. E greu să smulgi un copac de la locul lui după ce i-au crescut rădăcinile.

– Poate că merită să te mai gândești.

– Nu-ți face griji, băiete. Oricum, se pare că nu fac decât să mă gândesc tot mai mult la asta. Iar dacă plec, poți să-mi iei tu locul. Secția o să încapă pe mâini bune.

Ari Thór nu putea să nege că-l tenta să avanseze în carieră. O realizare de genul ăsta în viața profesională ar fi putut compensa pentru dezastrul din cea personală.

Dar acum că-l auzi pe Tómas vorbind despre asta cu voce tare îl cuprinse brusc senzația că munții îl strivesc, ca în iarna cu multă zăpadă în care se mutase aici, în nord. Îl tulbură să-și amintească de perioada aceea, tocmai când era atât de sigur că-și depășise claustrofobia.

Credea că se obișnuise cu micul oraș, chiar că începuse să-l îndrăgească. Oare tot nu se obișnuise cu izolarea și cu numărul mic de oameni, cel puțin nu destul încât să se gândească să rămână definitiv în Siglufjörður?

*

Ísrún găsi repede secția de poliție. Parcă în față și intră cu nonșalanță, condusă parcă de încrederea pe care ți-o dă meseria de jurnalist, un sentiment absorbit odată cu cafeaua din redacție.

Secția era tăcută. Numai unul dintre agenți era la serviciu. Stătea țintuit în fața ecranului unui calculator și nu schiță niciun gest, chiar dacă ea aproape că trântise ușa în urma ei.

– 'Neața, salută ea, dar bărbatul rămase nemișcat.

Mai făcu câțiva pași spre el și încercă din nou:

– Bună dimineața?

În sfârșit se uită în jur și o privi cu niște ochi mari, de parcă l-ar fi trezit dintr-un vis dureros.

O privea fix și, pentru prima oară, Ísrún văzu pe cineva care-i caută ochii, nu cicatricea de pe față. Însă privirea lui era îngrijorător de goală și îndepărtată. Parcă și-ar fi lăsat sufletul în calculator, își zise, uitând pentru o clipă că studiile îndelungate de psihologie îi alungaseră orice credință în existența sufletului.

– Ai venit în legătură cu e-mailurile? întrebă el cu glas robotic, monoton.

– E-mailuri?

Nu înțelegea la ce se referă.

– Caut pe cineva pe nume Páll Polițistul.

– Páll?

Polițistul parcă-și recăpătase cunoștința.

– Îmi pare rău. Pe mine mă cheamă Hlynur. Páll nu mai e în poliție de mult timp, dar într-un loc ca ăsta o poreclă rămâne agățată de tine tot restul vieții.

– Știi unde l-aș putea găsi?

Polițistul se gândi o clipă.

– Habar n-am. Îl cheamă Páll Reynison. Caută-l. Sigur are telefon mobil.

Apoi își îndreptă din nou atenția spre ecranul computerului și începu să-l studieze. Ísrún ieși. Nu considera că merită să-l salute pe bărbatul acela care părea alarmant de instabil.

5

Se dovedi că Páll Reynison chiar avea telefon mobil. Când Ísrún îl sună, el o anunță bucuros că n-are „nimic de ascuns" și căzu de acord să se întâlnească.

Acum Ísrún stătea în fața casei de pe Hafnargata, unde îi spusese el că lucrează. În pragul pivniței se iți un tânăr cu păr destul de lung, îmbrăcat în blugi și o cămașă în carouri. Era roșu în obraji și o întâmpină cu un zâmbet.

– Salut. Eu sunt Páll.

– Ísrún, răspunse ea nesigură.

– Hai înăuntru, să nu mă opresc din treabă. Nu-s plătit să stau de pomană.

– Ce faci mai exact?

– Pun cabluri noi în șandramaua asta. Un băiat din zonă care a plecat din oraș acum mulți ani a cumpărat-o de curând. Voia o casă de vacanță. Nu-i primul și n-o să fie nici ultimul. Tot Siglufjörður a devenit un oraș de case de vacanță.

– E un loc minunat, zise ea ca să țină conversația în viață.

El râse.

– De la mine nu primești puncte-n plus c-ai zis asta. Hai înăuntru, sau mai bine zis hai jos. Tre' să mă-ntorc la treabă.

Și dispăru înăuntru.

Ísrún se aplecă și trecu pragul. La subsol, tavanul era atât de jos că aproape nu reușea să stea dreaptă.

– Nu-i cel mai comod loc de muncă, zise ea privind în jur.

– Nu-i nici cel mai rău, rânji el.

În subsolul casei erau trei camere. Cea în care stăteau acum era plină cu unelte împrăștiate, foarfeci de grădină ruginite, o mașină veche de tuns iarba, o roabă și chiar o stivă de pavele. În încăperea mică din dreapta, Ísrún văzu borcane goale de toate formele și mărimile care sclipeau în lumina câtorva raze. Ce-i atrase atenția, însă, fu un raft plin cu sticle de lapte vechi. Auzise despre ele, dar nu le mai văzuse până atunci – în copilăria ei, cutiile de carton le înlocuiseră deja.

– Mi-ar plăcea și mie una din alea, zise ea arătând spre raftul cu sticle goale. Ar fi numai bună ca vază.

Spera să-i dea una dintre ele, așa că răspunsul lui o luă pe nepregătite:

– Probabil că poți să cumperi sticle din astea de la magazinele de vechituri din oraș, din sud, zise el.

– Acolo ce-i? întrebă ea arătând spre stânga, ca să schimbe subiectul.

– Niște vechituri. Pe vremuri aici era un fel de adăpost pentru vaci.

– Adăpost? întrebă ea surprinsă.

– Da. Cine a locuit aici înainte avea o vacă în pivniță, cel puțin așa am înțeles. Au avut voie s-o păstreze când a lovit epidemia de scarlatină ca să aibă lapte pentru copii. Asta cu mult timp în urmă.

– Deci e o casă cu o poveste în spate?

– Corect.

– Iar tu ești electrician?

– Așa-i. Pân-acum am lucrat cu Elías și ceilalți băieți.

– Și ai rămas pe drumuri? întrebă ea pe un ton aproape acru.

– Ți se pare c-am rămas pe drumuri? replică el, atent la ce avea de făcut. Într-un fel, poți să zici că da. Crima asta m-a zdruncinat rău de tot. Dar am vorbit cu șeful de șantier să ne țină în continuare, pe mine, Logi și Svavar.

Își dădea seama după tensiunea din glasul lui că era ceva important pentru el.

– Dar acum lucrezi aici.

– Păi, e o treabă pe care ar fi trebuit s-o termin de mult, răspunse și se întoarse ca să se uite în ochii ei. Problema e că nu dă nimeni de Svavar. El era cel mai apropiat de Elías, iar șeful ne lasă să continuăm numai dacă face și el parte din echipă.

Páll nu-și putea ascunde îngrijorarea.

– Deocamdată Logi lucrează în mai multe schimburi ca să țină la zi partea noastră din proiect.

– Și nu dați de Svavar?

Rezistă tentației să-i spună că vorbise cu el cu o seară înainte.

– Nu. Nu răspunde la telefon. Poate o să merg la Dalvík mai târziu să-i bat la ușă. El și Eliás erau prieteni buni, așa că am vrut să-l las puțin în pace. Dar de-acum gata. Nu mă așteptam să-l afecteze atât de tare, dar nu putem să ratăm ocazia asta. Dacă o mai lălăim mult, o să găsească pe altcineva. Șomajul de-aici e la fel de rău ca oriunde. Ar trebui să știi asta. Mereu ne spui la TV cât de nasoală e recesiunea.

Pufni și își îndreptă atenția înapoi la lucru.

– Mi-ai zis la telefon că n-ai nimic de ascuns.

Ridică privirea de la cabluri cu o expresie de uluire pe chip, dar își păstră zâmbetul amabil.

– Așa e.

– Ce vrei să spui cu asta? Avea Elías ceva de ascuns?

– Pot să-ți spun, dar știi deja răspunsul.

– Am bănuielile mele, zise ea și își feri privirea.

Páll nu reacționă, concentrându-se la ce avea de făcut.

– Vreau să aflu mai multe despre el, insistă ea când simți că tăcerea se prelungise destul.

Nu se simțea în largul ei, nu putea să stea dreaptă și nici n-avea un scaun pe care să se așeze.

– Ce punea la cale? Știi dacă era înclinat spre, știi tu... violență?

– Nici nu mă-ntrebi mare lucru! Chiar crezi că o să ciripesc pentru o reporteriță de la Reykjavík? Oricum, ce contează?

– S-ar putea să conteze.

– Bănuiesc că ar trebui să zic mersi că nu sunt bănuit. Tot e ine că nu mă-ntrebi unde eram când a fost omorât, zise el în glumă.

– Și, totuși, unde erai? întrebă ea, mușcând momeala.

– La Reykjavík, încercam să agăț. Scribălăii ca tine probabil că nu faceți așa ceva, sunteți prea ocupați cu următoarea lovitură.

– Am renunțat la asta, mărturisi ea, apoi hotărî să adauge o poveste cu un sâmbure de adevăr: Am renunțat când am cunoscut în bar un tip care zicea că arăt ca o glastră.

– Ce?

– Mi-a zis că-s frumoasă ca o glastră. Cred că se gândea la vazele Ming sau așa ceva. Voia să spună „frumoasă ca un tablou". Ne-am certat ore-n șir din cauza asta. După aia am renunțat să mai ies în oraș.

Páll râse, dar ea nu făcu la fel.

– Tu l-ai omorât? îl întrerupse ea, sperând să-l ia prin surprindere – nu reuși.

– Nu. Habar n-am cine l-a omorât. Elías nu era vreun înger, dar să nu mă dai pe post cu asta. Tipu' n-avea nici urmă de conștiință.

– Poți să-mi dai un exemplu?

– Mai bine nu, răpunse el și se uită în altă parte, cu zâmbetul încă pe buze.

Cu zâmbetul potrivit poți să scapi cu orice, își zise ea.

*

La fiecare două luni, Nóra își făcea părul la un coafor mic din Siglufjörður. Nici măcar nu era salon, doar un scaun în fața unei oglinzi, acasă la o pensionară care te tundea la cerere. Era un loc unde ajungeai, cum se spune, numai cu trimitere. Nóra mai fusese acolo în urmă cu vreo lună, dar sunase și rezervase un loc pentru mai târziu în ziua aceea. Jurnalista putea să apară în orice clipă cu un cameraman și era hotărâtă să arate nemaipomenit.

O îngrijora gândul că femeia putea să apară chiar când se pregătea ea să plece să-și facă părul. Dacă s-ar fi întâmplat așa ceva și ar fi ratat marea ocazie, ar fi fost un dezastru. N-avea de unde să știe dacă femeia asta, Ísrún, urma să sune înainte. După ce se gândi mai bine, Nóra hotărî că trebuia să ia cumva legătura cu ea ca să-i spună când să vină.

Însă, neavând un număr de mobil, Nóra se văzu nevoită să sune direct la redacție. Nu mai făcuse niciodată așa ceva. Nu i se întâmplase niciodată ceva demn de comunicat unei redacții de știri.

– Redacția. Redactorul-șef la telefon, răspunse o voce gravă.

– Bună dimineața. Mă cheamă Nóra. Cu cine vorbesc, vă rog? întrebă ea într-un mod absurd de formal.

– Ívar, se răsti vocea.

Aproape că și-l imagina în fața ochilor. Îl văzuse de multe ori pe ecran: un bărbat rotunjor, dar frumos, masculinitatea întruchipată, își zise.

– Trebuie să vorbesc cu Ísrún, spuse ea în cele din urmă.

– Ísrún nu-i aici deocamdată. Cu ce pot să te ajut?

Începuse să-și piardă răbdarea, deși convorbirea abia începuse. Dar Nóra îl înțelegea. Jurnalismul trebuia să fie o meserie stresantă, o goană eternă să respecți termenele de predare – cel puțin, asta-și imagina ea.

– Cu nimic. Voiam doar să-i aflu numărul de telefon. Trebuia să ne întâlnim azi mai târziu în Siglufjörður.

– Serios? făcu Ívar, care brusc nu se mai grăbea nicăieri. Pentru ce, dacă nu te superi că întreb?

– Păi, am vorbit de dimineață și mi-a zis că o să vină mai târziu cu un cameraman, spuse Nóra mulțumită de sine.

– Aha... Un cameraman, zici. Pentru ce?

– Elías Freysson, bărbatul care a murit, a locuit cu mine... Mă rog, mi-a fost chiriaş. Înțeleg că Ísrún face o emisiune despre el, caută o nouă pistă, cel puțin așa mi-a zis. Bărbatul din spatele victimei, ceva de genul ăsta.

Nóra spera că nu spusese nimic greșit. Nu că pentru ea ar fi contat, de fapt. Pentru ea era important să apară la televizor.

– Ahaaa! făcu Ívar din nou, iar Nóra simți o notă de sarcasm în glasul lui. Bărbatul din spatele victimei, zici, continuă el, dar nu-i dădu ocazia să răspundă. O să-i transmit un mesaj. Ce vrei să-i spun?

– Poți să-i spui doar că azi n-o să fiu acasă mai devreme de ora patru? Am programare la coafor. Am făcut-o acum mult timp și am uitat total de ea când am vorbit cu Ísrún de dimineață.

– O s-o anunț. Pa.

Închisese înainte ca Nóra să apuce să mai spună ceva.

6

Era hotărâtă să rămână trează. Nu știa cum o să reușească, dar era sigură că dacă ar fi adormit n-ar mai fi deschis ochii niciodată.

Poate că nici n-ar fi fost așa de rău.

Cel mai mult își dorea ca gândurile ei să aibă puterea s-o poarte acasă, la familia care ar fi primit-o cu brațele deschise, împreună cu păpușa veche care atârna din tavanul din sufragerie care atunci ar fi prins viață și ar fi făcut același lucru.

Se simțea extrem de mică, singură și abandonată.

De fiecare dată când o cuprindea teama din nou începea să plângă, sau cel puțin încerca, însă parcă ochii i-ar fi secat.

O durea capul. Închidea ochii o clipă, încercând să se liniștească, apoi îi deschidea din nou, nevrând să riște să adoarmă. Nu știa ce anume îi provocase durerea îngrozitoare de cap, cu toate că bănuia că apăruse din pricina deshidratării. A deshidratării și a mirosului, care devenea aproape insuportabil.

Întâi se așezase într-un colț, cu spatele la perete, și încercase să stea într-o poziție în care să-și poată dezmorți picioarele. Îngrozită, însă, că ar putea să adoarmă, începuse să se foiască, având grijă să nu-și ofere prea mult confort.

Dar poate că totul era în zadar.

Știa că moartea se apropie. Dusese o viață bună și cinstită. Ar fi greșit dacă acum ar fi lăsat s-o cuprindă teama și furia. Trebuia să se gândească la ceva pozitiv: familia ei.

În același timp, poate că venise, totuși, momentul să se întindă. Să se odihnească. Să cedeze.

7

Cu un an înainte

***M**ă înțelegeam bine cu bătrâna Katrín. Am găsit ceva din bunica mea în prietena ei – amintiri pe care le împărtășeau, obiceiuri și gesturi, chiar și expresii. Am visat pentru o clipă că stau de vorbă cu bunica, nu cu străina din Landeyjar.*

– Pot să-ți ofer ceva de mâncare, dragă? Din păcate nu mai gătesc de o vreme.

S-a uitat la degetele ei osoase.

– În ultima vreme nu mai am încredere-n mine. Mâinile-mi tremură și nu mai sunt la fel de puternice ca pe vremuri. Cred că e și firesc, la bătrânețe.

– Nu, mulțumesc.

– Aiurea! Ești foarte palidă! Nu vrei nici măcar un pahar cu lapte?

– Un pahar cu lapte mi-ar plăcea, am zis, măcar din politețe.

În căsuță se făcuse sufocant din cauza radiatoarelor pornite chiar dacă era vară. Simțeam cum mă cuprinde toropeala. Poate că bătrâna avea dreptate și chiar nu eram în formă. Mai devreme avusesem o stare de vomă și mă mai dureau una, alta, de parcă aș fi făcut o gripă care nu mai voia să dispară. Cred că munceam prea mult. Lua-l-ar să-l ia de jurnalism.

Toate turele astea deveneau ridicole, erau un stres neîntrerupt.

Katrín plecase la bucătărie cu pași dureros de înceți. Ar fi trebuit să-mi iau singură laptele.

– Vrei și biscuiți? am auzit-o strigând din bucătărie, pe cât îi permiteau corzile vocale îmbătrânite.

– Da, te rog.

S-a întors cu un pahar de lapte într-o mână și cu jumătate de pachet de biscuiți în cealaltă. S-a așezat cu greu la masa de lemn. Călătoria până în bucătărie părea s-o fi îmbătrânit. Semnele trecerii timpului i se vedeau limpede pe chip. Cu siguranță trăise vremuri grele.

– Îți amintești de jurnalul ei? am zis atât de încet că m-am întrebat dacă voiam cu adevărat să rostesc întrebarea.

– Ce-ai zis, dragă?

Katrín se aplecă deasupra mesei.

Aveam ocazia să uit de vorbele mele, să mă prefac că nu deschisesem gura, dar am ales să nu profit de ea.

– Îți amintești dacă bunica a ținut un jurnal? am întrebat din nou, cu glas mai puternic și mai limpede.

– Un jurnal, da, îmi amintesc de el. Nu scria mereu, nu în fiecare zi, nu era genul ăla de jurnal, dar am văzut că uneori își nota lucruri în el, de obicei când se întâmpla ceva deosebit – cam în perioada cu erupția, de pildă.

– Ai văzut vreodată ce scria?

– Doamne, nu! Nici vorbă. Era numai pentru ea. Mi-au mai căzut din când în când ochii pe câte-o pagină, dar scrisul era atât de mărunt că probabil oricum nu l-ar fi înțeles nimeni.

– A avut un singur volum toată viața sau au fost mai multe?

– Sunt destul de sigură că a fost unul singur. A început să țină jurnalul când era deja adolescentă și cred că s-a oprit pe la vreo douăzeci de ani. Dar știu că a scris din nou când s-a îmbolnăvit. Îmi spunea că-i povestește cărții cum se simte, își aminti Katrín cu un glas încărcat de tristețe.

Se uită în gol, purtată parcă în trecut.

– Sper că laptele mai e bun. Nu s-a acrit, nu?

– E bun, mulțumesc, am zis, cu toate că laptele depășise cu mult termenul de expirare; mai era bun de pus în cafea, dar la

altceva nu prea.

– Mă întreb ce s-o fi ales de jurnal, a spus bătrâna pe neașteptate.

– Cred că s-a pierdut, i-am explicat, spunând adevărul măcar pe jumătate.

Am stat o vreme în tăcere.

Afară încă auzeam cum șuieră vântul în dimineața aceea de vară. Nu era nimic neobișnuit, din moment ce ne aflam atât de aproape de mare și în câmpiile acelea nu era niciun deal care să oprească vijelia. Singurii munți pe care-i vedeam erau vulcanii din depărtare, iar ei nu ne ajutau.

Atunci s-a întâmplat lucrul care a schimbat totul.

8

Ívar n-avea de gând să lase ocazia să-i scape printre degete.

Era o fire pragmatică și nu înaintase în viață fiind atent cu ceilalți. Televiziunea îl vânase de la o companie rivală și îi oferise bani grei ca să facă mutarea. Cu siguranță era mai bine plătit decât majoritatea colegilor săi.

Se căpătuise, dar avea obiective încă și mai mari. Bineînțeles că râvnea la postul de redactor-șef, dar poziția era ocupată deja de María, o femeie cu care se înțelegea bine. Ca și el, fusese recrutată din echipa unui cotidian. Bănuia că de asta se și plăceau – amândoi erau niște intruși care încercau să se descurce cât mai bine, apropiindu-se de bisericuțele din redacție dar ținându-se, în același timp, la o oarecare distanță. Ea făcea asta prin prisma locului pe care-l ocupa, el pentru că într-o zi spera să se afle în același loc. María avea reputația că nu stă mult nicăieri și Ívar calculase că nu urma să mai rămână decât cel mult trei sau patru ani înainte să plece altundeva. Atunci i-ar fi venit lui rândul.

Însă până atunci trebuia să se confrunte cu niște provocări. Nu în ultimul rând, trebuia să scape de noii membri ai echipei care păreau să nu aibă încredere în el. Cap de listă era Ísrún. Totul la ea îl călca pe nervi. Era deranjant de independentă și competitivă și petrecuse deja mult timp în redacție, în ciuda pauzelor lungi din carieră. Făcea parte dintr-un grup care pe el îl irita și care fusese împreună de mai mulți ani; cu toții aveau încredere în ea. Era bine că izbutise să-și facă și el câțiva aliați, cum era Kormákur, dar știa că era obligatoriu s-o despartă pe Ísrún de colegii ei.

Bănuia că Ísrún ar fi avut tupeul să candideze la postul de redactor-şef atunci când acesta s-ar fi eliberat. Din fericire, el era unul dintre redactorii adjuncţi, iar ea nu. Din poziţia lui putea să aranjeze de multe ori lucrurile astfel încât el să iasă în avantaj şi ea să pice prost. El era persoana care lua decizii din zbor, împărţea sarcini şi avea ultimul cuvânt de spus în privinţa sumarului şi a ordinii în care ştirile apăreau pe post. Asta însemna că lui Ísrún îi putea da numai subiecte mărunte, care să intre în ediţia de noapte. Iar Ívar ştia că nu cu buletinul târziu devii vedetă.

De când vorbise la telefon cu femeia din Siglufjörður, stătuse cu ochii pe biroul Maríei, astfel că observă acum că uşa se deschise şi din încăpere ieşi un bărbat pe care-l recunoscu de la contabilitate. Acum era şansa lui, deşi ştia că María era numai rareori în toane bune după o întâlnire cu numărătorii de parale.

– Te deranjez? întrebă el vesel, iţind capul pe uşă.

– Nu, stai liniştit.

María îşi scoase ochelarii de citit şi îl privi cu ochi pătrunzători. Ívar îşi spusese de multe ori că María era ultima persoană de care şi-ar fi dorit să fie interogat, mai ales dacă ea ar fi ţinut morţiş să-l facă să mărturisească vreun amănunt mai discret.

– Stai jos.

María lansa mereu porunci, niciodată invitaţii. Nu făcea risipă de cuvinte când poftea pe cineva să se aşeze pe scaun.

– E despre Ísrún, spuse Ívar, vorbind fără să vrea cu un glas mai jos decât în mod normal.

María nu zise nimic şi îl aşteptă să continue.

– A plecat în nord să facă nişte cercetări despre povestea cu crima.

María încuviinţă din cap, dar nu rosti în continuare niciun cuvânt.

– Nu mi-a convenit s-o las să plece. Nu ne permitem să lăsăm pe nimeni să se concentreze pe un singur subiect, dar mi-a zis că are o sursă care poate să facă legătura între Elías, victima, și contrabanda cu droguri. Speram să vină înapoi cu o știre-bombă. Din când în când tre' să le mai dai și copiilor mână liberă, știi? Nu că-n ultima vreme ar fi fost la cine știe ce nivel.

Folosi înadins cuvântul „copii" ca să nu-i amintească Maríei de cât timp lucra Ísrún la redacție.

– Serios?

– A venit cu lucruri cam banale și a trebuit să le pun la coadă. A trebuit chiar s-o rog să refacă unele materiale. Parcă și-a pierdut interesul, zise el, încercând să pară cu adevărat îngrijorat.

– Pe ecran pare destul de palidă..., spuse María gânditoare.

– Poate că-i obosită, sau poate că s-a plictisit. Am impresia că a-nceput să guste din viața de noapte. În ultimele luni și-a luat toate zilele de concediu medical pe care le avea. Parcă încearcă să facă minimul care i se permite.

– Interesant, comentă María.

– În fine, a plecat în nord. Acum înțeleg că lucrează la un material despre „persoana din spatele victimei". Nu asta am convenit.

– Și ce vrei să fac eu?

María vorbise tăios și îl sfredelea cu privirea.

– Eu cred că și-a pierdut entuziasmul cu totul. Poate că e momentul să ne gândim s-o punem pe liber...

– Vedem.

María își luă ochelarii.

Ívar hotărî să lase lucrurile așa. Intenționa să reia discuția cât de curând. Putea să-i învingă reticența, picătură cu picătură.

*

Tómas și Ari Thór se întorseseră la secție. Niciunul dintre ei nu-i adresase vreun cuvânt lui Hlynur, care stătea în fața computerului, cufundat în gânduri. Dar nici el n-avea nevoie de ei. Îl trădaseră, îi răpiseră puterile, îl lăsaseră la fel de inutil și lipsit de culoare precum mobila din secție.

Fusese o zi a extremelor. Uneori fusese prezent, încercând să țină lucrurile sub control, alteori parcă s-ar fi aflat altundeva, într-un loc unde Gauti și mama lui erau încă vii și sănătoși, unde izbutise să-și răscumpere greșelile și unde nu se împiedica de mailurile alea nenorocite – un loc unde e-mailul nu se inventase.

Acum, în măsura în care asta avea vreo valoare, era cu mintea prezentă, dar nu se putea gândi decât la mesajele din e-mailuri.

Data viitoare o să te-nvăț să mori.

Ar fi vrut să plece acasă, să le spună că făcuse gripă, chiar dacă era puțin probabil să se îmbolnăvească în toiul verii, dar nu avea energie nici măcar pentru asta. Dincolo de orice, nu voia să cadă în capcana lui Tómas.

Nu. O să tragă de el. O să stea până i se termină tura, încercând să evadeze cât putea de mult în lumea caldă și plăcută în care nu avea pe conștiință moartea cuiva.

*

Ari Thór aruncă o privire spre locul unde Hlynur stătea captivat în fața computerului. El și Hlynur nu se apropiaseră niciodată. N-aveau mai nimic în comun în afară de serviciu și nu vedea niciun motiv să-i vorbească, să încerce să afle ce-l frământa. Orice tentativă de discuție ar fi fost superficială și stânjenitoare.

Din același motiv evitase până atunci s-o sune pe Kristín. Deși își dorea cu disperare să-i audă glasul, poate chiar să stabilească o întâlnire, îi era groază de momentul jenant în care ea ar fi răspuns.

Momentul jenant. Ăsta să fi fost singurul motiv pentru care n-o sunase? Sau era vorba despre gelozie, spectrul acela vechi, care-și ițea din nou urâtul cap? Oare îi era teamă că o să-și piardă cumpătul dacă i-ar fi spus ceva despre noua ei relație?

Se uită la telefonul pe care-l ținea în mână. Voia să-i formeze numărul, dar ceva îl împiedica s-o facă.

Apoi telefonul sună.

*

La spital era o zi liniștită, ca oricare alta. Mult prea liniștită. Chiar și-așa, erau multe lucruri de făcut, chiar dacă monotone.

Kristín abia aștepta să vină seara, să se cuibărească în casa împreună cu el și cu un pahar de vin. Urma să fie prima întâlnire acasă la ea, departe de terenul neutru al unui local din oraș. Dar nu de asta i se părea că timpul trece atât de greu – pur și simplu o plictisea serviciul. Nimic din ce făcea nu-i stârnea interesul, lucru care începea s-o irite tot mai mult.

Oare era prea târziu să-și schimbe drumul? Dacă ar fi renunțat acum, toți anii de studiu și de efort ar fi fost în zadar. Și cum ar fi reacționat părinții ei? Hotărârea trebuia luată și cu mult bun-simț. Ar fi fost stupid să întoarcă spatele unui loc de muncă sigur, cu un salariu respectabil, în plină recesiune.

Mai era și chestiunea că nu știa ce altceva să facă. Nu era ca și cum ar fi fost pasionată cu adevărat de ceva. Nimic nu-i crea vreo emoție în mod deosebit. Se trezea în fiecare dimineață și, dacă avea timp, juca golf, apoi lucra ca un robot până la sfârșitul fiecărei ture lungi și în cele din urmă ajungea acasă, unde în mare măsură nu făcea decât să doarmă până când reîncepea ciclul. Avusese parte de același tipar și în facultate: trezire, studiu, somn.

Știa că trebuie să facă ceva și să evadeze din monotonie. Poate că n-ar fi fost rău să-și asculte instinctele, să se bucure de vinul din seara aceea și să uite pe moment de problemele imediate, profitând, în schimb, de o seară și o noapte petrecute alături de bărbatul acela necunoscut, dar fascinant.

*

Pe Ari Thór îl sunase Helga, de la poliția din Akureyri, ca să-i roage și pe el, și pe Tómas să vină la ședința în care urma să se analizeze evoluția anchetei în a doua zi de când fusese descoperit cadavrul lui Elías Freysson.

– O să fiți bineveniți, îi spusese.

Dar era evident că nu spunea nici pe departe adevărul. În ochii ei nu erau decât doi ageamii în uniformă care-i încurcau pe adevărații polițiști. Ari Thór îi spusese că el urma să participe și că se aștepta ca și Tómas să facă același lucru.

La telefon, Helga îi dăduse foarte pe scurt un raport, inclusiv informația că Elías fusese implicat în tot felul de activități dubioase, printre care spargeri în casele oamenilor și vânzarea obiectelor furate. Și conturile organizației caritabile ridicau semne de întrebare, prin cheltuielile deloc limpezi și veniturile din surse neidentificate.

Toate astea însemnau că Ari Thór urma să plece din nou la Akureyri.

Poate că de data asta avea s-o sune pe Kristín, sau măcar să-i dea un e-mail. La urma urmei, n-avea nimic de pierdut. Deja îl scria în minte.

„Bună". Nu. „Hei" suna mai bine. „Hei, sper că ești bine. În seara asta o să fiu la Akureyri. Mi-ar plăcea să ne vedem dacă ai timp. Ai zece minute?" Era suficient. Zece minute. Nu putea să-i refuze zece minute.

Îl strigă pe Tómas.

– Diseară e ședință la Akureyri. Tre' să plecăm pe la cinci jumate.

– Excelent, răspunse Tómas. Iar la întoarcere o s-avem timp și de-un burger și o farfurie de cartofi prăjiți, nu-i așa?

Ari Thór dădu din cap și zâmbi larg.

Accesă e-mailul, scrise mesajul pentru Kristín și apăsă pe butonul de expediere înainte să aibă timp să se răzgândească.

*

Ísrún simțea cum o cuprinde oboseala. Fuseseră două zile grele: Dalvík, Akureyri și apoi Siglufjörður.

Cu toate că simțea că nu face bine, hotărî să-l sune pe Kormákur și să-i spună ce aflase. Drept e că n-avea cine știe ce de comunicat. În primul rând, era femeia însetată de atenție de la care Elías închiriase apartamentul. Apoi, putea să-i povestească despre Páll Reynisson. Páll zicea că nu fusese în Siglufjörður în noaptea în care murise Elías, ci în sud, la Reykjavík – deși la fel de bine putea să fi fost la Skagafjörður și să comită crima. Dar nu părea că are ceva de ascuns. Era foarte puțin probabil să fie el ucigașul, iar ea n-avea de gând să-l aducă în lumina reflectoarelor.

Însă mai era o persoană cu care trebuia să vorbească despre Elías: colegul lui, Logi.

Descoperise unde locuia. Dar, înainte să treacă pe la el, avea nevoie să se odihnească. Își luă o cameră la o pensiune din zonă, în principal ca să poată trage un pui de somn înainte să plece în sud în seara aceea. Neașteptându-se ca redacția să-i acopere cheltuielile, alese cea mai ieftină cameră disponibilă.

Când intră în încăpere, trase draperiile și se întinse în pat fără să se învelească. Apoi își aminti de telefon și hotărî ca, o singură dată, să-și încalce propria regulă. Se ridică, luă mobilul și îl setă pe modul „silențios". Nimeni nu știa unde s-o găsească, nimeni nu putea s-o deranjeze, și exact asta își dorea.

Se întinse din nou, pleoapele i se închiseră și gândurile începură să-i zboare aiurea. Însă nu dură mult și se întoarseră la realitate, iar Ísrún se întrebă ce se aștepta, de fapt, să obțină din ancheta aceea personală.

*

Mult-aşteptata pauză sosi, iar Kristín îşi turnă o cafea, sperând să fie îndeajuns de tare cât să-i dea un impuls de energie care s-o ajute să se concentreze în timp ce răsfoia ziarele şi-şi verifica mailurile. Se aşeză în faţa computerului de la birou şi îşi accesă contul.

Îi stătu inima în loc. Avea un mesaj de la Ari Thór.

Ezită. Nu ştia dacă să-l şteargă sau nu fără să-l citească.

Îi trimisese multe mesaje în săptămânile de după despărţire şi o sunase de multe ori, dar ea nu-i răspunsese niciodată, ferm convinsă că nu merita. Acum simţea altceva. Întâlnise alt bărbat. Poate că nu strica să afle şi Ari Thór – o dovadă că putea sta pe propriile picioare.

Citi mesajul. Era scurt şi la obiect. Îi propunea să se întâlnească.

Îşi alese cu grijă cuvintele şi tastă:

„Scuze, diseară nu pot. Vine un prieten pe la mine."

9

Cum de se lăsase păcălită de oferta de lucru în Islanda?

Văzuse numai stele cu o lumină atât de puternică încât nu remarcase umbra sinistră pe care o aruncau – o umbră de care ar fi trebuit să se ferească.

Simțea că se apropie moartea.

Nu-i mai era frică.

Moartea făcea parte din viață, cel puțin așa fusese învățată să creadă.

Cel mai tare o îngrijora că, probabil, avea să fie îngropată, nu incinerată, cum cereau credințele și obiceiurile cu care crescuse.

Încercă să-și înăbușe gândurile negre și luptă din greu să nu se gândească la setea cumplită care o chinuia.

10

Ísrún nu mai dormise de mult atât de bine. De obicei dormea iepurește și se trezea de mai multe ori pe noapte. Uneori avea și episoade mai profunde, când și visa, dar coșmarurile care veneau imediat după îi asigurau un somn prost, făcând-o să deschidă ochii, cu inima bătându-i să-i spargă pieptul și trupul leoarcă de sudoare, epuizată, nu odihnită.

Acum se trezise. Se ridică în picioare și simți că o cuprinde o amețeală atât de puternică încât fu silită să se așeze din nou pe pat și trase aer adânc în piept, închizând ochii și străduindu-se să respire într-un ritm normal. Verifică ora pe telefon și văzu cu mulțumire că dormise aproape o oră. Văzu și că pierduse un apel. Era de la María, redactorul-șef.

Oare ce voia să-i spună?

Ísrún n-avea energie s-o sune înapoi chiar atunci. Dădu drumul telefonului în geantă și ieși în lumina puternică a soarelui din Siglufjörður. Plătise deja pentru la noapte, așa că hotărî să păstreze camera.

*

María stătea în biroul ei și se gândea la avantajele faptului că putea să-și închidă ușa. De obicei, redacțiile aveau birouri deschise, jurnaliștii adoptaseră varianta asta cu mult înainte ca anii de creștere economică să le impună peste tot, în bănci sau companii financiare care angajaseră enorm ca să-și umple locurile libere. Se spunea că ar fi soluția magică pentru închegarea echipelor, scăderea costurilor și, în cele din urmă, obținerea unui profit mai mare.

María primise ea însăși oferte din partea sectorului financiar, dar rezistase ispitei de a părăsi media. Banii pe care i-ar fi primit fuseseră extrem de tentanți, însă ea avea jurnalismul în sânge. Când venise momentul răspunsului final, nu izbutise să lase în urmă mediul în care avusese atât de multe succese de-a lungul timpului.

Însă munca de redactor avea și avantaje, și dezavantaje. Era liberă să se concentreze la imaginea de ansamblu și avea ocazia să-și pună amprenta asupra redacției, dar la pachet cu asta veneau ședințele interminabile despre personal, buget și management. Cel mai rău era când trebuia să dea oameni afară. Evita pe cât posibil, dar dacă devenea obligatoriu să o facă nu se mai putea eschiva.

Se tot gândea că exista un sâmbure de adevăr în ce-i spusese Ívar. Nu încăpea discuție că Ísrún era o jurnalistă talentată, însă parcă-și pierduse scânteia. Era plină de resurse și tenace – la drept vorbind, uneori puțin prea tenace. Dar se întâmplase ceva. Lipsise de prea multe ori și, așa cum remarcase Ívar, își luase toate zilele de concediu medical disponibile, iar în ultima vreme nu mai părea că-și găsește locul la birou. În urmă cu șase luni, María o chemase la o discuție de evaluare și o întrebase dacă se simțea bine, observând cu tact că-și luase concediu medical neobișnuit de frecvent.

– Iarna asta am dat dintr-o răceală în alta, răspunsese Ísrún.

Dar nu se simțea deloc în largul ei, iar María nu se chinuise prea tare să-și dea seama că-i turnase o minciună.

De la discuția aceea nu se schimbaseră prea multe. În plus, Ívar nu avea încredere în Ísrún. Asta nu era nimic nou – uneori oamenii pur și simplu nu se înțeleg. Însă Ívar era cel mai valoros dintre cei doi, un om cu experiență bogată care fusese recrutat de la un post concurent. Nu-și putea permite să-l piardă. Părea că n-avea încotro și trebuia s-o sacrifice pe Ísrún.

María știa că situația fierbea de mai multe luni, însă tot îi era greu să ia decizia aceea.

Însă, odată ce se hotăra, mai ales când decizia era dificilă, avea obiceiul să o ducă la bun sfârșit imediat. Puține lucruri ar fi convins-o să-și schimbe decizia.

11

Femeia însărcinată din prag era cam de vârsta lui Ísrún. Ísrún își dădu imediat seama că era ceva în neregulă cu ea, dar nu reușea să-și dea seama ce anume. Oboseală? Poate. Un aer reticent? Da, probabil că asta era. Un fel de depresie prenatală? Posibil.

– Bună, zise Ísrún, încă neștiind cum s-o convingă s-o primească în casă.

– Salut, răspunse scurt femeia, parcă hotărâtă să nu arate decât minimul necesar de politețe.

Planul lui Ísrún era un amestec deocamdată nesigur între sinceritate și minciuni cusute cu ață albă.

– Mă cheamă Ísrún, începu ea.

Poate mă recunoști de la televizor, voia să adauge, dar constată imediat că nu era nevoie.

– Pregătim o știre scurtă despre Elías Freysson, bărbatul care a murit alaltăieri-noapte. Era foarte implicat în activități caritabile la nivel local, cum probabil știi, și ne gândeam că ar merita să stăm de vorbă cu prietenii și cunoștințele lui.

Femeia era vizbil mirată. Rămase în prag, cu ochii larg deschiși, parcă încercând să-și dea seama ce să spună.

– Am vorbit cu prietenul lui, Svavar, din Dalvík, și cu Páll, de aici din Siglufjörður. Cred că și Logi ar vrea să spună câteva cuvinte, nu crezi?

– Cum? Da, cred că da, răspunse femeia, cu o lipsă de convingere cât se poate de clară.

– E acasă?

– Nu, e la lucru. Dar cred că se-ntoarce în curând, mormăi ea.

– Foarte bine. Aş putea să-l aştept? Cameramanul meu e pe drum şi l-am rugat să ne întâlnim aici.

Întinse mâna.

– Eu sunt Ísrún, repetă ea.

– Da... Scuze. Eu sunt Móna.

Schiţă un zâmbet când îi strânse mâna.

– Hai înăuntru.

– Mersi, spuse Ísrún şi intră repede, înainte ca Móna să se poată răzgândi.

O însoţi într-o bucătărie mare, unde un pahar de lapte se afla pe masă, lângă un ziar deschis.

– Ia loc, o invită Móna. Vrei ceva de băut? Din păcate n-am cafea caldă.

Îşi atinse uşor burta umflată.

– O vreme nu mai beau.

– Un pahar cu lapte e foarte bun, spuse Ísrún şi se gândi la Katrín din Landeyjar şi la paharul cu lapte care-i fusese oferit acolo – o zi pe care ar fi preferat s-o uite.

– În ce lună eşti?

– A cincea, răspunse Móna în timp ce luă din frigider o cutie de lapte şi puse un pahar în faţa lui Ísrún, apoi se aşeză la masă.

Ísrún stătea vizavi de ea. Se uită în jur prin bucătărie. Uşile albe ale dulapurilor contrastau puternic cu piatra neagră din care era făcut blatul. Masa era şi ea neagră şi înconjurată de scaune albe. Pe pereţi erau câteva fotografii alb-negru. Vasele nespălate din chiuvetă, în culorile curcubeului, erau disonante în ambianţa sobră. Parcă totul era ascuns în dulapuri, pe suprafeţele de lucru nu se vedea aproape nimic. Pe un raft îngust de deasupra unui espressor superb erau aliniate mai multe ceşti albe.

– Felicitări! încercă Ísrún.

Móna dădu din cap şi zâmbi, dar nu spuse nimic.

– Tu şi Logi aveţi mulţi copii?

– Ce? Eu și Logi?

Ridicase tonul și în glas i se strecurase o notă de fermitate care o sperie o clipă pe Ísrún.

– E copilul lui Jökull.

– Jökull?

– Da. Logi stă în apartamentul de la etaj. Soțul meu e Jökull, fratele lui Logi.

– Scuze, zise Ísrún jenată. Nu mi-am dat seama. Ar fi trebuit să-mi fac temele mai bine.

Zâmbi și încercă să destindă atmosfera, dar fără prea mult succes.

– E primul copil cu Jökull?

– Da.

Un răspuns scurt și tăios.

– Ok. Unii oameni fac copii mai târziu în viață sau, ca mine, nu fac deloc.

Móna rămase tăcută privind țintă la paharul ei cu lapte.

Când tăcerea deveni aproape insuportabilă, Ísrún hotărî să încerce s-o spargă.

– Și Jökull lucra cu Elías?

– În niciun caz. Lucrează la Banca de Economii, spuse Móna pe același ton tăios.

– Sunteți amândoi din partea locului?

– Da.

– Născuți și crescuți aici?

Ísrún aruncă o privire la fotografiile alb-negru de pe pereți. Toate erau cu scene din Siglufjörður, peisaje sau poze vechi din oraș.

– Da. Când ziceai că ajunge cameramanul? întrebă Móna, vizibil nerăbdătoare. Să-l sun pe Logi? Poate l-a reținut ceva.

– Nu-i nicio grabă, o asigură Ísrún.

Știa de la Móna că Elías închiriase o cameră de la Logi înainte să se mute în casa ei. Ísrún voia să obțină cât mai multe informații despre Elías de la Móna.

– Tu cu ce te ocupi? întrebă ea.

– Lucrez la consiliul local, dar doctorul mi-a recomandat să-mi iau concediu de maternitate înainte de vreme. Nu-i o sarcină ușoară.

Oftă.

– Cred că ți-e greu. Dar sigur sunteți amândoi bucuroși, acum că mai e puțin.

– Da. Așa e, zise Móna, dar glasul îi părea obosit.

– Îl cunoșteai bine pe Elías?

– Deloc.

Móna scutură puternic din cap.

– N-a locuit aici o vreme?

Ezită.

– La etaj, cu Logi. Închiriase o cameră de la el. A plecat de Anul Nou. Nu-l vedeam prea des la parter.

– Cred că era ocupat cu acțiunile caritabile, sugeră Ísrún cu glas ușor, ca să nu se dea de gol.

Móna pufni. Era limpede că nu credea niciun pic în altruismul lui Elías. Sorbi din lapte și întoarse pagina ziarului pe care-l avea în față. Era clar că nu voia să mai stea de vorbă despre treburile lui Elías. Avea o stare de spirit atât de întunecată că-ți dădea impresia că vara nu pătrunsese încă în casă. Priveliștea de la fereastra din bucătărie era la fel de mohorâtă, fără să te ducă deloc cu gândul la vară și, cu toate că era cald, îți dădea senzația că se apropie toamna. Câțiva brazi de la marginea grădinii tremurară, mișcați parcă de o briză rece.

– Cred că e greu să știi că ai făcut cunoștință cu victima unei crime, încercă din nou Ísrún, hotărâtă să nu plece chiar atunci.

– Da, îngăimă Móna. Destul de.

– Tulburător, insistă Ísrún.

Móna ridică privirea.

– Da, așa e, spuse, apoi se relaxă. A fost foarte tulburător, fu ea de-acord, parcă vorbind pentru sine.

– Sunt sigură că pe mine m-ar face să nu mă simt deloc în largul meu, continuă Ísrún. Nu cu mult timp în urmă locuia aici, în aceeași casă, iar acum... acum probabil că a găsit cineva un motiv pentru care să-l omoare. E greu de conceput. Dar poate că nu-i cel mai bun subiect de discuție din moment ce ești însărcinată, adăugă ea, trecând printr un moment rar în care o rodea conștiința.

– Ajungi să treci peste, să nu te mai gândești, răspunse Móna zâmbind fără veselie. Împingi într-un cotlon al minții imaginile care apar acolo când te gândești la o crimă atât de violentă.

– Dacă e să ne luăm după ce s-a zis, crima a fost foarte brutală. Eu am ceva încredere în știri, cel puțin în cele pe care le difuzează televiziunea la care lucrez.

Móna se înfioră, dar încercă să nu lase să se vadă. Apoi căscă, iar de data asta nu reuși să-și acopere gura.

– Scuze. Sunt obosită.

– Cred că genul ăsta de știri nu te lasă nici să dormi, mai ales în starea ta, spuse Ísrún.

– M-au ținut trează ultimele două nopți. Azi voiam să mă-ntind să văd dacă pot să adorm puțin.

Ísrún înțelese mesajul și își zise că nu putea să-i refuze unei femei însărcinate odihna.

– Te las, atunci. Trec mai târziu.

– E-n regulă, nu asta voiam să zic. O să-l sun pe Logi.

Se ridică destul de greu și intră în camera de alături. Ísrún n-o mai vedea, dar o auzi murmurând ceva.

– Încă e la birou. Zice că mai stă o oră. Sper că nu-i o problemă, zise Móna când se întoarse în bucătărie.

– Nicio problemă. Se rezolvă. O să vin mai târziu.

– Dar cameramanul? Parcă ziceai că-i pe drum, se interesă Móna cu o notă de suspiciune în glas.

Întrebarea o luă pe Ísrún prin surprindere și-i aminti că minciunile trebuiau întreținute cu multă grijă.

– Așa e. O să-l sun, răspunse ea degajat îndreptându-se spre ușă. Mersi c-ai stat de vorbă cu mine.

12

– Și cu Jói cum rămâne? întrebă Ari Thór.

El și Tómas stăteau în colțul pentru cafea. În mod normal li s-ar fi alăturat și Hlynur, dar el părea rătăcit în lumea lui, fără să dea nici cel mai mic semn că ar vrea să stea împreună cu colegii săi.

Tómas întrebase dacă Ari Thór avea vreo teorie despre crimă, orice care ar fi adus ceva în plus ședinței din seara aceea.

– Jói? Las-o baltă, băiete. Omul ăla n-ar face rău nici unei muște, zise Tómas, parcă iritat de ipoteza lui Ari Thór.

– Nu-s așa de sigur. Cred că ceva zace în el. Nu-i treci pe dinainte, își susținu Ari Thór argumentul.

Tómas avea dubii.

– El și Elías abia dacă se cunoșteau.

– Mi-a zis că s-au certat în timpul protestului de la tunel. Nu știi niciodată până unde pot s-ajungă oamenii.

– Nu știam de asta, recunoscu Tómas și pe chip i se întipări o expresie întunecată. Ai dreptate, nu știi niciodată. Ai impresia că știi pe cineva și deodată...

Ari Thór hotărî să-l întrerupă înainte să ajungă să discute despre soția lui.

– Nu cred că pe Elías l-a ucis vreunul dintre colegii lui de muncă. Sincer să fiu, nu văd niciun motiv pentru care ar fi făcut-o. Mi se pare că are mai degrabă legătură cu afacerile lui murdare. Și mă îndoiesc că Páll sau Logi s-ar fi implicat în așa ceva.

– Doamne, iartă-mă, nu, în niciun caz, spuse Tómas năucit. Páll a fost polițist, iar Logi e cumnat cu văr-miu. Cred că e posibil și ca Elías să nu fi fost ținta. Poate că ucigașul voia să-l omoare pe doctorul ăla, Ríkhardur. El e proprietarul terenului.

Ari Thór trase aer adânc în piept. Asta era și teoria lui și, oricât de improbabilă i se părea, hotărî să se străduiască atât cât putea să încerce să obțină acordul lui Tómas.

– La asta mă gândeam și eu. Voiam să fac niște cercetări înainte să-ți spun, dar ieri am fost în vizită la un nene bătrân.

Ari Thór făcea mari eforturi să-și ascundă entuziasmul.

– Ríkhardur și-a omorât soția, sau cel puțin e ca și cum ar fi omorât-o cu mâna lui.

– Serios? Deci crezi că un „nene bătrân" din Akureyri l-a atacat pe Elías? zâmbi Tómas cu veselie. Mi se pare greu de crezut.

– Și mie. Moșu' îl urăște pe Ríkhardur din tot sufletul, dar nu-l văd să comită o crimă atât de violentă.

– Poate că misterul ăsta nu-i pentru noi, băiete, zise Tómas cu glas părintesc. În orice caz, pân-acum am făcut tot ce ne-a stat în puteri. Poate descoperim ceva nou la ședința de diseară.

*

Ríkhardur Lindgren avusese parte de două vizite în ziua aceea. Era deja prea mult. Întâi venise reporterița enervantă care zisese că e de la poliție, apoi veniseră polițiștii adevărați. Îi poftise înăuntru în ciuda rezervelor mari pe care le avea. Vizita femeii îl făcuse să-și ia măsuri de siguranță: pentru că erau îmbrăcați în civil, le ceruse înainte de orice să se legitimeze. Până la urmă nu avusese încotro și le dăduse voie să intre în casă, încercând să nu se gândească la microbii pe care-i aduceau înăuntru.

După ce plecaseră, curățase scaunele.

Televizorul era închis și, pentru prima oară, Ríkhardur n-avea chef să citească. În loc de asta, ascultă un concert pentru vioară de Șostakovici.

Întrebările polițiștilor parcă nu mai conteneau. Atâta agitație pentru un bărbat care fusese omorât! Nici nu-l cunoștea. Unul dintre cei doi sugerase chiar că Elías ar fi fost ucis din greșeală și că el, Ríkhardur, fusese, de fapt, ținta. Jalnic. Puteai să greșești haina pe care o luai pe tine, dar nu să ajungi să comiți o crimă din greșeală.

Ríkhardur observase că presa îi legase numele de caz. Și că dezgropaseră știrile vechi, tocmai când credea că lăsase partea aceea a trecutului în urmă definitiv. Doar plătise sumele compensatorii – chiar unele generoase.

Era limpede că nu mai avea nicio șansă să evadeze la casa lui din nord.

Crescu volumul și încercă să se relaxeze în fotoliu.

Acolo n-avea să găsească vreodată liniște și pace, iar casa avea să fie asociată mereu cu nenorocitul ăla de constructor.

La urma urmei, poate că era mai bine să plece din țară.

Poate avea să fie lăsat în pace.

13

Nu-și formase dinainte o imagine despre Islanda. Știa sigur numai că o să fie frig, probabil cu ninsoare, și că era posibil să fie întuneric.

Se mutase înapoi la locul ei de lângă perete. Nu-și dădea seama când sau de ce făcuse asta, dar constată brusc că putea să se relaxeze și să-și odihnească trupul înțepenit. Era bine.

Inima îi bătea mai repede decât știa că e normal. Îi era foarte cald, lucru la care nu se așteptase în Islanda.

Uneori, când închidea ochii, avea senzația că se întorsese acasă.

Făcuse tot posibilul să fugă din captivitate. Ușa era singura cale de scăpare, dar descurajant de grea și trainică. Nu conta că sub ușă exista o fantă îngustă – nu făcea decât să-i aducă un firicel de lumină și aer.

Capul îi bubuia de durere și îi era greață.

Se gândi la casă, la familia ei, la soare și la lumină.

Era foarte obosită. Simțea nevoia să se odihnească puțin.

Era momentul să-și lase gândurile să zboare câteva clipe spre casă.

În curând avea să vină momentul să primească moartea cu brațele deschise.

14

Svavar nu reușea să și-o scoată din minte.

Faptul îl surprindea. Crezuse că e mai puternic de-atât, că se poate controla mai bine.

Și-o imagină încuiată, așteptându-l în zadar pe Elías.

Totul ar fi fost mult mai simplu dacă Elías n-ar fi spus nimic despre ea. Fata ar fi murit în liniște, închisă undeva departe, iar Svavar n-ar fi purtat povara faptului că știa că i-ar fi putut salva viața. Deși nu știa exact unde era ținută prizonieră, cel puțin ar fi putut anunța poliția, le-ar fi putut da un motiv s-o caute și, astfel, să creeze o mică șansă ca ea să supraviețuiască.

Știa că varianta aceea mai avea puțin și dispărea de tot. Trebuia să ia o decizie.

La început, implicarea ca partener tăcut alături de Elías ca să aducă în Islanda o femeie destinată unei vieți în sclavie nu-i provocase mustrări de conștiință.

O să se-ntâmple indiferent dacă-mi place sau nu, își spusese. *Dacă n-o fac eu, o s-o facă altcineva.*

Dar acum, chiar dacă n-o văzuse niciodată personal, în închipuirea lui Svavar tânăra devenise o persoană vie, reală; cineva care aștepta să moară într-un loc neștiut de nimeni.

Însă instinctul lui de conservare era puternic. *Trebuie să ai grijă de tine însuți.* Câțiva ani de închisoare erau un preț prea mare pentru viața ei. Visul lui de a se muta într-o țară mai caldă ar fi dispărut într-un nor de fum.

Încercase în zadar să adoarmă. Acum stătea la fereastră și se uita la cer.

Nici măcar nu știa cât e ceasul. Își închisese mobilul și scosese din priză telefonul fix. Nu mai vorbise cu nimeni din noaptea dinainte, când îl vizitase reporterița.

Reporterița. Asta era.

Nu știa mult despre jurnalism, dar știa că un jurnalist nu-și dezvăluie niciodată sursa. De ce nu se gândise mai devreme la asta? Era o soluție simplă, absolut perfectă.

Putea să-și recapete liniștea punând răspunderea pe umerii ei. Ea n-ar fi putut să-l dea de gol, însă ar fi putut să le spună polițiștilor despre sărmana fată.

Se simți imediat mai bine și se ridică din fotoliul de răchită să-și caute telefonul. Acum i se făcuse și foame și își dădu seama că nu mâncase nimic toată ziua. Hotărî ca mai târziu să meargă până-n port și să vadă dacă avea cineva pește de vânzare, ceva ușor de gătit, dar cu gust desăvârșit, la fel de desăvârșit, în simplitatea lui, cum fusese gândul care rezolva dilema morală și problema fetei în același timp.

Mobilul era pe masa din bucătărie. Găsi biletul cu numărul reporteriței și deschise telefonul.

Începu imediat să bâzâie pe măsură ce primi un șir interminabil de mesaje. Trecu repede prin ele – majoritatea erau de la Páll și Hákon. Urma să vorbească cu ei și să le spună că se simțea gata să se întoarcă la muncă, dar nu înainte s-o contacteze pe femeia asta, Ísrún. Îi formă numărul.

*

Ísrún era pe drumul de întoarcere la pensiune. Acum stătea în piața primăriei și se uita în sus, spre biserică. Îi era foame și se întreba dacă n-ar fi fost o idee bună să se așeze în unul dintre barurile de pe strada principală și să comandă o pizza rapidă. Dar înainte de asta voia să arunce o privire în biserică și să-și adune gândurile într-un loc liniștit și tăcut.

Nu fusese niciodată credincioasă, dar în ultimele câteva luni constatase că i se schimbă părerea.

Nu știa de ce, acum voia să creadă, dar nu era sigură cum să găsească vreun fel de credință după atâția ani. Poate dacă ar fi mers constant la biserică?

Nu-i plăcuseră niciodată slujbele, în schimb îi făcea plăcere să intre în biserică atunci când nu se întâmpla nimic, să stea într-o strană și să se bucure de liniște.

Își simțea picioarele grele în timp ce urca treptele abrupte până la biserică. Încă era obosită de peste zi și avea o lentoare în mișcări din pricină că dormise de prânz, lucru cu care nu era obișnuită. Din fericire, biserica era deschisă și, mai mult, părea pustie.

Ísrún oftă când se așeză în cea mai apropiată strană, din spate, dându-și în sfârșit voie să se relaxeze. Închise ochii și încercă să-și golească mintea, să-și mute gândurile de la întâmplările din urmă cu un an și jumătate care o convinseseră să se mute în sud, la Reykjavík, și să se întoarcă la redacție. Încercă, de asemenea, să nu se gândească la vizita de la Katrín, din Landeyjar, din urmă cu un an.

Ce se întâmplase la Akureyri în urmă cu optsprezece ani fusese un șoc, o lovitură din plin în urma căreia izbutise să se ridice numai prin hotărâre și negare.

Dar supărarea provocată de ce se întâmplase după acceea, în Landeyjar, aproape că o făcuse knock-out. Încercase să se refugieze în aceeași negare care funcționase la Akureyri, dar era dureros de conștientă că asta nu reprezenta decât o soluție pe termen scurt.

Făcu eforturi să-și îndepărteze gândurile de la cele două episoade, însă tot nu reuși să-și golească mintea sau să se relaxeze cu adevărat. În schimb, se pomeni rememorând discuția cu Móna, femeia tristă și obosită care fusese atât de rece cu ea. I se părea că un amănunt din povestea ei nu se potrivea, un detaliu minuscul care nu-i dădea pace.

Apoi, Ísrún își dădu seama despre ce amănunt era vorba. Se ridică în picioare cu un gest atât de brusc încât se simți ușurată că nu era nimeni în jur care s-o vadă.

Alergă pe trepte cât îndrăzni de repede, știind că trebuia s-o găsească pe Móna ca să obțină un răspuns, de preferat înainte ca Logi sau Jökull să se întoarcă de la serviciu.

Pe drum îi sună telefonul. Se opri și se uită la ecran. Era un număr pe care nu-l recunoscu. Hotărî că putea să mai aștepte.

Doar câteva minute mai târziu, era din nou pe treptele din fața ușii Mónei. Bătu și nu așteptă mult înainte ca Móna s-o invite înăuntru.

– Mă cam așteptam să te văd din nou, zise Móna pe un ton care combina teama cu ușurarea că secretul ieșise în sfârșit la iveală. M-am dat de gol, nu-i așa?

Ísrún dădu aprobator din cap.

– Atunci mai bine auzi toată povestea, spuse Móna.

Parcă i se luase de pe umeri o povară uriașă.

15

Oddrún se gândea la Gauti în fiecare zi.

Lucra pentru o companie de software din Reykjavík, unde zilele erau lungi și standardele ridicate. Chiar și așa, din când în când, în ciuda presiunii de la birou, ieșeau la suprafață gândurile despre mama și fratele ei. Amândoi îi fuseseră luați mult prea devreme. Amândoi își luaseră viața.

Tatăl lor murise înainte ca fratele ei să se sinucidă, așa că Gauti venea mereu să plângă pe umărul ei când la școală era prea dureros.

De fapt, la școală fusese prea dureros încă din prima zi, pentru că nu reușise să se integreze. Fiind cu doi ani mai mică decât fratele ei, Oddrún făcuse tot posibilul să-l susțină, dar și ea era doar un copil. Bineînțeles, ar fi trebuit să le spună părinților, dar Gauti nici nu voia s-audă. Iar la vârsta aceea fragedă ea nu-și dăduse seama că Gauti n-avea nicio vină și că era doar victima inocentă a hărțuirii – conștientizase asta mai târziu, când Gauti începuse să i se destăinuie tot mai mult.

Știa foarte bine cine era călăul cel mai crud, cel care împărțea cruzime psihică și fizică. Își amintea foarte limpede de Hlynur, chiar dacă el, fără îndoială, nu-și mai amintea de ea. Îi era silă de Hlynur, lucru deloc surprinzător, pentru că violența lui nu cunoștea limite. Gauti nu-i spunea surorii lui chiar totul și uneori ea afla numai pe ocolite ce i se întâmplase. Dar îi povestise despre episodul de la piscină. Hlynur îl băga mai mereu sub apă la orele de înot, șoptindu-i de fiecare dată aceleași cuvinte când îl scotea la suprafață și Gauti trăgea cu nesaț aer în piept.

Data viitoare o să te-nvăț să mori.

Cuvintele acelea i se întipăriseră în minte și-i provocaseră coșmaruri, chiar dacă ea nu fusese niciodată de față la supliciu, și cu atât mai puțin supusă la el, asemenea lui Gauti.

Fratele ei îi mărturisise că se aștepta mereu ca următoarea oră de înot să fie ultima, că Hlynur o să exagereze și o să-l țină sub apă până se termina totul.

Gauti avea un suflet sensibil și era un caracter fragil. Dar Hlynur nu-l doborâse cu o singură lovitură, ci îl dărâmase sub un foc continuu.

Nu se mirase nimeni că Gauti nu terminase facultatea – nici măcar nu fusese pe-aproape. Renunțase după primul semestru și se încuiase în casă. Fusese prima lui ocazie să înceapă de la zero într-o școală nouă, fără Hlynur, și tot se dovedise prea mult pentru el. Răul era făcut.

Nu ieșea niciodată din casă. Oddrún, în schimb, se mutase cu prietenul ei imediat ce intrase la universitate. Tot atunci începuse și starea lui Gauti să se deterioreze rapid. Legătura lui cu viața devenea tot mai nesigură.

Însă vina era a lui Hlynur, nu a ei. Era ca și cum în ziua aceea ar fi apărut la ușa lui Gauti și l-ar fi ucis pe loc.

Oddrún nu acționase imediat. Lăsase ura să crească înlăuntrul ei.

Știa că Gauti nu era singura victimă a lui Hlynur, dar el fusese cel mai afectat de violența monstrului ăla. Hlynur distrusese sistematic viața fratelui ei și, odată cu asta, viața întregii familii.

Suicidul lui Gauti o afectase profund pe mama lor, care ajunsese cumva la concluzia că era vina ei. Oddrún făcuse tot posibilul s-o convingă că nu era adevărat, însă parcă vorbise la pereți.

În cele din urmă, și mama ei renunțase la viață. Durerea ei și moartea lui Gauti aveau una și aceeași cauză: Hlynur.

Cu timpul, Oddrún făcuse tot posibilul să-și înăbușe furia, să nu se coboare la nivelul lui Hlynur. Multă vreme chiar reușise. Până în mijlocul unei zile de lucru normale.

Nu era, de fapt, o zi normală. Era ziua în care comemora moartea lui Gauti. Parcă în semn de omagiu, Oddrún lăsase furia s-o cuprindă. Hotărârea pe care o luase atunci îi dăduse un sentiment de ușurare.

Oddrún descoperise repede unde era Hlynur și ce făcuse între timp. Devenise polițist în Siglufjörður, departe de Reykjavík, mult prea departe ca să-i poată trece prin fața casei și să arunce cu pietre în geamuri. În orice caz, pusese la cale ceva mult mai subtil.

Prin e-mail putea să-l contacteze direct, și la muncă, și acasă. Deschisese un cont de e-mail anonim și luase toate măsurile astfel încât să nu i se poată da de urmă. Nu avusese niciun dubiu cu privire la mesajul pe care urma să i-l scrie.

După primul mail mai trimisese încă unul, cu aceleași cuvinte. Apoi încă unul. Hlynur nu-i răspunsese. Continuase să-i trimită mesaje fără să știe dacă aveau sau nu vreun efect asupra lui.

Tot nu era sigură ce se aștepta să obțină. Poate că spera să facă puțină dreptate. Și apoi, cine știe, poate avea să fie liberă.

16

Tómas și Ari Thór plecaseră la Akureyri. Hlynur trebuia să rămână de serviciu la secție până târziu în seara aceea.

Dar de ce? se întrebă el.

În ziua aceea orașul era mai liniștit ca oricând și era greu de crezut că urma să fie chemat undeva. Poate ar fi fost nevoit să potolească niște scandalagii care întreceau măsura, dar atât.

Nu i se mai încredințau misiuni importante. Nu se mira.

Se întrebă cum de-i trecuse prin minte că ar putea fi polițist după lucrurile îngrozitoare pe care le făcuse în adolescență.

Se ridică, citi pentru ultima oară cel mai recent e-mail trimis de pe contul anonim și închise calculatorul. Apoi ieși din secție și încuie ușa în urma lui.

Își lăsase mașina acasă. Se obișnuise ca vara să meargă pe jos la serviciu – la fel și iarna, dacă-i permitea vremea. Plecă pe jos și după zece minute ajunse în fața ușii.

În minte avea un singur gând: era nedrept că Gauti murise în timp ce el trăia încă.

Venise momentul să îndrepte lucrurile.

17

Stăteau în bucătăria Mónei, ca într-un vis alb-negru - sau, mai bine zis, un coşmar monocrom.

Rămaseră în tăcere până când Ísrún prelua inițiativa.

- Două nopți.

Móna aprobă din cap.

- Ai zis că uciderea lui Elías te-a ținut trează două nopți la rând, dar nimeni nu știa nimic despre asta până ieri dimineață, spuse Ísrún cu glas răspicat și serios. Ai spus din greșeală adevărul...

- Așa e..., oftă Móna.

Începuseră să-i curgă lacrimi pe obraji.

- E groaznic.

Preț de o clipă își îngropă fața în mâini, apoi ridică din nou privirea.

- Secretul ăsta m-a dărâmat. Nu pot să-ți spun ce ușurată mă simt că pot să vorbesc cu cineva despre el. E groaznic, repetă ea. Și totul a fost numai din vina lui!

Sări în picioare și lovi cu palma în masă.

- A fost vina bărbatului ăluia! țipă ea.

Ísrún se ridică și o cuprinse cu brațul pe după umeri.

- Ușurel... liniștește-te. Ușurel. Stai jos... Te rog, zise ea cu blândețe.

Ascultătoare, Móna se așeză din nou la masă.

- Te referi la Elías? întrebă Ísrún cât putea de blând.

- Da.

Móna se liniștise.

– Elías, mai zise ea, apoi se opri.

– Ce-a făcut? întrebă Ísrún după ce așteptă câteva momente.

Móna rămase tăcută, dar lacrimile începuseră să-i curgă șiroaie.

Ísrún încercă altă abordare.

– L-ai omorât? întrebă ea.

Era aproape sigură că răspunsul avea să fie negativ, dar jurnalismul o învățase că nu putea neglija nicio variantă. Uneori, adevărul putea bate orice ficțiune.

– Nu. Ei l-au ucis, îngăimă Móna.

Ísrún ciuli urechile.

– „Ei”?

– Soțul meu și Logi, explică ea și fu cuprinsă de sughițuri. Nu voiau să-l omoare. Voiau doar să-l bată... nu... să comită o crimă. Asta mi-a zis Jökull când au venit acasă. Dar scândura aia avea un cui în ea...

Ísrún fu străbătută de un fior.

Móna căzu pe gânduri o vreme, apoi reluă:

– Eu... *noi*... a trebuit să-i mințim pe polițiști ca să-i creăm un alibi lui Logi. Bineînțeles că era suspect, doar e unul dintre cei care a lucrat cu Elías. Jökull nu-l știa pe Elías atât de bine.

– De ce au făcut-o? întrebă Ísrún.

Móna trase aer adânc în piept și-și adună curajul.

– Elías a venit aici cu o noapte înainte... cu o noapte înainte să moară. Era târziu. L-am primit pe nenorocit în casă. Îl căuta pe Logi. Mai târziu, Logi i-a povestit soțului meu ce-i spusese Elías. Punea la cale ceva dubios. Zicea că poate să câștige bani aducând femei în Europa ca să înceapă o nouă viață. O nouă viață! repetă ea cu dispreț în glas. Elías voia să-l implice și pe Logi. Arăta cumplit în noaptea aia. Nu-l mai văzusem de mult. Am intrat în dormitor și am început să urlu. Jökull a vrut să știe ce s-a întâmplat. Făcusem o promisiune cu mine însămi că n-o să-i spun nimic lui

Jökull, dar n-am reuşit. Nu ştiu de ce, poate că şocul să-l văd pe Elías atunci a fost prea mare.

Ísrún asculta înmărmurită. Nu zise nimic şi o lăsă pe Móna să continue.

– În cele din urmă i-am spus tot lui Jökull, spuse ea după o pauză. Şi-a ieşit din minţi. Jökull e cel mai echilibrat om din lume, dar în clipa aia a înnebunit de furie.

Oftă şi închise ochii, apoi:

– L-a făcut pe Logi cu ou şi cu oţet, pentru că Logi îl adusese pe nemernic la noi în casă, mârâi ea. Când Logi a înţeles ce se-ntâmplase, s-a înfuriat la fel de tare ca Jökull. „Doar nu-l lăsăm să scape basma curată", asta a zis Logi. E mai iute la mânie decât Jökull. Nici nu m-am dezmeticit bine că au şi plecat, amândoi, la Skagafjörður. Doamne, cât de rău îmi pare că i-am spus lui Jökull. Dumnezeule...

Móna dădu drumul unui urlet de durere. Ísrún nici nu mai avea nevoie să pună următoarea întrebare, atât de sigură era de răspuns:

– Elías te-a violat?

– Cum ţi-ai dat seama? reuşi Móna să întrebe printre sughiţuri.

– Nu eşti prima. Când s-a întâmplat?

Móna vorbi aproape în şoaptă, cu pauze lungi şi dese.

– Chiar după Anul Nou. În miezul zilei. Îmi uitasem telefonul şi m-am întors în casă să-l iau. Elías locuia atunci la etaj, la Logi. Între cele două apartamente se poate circula liber, practic totul e o singură casă mare, de fapt. Logi era la serviciu, la fel şi Jökull. N-am putut să fac nimic. Am încercat să ţip şi să-l dau jos de pe mine, dar era prea puternic. Mi-am dat seama că mai făcuse aşa ceva. Era foarte calm şi calculat.

Ísrún simţi din nou un fior pe şira spinării. Abia mai reuşea să stea aşezată, să-şi impună să nu dea buzna afară din casă.

– Am rămas în stare de șoc, continuă Móna. N-am spus nimănui niciun cuvânt. Nu știu de ce. Pur și simplu nu puteam să vorbesc despre asta. Măcar a avut decența să se mute imediat după.

Ísrún ezită înainte să lanseze întrebarea care se cerea adresată:

– Copilul e al lui?

Móna nu răspunse imediat.

– Da. Așa cred, murmură în cele din urmă printre lacrimi. Eu și Jökull am încercat de mult să avem un copil, dar n-am avut noroc. Iar acum am în burtă copilul unui violator. Jur că n-aveam de gând să-i spun nimic lui Jökull, niciodată! Era așa de fericit că se întâmplase în sfârșit, că rămăsesem însărcinată! Îți dai seama de ce au luat-o razna amândoi.

– Înțeleg perfect. Gunoiul ăla a primit ce merita. Trebuia să și-o ia de mult, spuse Ísrún, lăsându-și furia să iasă la suprafață.

– Era un nemernic ticălos. Dar nu voiau să-l omoare, spuse Móna.

– Bineînțeles, întări Ísrún, supărată în numele Mónei, dar făcând tot posibilul să-și păstreze calmul.

– Logi l-a lovit, zise Móna în cele din urmă. Jökull mi-a spus. Elías a recunoscut ce-a făcut și Logi l-a întrebat pur și simplu de ce dracu' o făcuse. Doar după ce a auzit răspunsul a apucat scândura și s-a dezlănțuit.

Cuvintele Mónei abia dacă se mai înțelegeau printre suspine.

– Ce i-a răspuns Elías? întrebă Ísrún care, în ciuda a ce-i spunea instinctul, intrase din nou în rolul de inchizitor.

– „Pentru că puteam".

18

Pentru că puteam.

Ísrún se înfioră și simți, în același timp, cum i se strânge sufletul. Oare avea și ea o parte de vină în ce se întâmplase?

Ea și Móna se uitară una la cealaltă în tăcere.

– Ce-ai vrut să zici? întrebă Móna deodată, luând-o pe Ísrún prin surprindere.

– Poftim?

– Ai zis adineauri că n-am fost prima lui victimă, spuse Móna cu glas mai sigur și făcând ochii mari.

– Așa e. M-a violat și pe mine.

Ísrún răspunse fără să se gândească, de parcă subconștientul ar fi vrut să se exprime cu voce tare înainte de a-i da ocazia să se poată opune.

Era un sentiment ciudat să audă cuvintele pe care găsise în sfârșit curajul să le rostească în fața cuiva, după toate nopțile nedormite, după toate coșmarurile. Trecuse un an și jumătate de atunci și tot nu era sigură dacă avea să-și revină vreodată. Nu mai intrase în vreo relație și numai gândul la asta îi întorcea stomacul pe dos.

Móna se uita la ea uluită. Destăinuirea o stupefiase.

– Și pe tine? reuși să întrebe, parcă nevenindu-i să-și creadă urechilor.

Apoi veni întrebarea de care se temuse atât de mult:

– Atunci de ce mai era liber?

– N-am spus nimănui până acum. Mă simțeam cumplit, răspunse ea, străduindu-se să nu izbucnească în lacrimi; nu-i stătea în fire să plângă. N-am avut putere să mă duc la poliție să le spun ce s-a întâmplat. Am greșit. Acum îmi dau seama.

– Ce mama dracului! izbucni Móna și sări în picioare. Eu n-aș mai fi trecut prin asta!

Se prăbuși înapoi pe scaun, iar Ísrún văzu că tremura din pricina emoției, încercând să-și țină furia sub control.

– Îmi pare rău. Eu ar trebui să te înțeleg mai bine decât oricine, se scuză Móna cu glas tremurat.

– E o experiență cumplită despre care nimeni n-ar vrea să vorbească. Tu hotărăști dacă vrei sau nu să mergi la poliție și să le spui ce ți-a făcut și dacă le povestești și ce-au făcut Jökull și Logi. Nu-i treaba mea, iar eu n-o să suflu o vorbă, spuse Ísrún, mirându-se ea însăși.

Se luptase să obțină subiectul ăsta ca să afle mai multe despre Elías. Plecase la drum hotărâtă să se răzbune pe el, să-i dezgroape secretul din trecut și să-l trântească la știri. Dinte pentru dinte. Dar n-avea de gând să spună nimănui prin ce trecuse ea.

– Mulțumesc, zise Móna pe un ton deloc convins.

– La schimb, pot să am încredere că o să ții pentru tine ce ți-am spus adineauri? întrebă Ísrún cu îndoială înglas.

– Când s-a întâmplat?

– Anul trecut în ianuarie. Locuiam la Akureyri și aveam un job acolo. Într-o seară am plecat din oraș și bărbatul ăsta pe care nu-l mai văzusem niciodată nu mă lăsa în pace. M-a urmărit când am ieșit din bar și m-a băgat cu forța într-o debara...

Oftă. Nu reușea să exprime în cuvinte ce se întâmplase după aceea.

– Am făcut la fel ca tine. N-am zis nimic. M-am retras în cochilie. N-am mai putut să stau la Akureyri. M-am mutat înapoi în sud cu prima ocazie și m-am angajat la un post de televiziune.

– Și pe urmă ți s-a dat să faci un reportaj despre el? Cred că a fost un şoc, spuse Móna, care acum nu mai plângea.

– Nu tocmai, răspunse Ísrún şi se opri.

Oare să-i spună toată povestea? Era puţin probabil ca Móna să vorbească mai departe cu Ívar şi María. Hotărî să-i spună. Oricum, pe jumătate era spusă deja.

– Nu m-am dus la poliţie. Pe atunci nu ştiam cum îl cheamă şi nici n-am încercat să aflu. Voiam să uit de tot cât mai repede. Dar n-am putut să uit cum arăta şi nici ce-mi făcuse. Îl vedeam în coşmaruri în fiecare noapte. Ieri am aflat că trupul unui bărbat a fost găsit la Skagafjörður. Eram de serviciu. De obicei nu-mi dă nimeni să mă ocup de ştiri consistente.

Încercă să zâmbească.

– Dar când i-a apărut numele, l-am căutat pe internet şi i-am găsit chipul privindu-mă fix din ecran. Era bărbatul ăla. Bărbatul care mă violase. Îţi dai seama cum m-am simţit.

Móna aprobă din cap şi-şi şterse lacrimile.

– N-am avut niciun dubiu că era individul care mă violase, continuă Ísrún. Elías Freysson. Am stat acolo şi m-am holbat o vreme la ecran. Am simţit cum începe să crească furia în mine. Acum ştiam cine era şi voiam să mă răzbun. Dar nemernicul era mort deja, nu mai puteam să-l ucid cu mâna mea. În schimb, puteam să distrug ce-i mai rămăsese: reputaţia. După episodul acela mi-a fost clar ce fel de om e şi am ştiut sigur că avea pe conştiinţă multe altele. Nu trebuia decât să obţin de la redacţie permisiunea să fac săpături, să cercetez puţin şi să văd ce găsesc.

Continuă cu mai multă convingere:

– I-am spus redactorului că primisem un pont cum că Elías fusese implicat în trafic de droguri şi l-am convins să mă lase să verific. Cred că, de fapt, s-a bucurat să vadă că dispar la ţară câteva zile. Ştii, nu prea ne-nţelegem.

– Şi acum ce-o să faci? întrebă Móna cu glas stins.

– Nimic. Nu vreau să-ți târăsc familia într-un circ mediatic numai din dorința mea de răzbunare. O să hotărâți singuri ce-o să faceți.

Móna se aplecă în față și privi în depărtare. O lacrimă solitară îi alunecă pe obraz și căzu pe tăblia mesei, luând cu ea ultimele rezerve de energie din trupul Mónei.

19

Era un sentiment minunat să povestească cuiva despre viol, să vorbească, în sfârșit, despre lucrul pe care intenționase să nu-l spună nimănui. Era un prim pas. Acum, Ísrún simțea că-și putea găsi forța să caute un specialist care s-o ajute să lase în urmă acea experiență îngrozitoare.

Abia când ajunse la pensiune își aminti că o sunase cineva când era în drum spre Móna. Se așeză cu greu pe marginea patului. Era tentată să-și închidă telefonul, dar hotărî până la urmă să fie un jurnalist conștiincios și sună înapoi.

– Alo?

O voce dură.

– Ísrún?

– Eu sunt. Ai încercat să mă suni mai devreme. Cine ești?

– Bună. Svavar sunt, din Dalvík.

– Salut, răspunse ea surprinsă.

Nu se așteptase să mai dea vreun semn de viață. Ce voia de la ea? O clipă îi trecu prin minte să spună că e ocupată și să închidă imediat. Era obosită, și fizic, și emoțional, și n-avea niciun chef să stea de vorbă cu Svavar. Rolul ei în poveste se încheiase. Misterul fusese elucidat. Stabilise că Elías mai violase cel puțin încă o femeie, probabil mai multe, dar nu se simțea în stare să folosească informațiile acelea la redacție, chiar dacă asta fusese intenția inițială – să-l expună pe nemernic. Acum, că o întâlnise pe Móna, nu prea voia s-o târască în toată afacerea.

– Ce vrei? întrebă ea tăios.

– Trebuie să vorbim despre ceva... confidențial, răspunse el și

Ísrún își dădu seama că ezită. Sunt, știi tu... o sursă.

– Mi se pare corect, spuse ea încă lipsită de interes.

– Nu-i așa că nu dezvălui niciodată numele sursei? se interesă el cu entuziasm vizibil în glas.

– Așa e. Dă-i drumu'. Poți să ai încredere în mine, îl încurajă ea, tot mai curioasă.

– Bine, dar nu știu cum să mă exprim mai bine.

Ísrún își dădea seama din vocea lui că era timorat și respira greu. Oare găsise, până la urmă, un subiect tare? I-ar fi adus multe bile albe din partea Maríei și a lui Ívar.

Urmă o tăcere prelungă, timp în care Ísrún îi auzi numai respirația sacadată.

– Cred că Elías a luat prizonieră o fată înainte să moară. O ține închisă undeva. Încep să-mi fac griji pentru ea.

Ísrún sări în picioare, nevenindu-i să creadă ce auzea.

– Poftim? A luat prizonieră o fată? Unde? Au trecut aproape două zile de când a murit!

– Da. De asta sunt nițel stresat, mormăi Svavar.

– „Stresat"?! se răsti ea. Și înainte nu erai?

Svavar nu răspunse.

– Mă ajuți sau nu? întrebă el în cele din urmă.

– Da, dar de ce nu suni la poliție?

– Nu vreau să fiu amestecat în chestia asta.

– Ești un nenorocit, mârâi ea.

Abia apoi o lovi gândul la fata închisă cine știe unde. Se adună.

– Scuze, se grăbi să adauge. Înțeleg că vrei să dau eu pontul ăsta poliției?

– Da.

– Cine e femeia asta și unde e?

– Nu știu, răspunse Svavar și îi povesti pe scurt despre călătoriile lui Elías în Asia, cum fusese plătit de niște bărbați să ia din Nepal o fată și s-o aducă în Islanda.

– Era un drum de probă. Dacă ieșea bine și aducea marfa nevătămată, îl mai aștepta multă muncă.

– Hristoase, înjură Ísrún.

Îl aducea rareori pe Dumnezeu în discuție, dar apelul acela era ceva cum nu mai trăise până atunci.

– Și n-ai idee cine e fata?

– Speram să se prindă polițiștii.

Glasul îi trăda oboseala.

– În regulă. O să dau pontul mai departe și n-o să spun de la cine-l am, dar o să vorbesc despre asta la știri. Ca să știi.

– Fă ce vrei, numai nu mă băga la mijloc, te rog, spuse Svavar cu disperare în voce.

Ísrún se pregătea să închidă când își aminti de apartamentul din Akureyri.

– Și apartamentul? întrebă ea, cu inima bătându-i tot mai tare.

– Care apartament?

– Cel din Akureyri! se răsti Ísrún, pierzându-și răbdarea.

Dacă Svavar spunea adevărul, conta fiecare minut, chiar fiecare secundă.

– Ar putea fi acolo?

– Apartamentul din Akureyri? E al lui Idunn, soția lui Elías. Cel puțin așa știu.

– Nu. A rămas al lui Elías când s-au despărțit.

– Serios? făcu Svavar, luat prin surprindere. Nu mi-a zis asta.

– Nu de secrete ducea el lipsă.

Ísrún închise și-l sună pe corespondentul de la Akureyri ca să obțină numărul Helgăi de la poliția din Akureyri.

Când se făcu legătura, Ísrún ieși în fugă din pensiune, hotărâtă să nu irosească nicio secundă.

Helga răspunse după câteva apeluri și Ísrún îi spuse dintr-o suflare cine era.

– De unde ai făcut rost de numărul ăsta? Sunt într-o ședință și nu pot să răspund la întrebări, zise Helga încet, cu un glas tăios care-i trăda iritarea pricinuită de deranj.

– E o urgență, e o chestiune de viață și de moarte, spuse Ísrún, străduindu-se din răsputeri să-și păstreze satisfacția pentru ea însăși.

– Ce? Stai o clipă, ies din cameră.

– Vreau să-l lași pe cameramanul meu să intre acolo. Doar pe noi și pe nimeni altcineva, spuse Ísrún, rușinată că irosea secunde prețioase.

– Nu promit nimic, zise Helga, dar o să fac tot ce pot.

– Am o sursă de încredere..., începu Ísrún, neștiind cum să exprime ce voia să comunice. E o persoană care mi-a spus că Elías a fost implicat în traficul de persoane și...

Se opri.

– Trafic de persoane? Fir-ar să fie! Speram să nu se-ajungă la așa ceva aici..., zise Helga.

O să fie o știre-bombă, își zise Ísrún în gând. Avea deja jumătate de comentariu scris în minte.

– Se pare că a adus în Islanda o tânără. Știai asta?

– Da, am găsit o pasageră care a venit în Islanda cu același avion pe care l-a luat și Elías din Danemarca, spuse Helga cu băgare de seamă. Aceeași persoană l-a însoțit din Nepal în Danemarca. O fată. N-au avut locuri alăturate, n-am făcut imediat legătura, dar am observat coincidența când am verificat lista de pasageri. Deocamdată n-am reușit să-i dăm de urmă. Suntem o echipă mică, mă tem, dar asta nu trebuie să știi decât tu.

– Sursa mea e convinsă că Elías o ține închisă undeva. Trebuia să rămână acolo până venea un contact s-o ridice – și să plătească pentru ea, zise Ísrún.

– Închisă? Unde? întrebă Helga. Și cine-i sursa ta?

– Știi că n-o să-mi dezvălui sursa. Persoana mi-a zis că nu știe unde-i fata. Eu cred că e în apartamentul lui Elías din Akureyri, continuă Ísrún cu băgare de seamă.

– N-avea nicio casă acolo, am fi ştiut de ea, răspunse scurt Helga.

– Apartamentul nu-i înregistrat pe numele lui, e pe numele companiei fostei lui soții, explică Ísrún și-i dictă repede adresa.

– Mersi. Ajungem imediat. Altceva?

– Nu, dar ține-mă la curent cu ce se-ntâmplă. Sunt pe drum, zise Ísrún, dar Helga închisese deja.

Ísrún urcă în mașină și porni în trombă pe drumul spre Akureyri.

Ignorând orice precauții și legile cu privire la folosirea telefoanele mobile la volan, o sună pe María.

– Da. Bună, Ísrún, răspunse María. Am încercat să dau de tine mai devreme.

– Am nevoie de un cameraman la Akureyri în clipa asta, îi zise Ísrún.

Vorbea repede și spera să nu se piardă nimic.

– Poliția e pe drum să salveze o fată pe care Elías a încuiat-o în apartamentul lui de-acolo. A adus-o din Nepal acum câteva zile și voia s-o vândă unui cerc de prostiuție, aici sau undeva în Europa.

– Ce? îngăimă María. Ești sigură?

– Am sunat la poliție, iar sursa e de încredere. Nu știm exact cine-i fata, dar o să-nceapă din clipă-n clipă cercetările la apartamentul lui Elías din Akureyri. Trebuie să-l aducem pe corespondentul local aici imediat, zise ea cu voce gâtuită. E-n regulă dacă-l chem?

– Dă-i drumul.

– Mersi, spuse Ísrún. Ce voiai să-mi spui mai devreme?

– Nimic important, o asigură María. Ai grijă să ajungi acolo.

Ísrún nu avu nevoie să i se spună de două ori și ignoră orice limită de viteză, turând motorul la maximum.

Apoi o sună pe Móna. Înainte să plece făcuseră schimb de numere. Ísrún îi spusese s-o sune oricând avea nevoie de sprijin.

– M-am gândit la ceva, începu ea imediat ce Móna răspunse. S-ar putea să existe un mod ca Logi și Jökull să-și recunoască vina fără să te bage și pe tine sau copilul la mijloc. Elías făcea trafic de persoane și a adus o fată din Nepal în Islanda ca s-o vândă mai departe. E o informație care n-o să fie făcută publică imediat. Dacă Logi și Jökull vorbesc în seara asta cu polițiștii și le spun adevăratul motiv din spatele crimei, faptul că încercau s-o salveze pe fată, cred că povestea o să sune credibil.

Móna ascultă în liniște.

– Mersi. Sună interesant, zise ea o clipă mai târziu. O să vorbesc cu băieții, să văd ce zic și ei. Dar ai dreptate. Probabil că e singura cale de scăpare.

– Tre' să te miști repede, reluă Ísrún, gândindu-se la femeia disperată și tristă în care bebelușul creștea mai departe. Știu că e greu, dar trebuie să faceți asta imediat dacă vreți să meargă.

– Da, da, știu...

Móna părea că ezită, așa că Ísrún hotărî să facă presiuni.

– Poți să le spui că eu ți-am propus. Dar, te rog, te rog mult, numele meu nu trebuie să ajungă în povestea asta. Și nimeni nu trebuie să afle ce mi-a făcut Elías.

– Sigur. O să am grijă să le spun asta. Mulțumesc, Ísrún. Din tot sufletul.

Uneori, atitudinea flexibilă pe care o avea față de adevăr o mira până și pe Ísrún, dar hotărî că de data aceea scopul scuza mijloacele.

20

„Aștept un prieten pe la mine”, îi spusese Kristín în e-mail. Un prieten? Putea să nu fie nimic, însă Ari Thór știa foarte bine ce însemna asta.

El și Tómas erau la ședința de la Akureyri. Helga preluase conducerea în modul ei obișnuit, eficient, dar acum ieșise să răspundă la telefon.

Mari noutăți nu aflaseră la ședință. Poliția îl chestionase pe Ríkhardur Lindgren, iar impresia generală era că, direct sau indirect, cazul era puțin probabil să aibă vreo legătură cu el.

Însă gândurile lui Ari Thór erau îndreptate cu totul spre Kristín. Era un chin s-o știe atât de aproape, în același oraș, așteptând acasă un alt bărbat.

Oare asta nu făcea decât să confirme că totul între ei se sfârșise? Să fi fost aceea realitatea dureroasă pe care trebuia s-o înfrunte? Sau doar se juca cu el, încercând să-l facă gelos? Sau poate că se aștepta să preia el inițiativa.

Credea că era puțin probabil. Ce-și dorea cu adevărat era să-i bată cu pumnul în ușă chiar atunci, în seara aceea, să întrerupă orice se întâmpla acolo și să-i spună c-o voia înapoi. Și-ar fi cerut iertare în persoană, față-n față.

În felul acesta ar fi făcut-o să-l aleagă pe unul dintre ei.

Își îndepărtă gândurile. Bineînțeles că n-avea să facă așa ceva.

Helga se întoarse în încăpere. Era trasă la față și avea o expresie gravă întipărită pe chip. Era clar că se-ntâmplase ceva.

– Există un aspect al cazului pe care l-am analizat și pe care trebuie să vi-l explic, spuse ea jenată. Am încercat să dăm de urma unei fete care a venit din Nepal în Islanda cu aceleași avioane ca și Elías. N-am reușit s-o găsim, dar tocmai am primit confirmarea că l-a însoțit în Islanda și că lucrul ăsta are legătură cu o rețea de trafic de carne vie.

Făcu o pauză, așteptând ca vorbele ei să-și facă efectul.

– Elías o ținea închisă când a murit, probabil într-un apartament din Akureyri. Mai mult ca sigur e închisă de patruzeci și opt de ore, dacă nu chiar mai mult.

În sală se făcu o liniște de ai fi auzit cum cade și-un ac cu gămălie.

Helga rupse tăcerea:

– Am trimis deja o ambulanță și un echipaj la fața locului. Trebuie să plecăm și noi imediat.

Ari Thór se ridică într-o clipită. Pe moment uitase de Kristín.

*

Pentru prima oară, Ari Thór era în scaunul șoferului înainte ca Tómas să ajungă la mașină. N-avea de gând să fie ultimul la fața locului, lucru care era foarte probabil să se întâmple dacă Tómas s-ar fi aflat la volan.

– Mă îndoiesc c-o să mai putem face ceva pentru biata fată, băiete dragă, zise Tómas când Ari Thór călcă accelerația cu toată puterea. Nu-i nevoie să te grăbești.

Casa era singuratică și fusese ridicată la marginea orașului. Era o clădire mohorâtă, neîngrijită. Ferestrele de la parter fuseseră acoperite cu scânduri, iar la etaj draperiile erau trase.

Ari Thór opri mașina și ieși într-o clipită. În fața casei opriseră deja o ambulanță, dar și câteva mașini de poliție și o dubă veche cu sigla unui post de televiziune pe lateral. Girofarurile albastre subliniau urgența situației. Observă un cameraman care filma fără să se lege nimeni de el.

Helga stătea deoparte și aștepta.

– Avem mandat pentru asta? îl auzi Ari Thór pe un polițist din Sauðárkrókur întrebând-o pe Helga.

– N-avem timp, răspunse ea dur. Îmi asum toată răspunderea.

21

Micul apartament pe care și-l închiriase Kristín la Akureyri era la parterul unei case vechi și fermecătoare dintr-un cartier liniștit, nu departe de facultate, aceeași facultate la care studiase mama ei cu mulți ani înainte.

Mama Kristínei devenise arhitect, iar tatăl ei lucrase la o bancă. Acum, părinții ei se mutaseră în Norvegia, după ce-și pierduseră amândoi slujbele din pricina crizei economice.

Kristínei îi era dor de ei și intenționa să-i viziteze dacă reușea să-și ia liber de la serviciu. Protestase neconvigător când îi explicaseră ce planuri aveau, dar, de fapt, nu se putea plânge. Pe atunci, ea se mutase deja de la Reykjavík și-i vizita oricum mult prea rar. În capitală mama ei nu avea de lucru – de altfel, niciun arhitect nu avea – și i se oferise un post la Oslo. În străinătate, majoritatea locurilor de muncă erau bine plătite, din moment ce moneda islandeză își pierduse din valoare.

Tatăl ei găsise un post la o altă bancă din Reykjavík, care renăscuse din cenușa crizei, însă era o poziție temporară. Și, oricum, după criză își dorise să facă o schimbare, așa că acum lucra pentru o companie mică din Norvegia care oferea consultanță financiară în domeniul maritim, în care se specializase chiar la bancă.

O vizitaseră pe Kristín de Paști. Dormiseră pe saltele întinse în mica ei sufragerie.

– Trebuie să-ți găsești un loc mai mare, îi spusese mama ei cu franchețea obișnuită, care deseori era la limita jignirii. E prea mic pentru un medic și e incredibil de golaș.

Ultimul lucru pe care și-l dorea Kristín era să umple casa cu prostii. Îi plăcea așa cum era. Avea o singură imagine, pe peretele din sufragerie, un afiș al filmului *Casablanca*, preferatul ei, cu Humphrey Bogart și Ingrid Bergman. Canapeaua și fotoliile aranjate în jurul unei măsuțe modeste din lemn proveneau de la un magazin cu obiecte la mâna a doua. Nu montase biblioteci, iar cărțile ei stăteau îngrămădite pe podeaua din sufragerie. Erau, în mare parte, cărți de medicină.

Bucătăria era spartană și arăta cât de puțin timp petrecea acolo persoana care locuia în apartament. Kristín prefera să mănânce la serviciu, unde la cantină găsea mereu ceva decent fie că era prânz, fie cină. Felul cum îi era împărțit schimbul îi permitea, în general, să ia ambele mese acolo. În afară de asta, se baza pe *fast food*, având grijă să aleagă variantele mai sănătoase.

Acum Kristín stătea la masa din bucătărie, față-n față cu bărbatul văduv. Erau cocoțați pe niște scaune verzi, uzate, și sorbeau vin roșu în timp ce friptura se frăgezea în cuptor.

– N-am calculat bine timpul, zise Kristín cu un ton cald, în același timp scuzându-se. N-am mai gătit de mult așa. O să mai dureze vreo jumătate de oră.

Bărbatul zâmbi. Avea un chip ascuțit, iar în păr o nuanță de gri.

În puținul timp de când îl cunoscuse, nu vorbiseră deloc despre relațiile lor anterioare. Era un subiect pe care își doreau amândoi să-l evite. Ea sigur nu voia să vorbească despre Ari Thór, iar el parcă avea rețineri să spună ceva despre soția lui.

Ciocniră a treia oară în seara aceea deasupra lumânărilor-pastilă de pe masă.

22

Helga organizase o conferință ad-hoc în fața apartamentului lui Elías. Ari Thór și Tómas stăteau printre ceilalți polițiști și ascultau.

Cameramanul ținu camera pornită până când Helga îl rugă s-o oprească, să poată termina de vorbit cu colegii. În primul moment fu reticent, dar acceptă când ea îi promise că avea să fie primul căruia i se comunica orice fel de noutate.

– Eu l-aș fi arestat pe tipul cu camera, îi șopti Ari Thór lui Tómas, care nu făcu decât să afișeze un zâmbet larg; zilele acelea, rareori vedeai un zâmbet pe chipul lui Tómas.

Cameramanul opri înregistrarea și se îndepărtă, deși Ari Thór era sigur că nu îndeajuns încât să nu audă cea mai mare parte din discuție.

– Fata nu-i aici, spuse Helga, cu toate că aspectul ăsta nu scăpase niciunuia dintre ei. Ori ne-a dus de nas sursa reporteriței, ori biata femeie e ținută altundeva. Dacă e așa, nu mai avem mult timp, cum bine știți. Trebuie să trecem din nou prin toate informațiile pe care le avem și să ne dăm seama despre ce alte locații poate fi vorba. Asta înseamnă să-i interogăm din nou pe prietenii și colegii lui Elías – la telefon, dacă altfel nu se poate. N-am găsit-o pe fată, dar am găsit obiecte furate.

Helga începu să împartă diverse sarcini agenților de la Akureyri. Când ajunse la Ari Thór și Tómas, le zise:

– Voi o să vorbiți cu oamenii voștri, cu colegii lui Elías din Siglufjörður: Páll și Logi și șeful de șantier.

– Hákon, zise Tómas. Hákon, Băiatul cu Hering.

Helga se holbă năucă la el.

– Îl sun pe Hlynur, zise Ari Thór. E de serviciu. Nu e la curent cu cazul, dar trebuie să ne mișcăm repede.

Formă numărul lui Hlynur și ascultă cum sună, dar se îndoia că Hlynur ar fi putut contribui cu ceva. Văzând că Hlynur nu răspunde, sună direct la secție. Nici acolo nu primi vreun răspuns.

– Ciudat, murmură Ari Thór. Nu dau de el.

– Ce naiba?

Mârâitul lui Tómas arăta că era și furios, și jenat.

Helga întoarse privirea spre ei.

– Mi s-a părut mie sau am auzit că nu răspunde nimeni la secția din Siglufjörður?

Nemulțumirea din tonul ei era limpede.

– Ce debandadă e-acolo? Duceți-vă imediat înapoi, zise ea fără să aștepte răspuns. Când se termină toate astea, vreau să-mi dați un raport complet în care să explicați de ce nu e nimeni la post. E inacceptabil.

– Plecăm acum, spuse Tómas rușinat, îndreptându-se cu pas grăbit spre mașină.

Însă Ari Thór rămase unde era. O idee îl țintuise locului.

Helga uitase două persoane esențiale de pe lista contactelor din Siglufjörður: pe artistul Jói și pe Jónatan. Ari Thór nu-i spusese încă lui Tómas despre discuția cu Jónatan cel straniu și îmbătrânit prematur, cu spatele lui încovoiat care-i pricinuia dureri. Acum, când se gândea la el în fața casei goale a lui Elías, Ari Thór avu certitudinea că instinctul lui era corect.

– Cred că știu unde e fata, spuse el cu voce tare.

– Poftim? Cum adică? tună Tómas, întorcându-se aproape în goană de la mașină. Zi odată! porunci el, făcând-o pe Helga să se-ntoarcă.

– În copilărie, Elías își petrecea verile la țară, la o fermă nu departe de-aici – în Skagafjörður. Acum e abandonată. Probabil știa bine locul. Ce alt loc mai bun să ascunzi pe cineva dacă nu o fermă abandonată de care nu se mai apropie nimeni?

– Fir-ar a naibii, de ce n-ai zis mai devreme? se răsti Helga și ochii îi scânteiară de furie.

Nu era tocmai răspunsul pozitiv la care se așteptase Ari Thór. Nu tu mulțumiri, nu tu bătăi încurajatoare pe umăr...

– Știi unde-i ferma? întrebă Tómas.

– Nu. Dar cunosc pe cineva care știe, spuse Ari Thór, căutând deja numărul lui Jónatan.

*

Ísrún gonea spre Akureyri, chinuindu-se să nu intre pe contrasens. Dar n-avea de gând să încetinească. Genul ăsta de știre nu apărea în fiecare zi și era hotărâtă să n-o rateze. Mergea pe același drum pe care venise la Siglufjörður, Siglufjarðarvegur. Porțiunea pe care se afla acum era, de fapt, un fel de uliță desfundată și nu o dată fu cât pe ce să piardă controlul mașinii.

Îi bâzâi telefonul. Îl luă cu o mână, cu cealaltă încercând din greu să țină în frâu volanul și roțile care derapau.

– Unde ești? întrebă agitat cameramanul de la Akureyri.

– Pe Siglufjarðarvegur.

– Întoarce-te, îi zise el. Fata nu era în Akureyri. Au zis că s-ar putea să fie la o fermă abandonată de la Skagafjörður. Am plecat într-acolo.

Călcă pe frână și inerția o aruncă în față. Cameramanul îi explică unde să vină. Ea repetă indicațiile, folosindu-și la maximum memoria pe care și-o antrenase lucrând ca jurnalist.

– Bine, am plecat, zise ea în timp ce se chinuia să întoarcă mașina în mijlocul uliței înguste folosind o singură mână. Să nu-i scapi din vedere! O să fie o știre a naibii de bună!

Aproape că țipa.

Reuşi în sfârşit să încheie manevra după ce derapă violent şi porni înapoi de unde venise, călcând acceleraţia atât de tare că în urma maşinii se ridică o dâră de praf care umplu aerul nemişcat al verii.

*

– Ar fi trebuit să spui asta mai devreme, zise Tómas încet când Ari Thór se aşeză în locul şoferului.

Ari Thór nu răspunse. De ce-l critica toată lumea? Nu le rezolvase cazul?

Tocmai ieşeau din oraş când călcă puternic pe frână. Ca de fiecare dată când se afla la Akureyri, gândurile îi zburaseră la Kristín şi prin minte îi trecu o idee cumplită când îşi aminti ce-i povestise Natan.

„S-au întâlnit la golf. E mai în vârstă şi i-a murit soţia."

Când îşi dădu seama, brusc simţi că i se face rău. Cu un an şi jumătate înainte, la Siglufjörður, intrase într-o dispută serioasă cu un bărbat care fusese achitat de o crimă dar care fără îndoială comisese o alta, cu toate că nu existaseră dovezi. Se potrivea perfect descrierii. Era ceva mai în vârstă decât Kristín. Soţia lui murise, iar el se mutase la Akureyri, din câte ştia Ari Thór. Era un bărbat care se pricepea cu femeile, un individ în care şarmul era amestecat cu lipsa de scrupule – o combinaţie periculoasă. Fără îndoială avea un dinte împotriva lui Ari Thór şi fusese nevoit să plece de la Siglufjörður când apăruseră în presă zvonurile despre el – zvonuri răspândite de Ari Thór.

Oare hotărâse să se răzbune începând o relaţie cu Kristín?

Ari Thór simţi pe frunte broboane de sudoare rece. Kristín putea fi în mare pericol. Putea să-şi piardă viaţa.

– Ce mama dracului faci?! răcni Tómas, care de obicei îşi păstra cumpătul.

– Trebuie să plec. Îți explic mai târziu.

– Te-ai țicnit de tot? Suntem la muncă, fir-ar să fie! strigă Tómas furibund.

– Trebuie să plec! strigă și Ari Thór; era prima oară când ridica tonul la Tómas.

Deschise larg portiera și începu să alerge. Nu-l mai văzuse niciodată pe Tómas atât de furios, însă în clipa aceea nu-i păsa. Avea lucruri mai importante de care să-și facă griji.

23

Pe măsură ce se însera, vremea se îndrepta. Fusese o zi de vară răcoroasă, cu cer acoperit. Deși în perioada aceea a anului nu se întuneca propriu-zis, soarele se ascundea seara după munții înalți care înconjurau Siglufjörður, deci era imposibil ca razele târzii să ajungă până-n centrul orașului. Cu toate astea, Jónatan stătea pe un scaun în grădină și se bucura de căldura sfârșitului de zi.

Polițistul cel tânăr, Ari Thór, îl sunase să-l întrebe unde anume în Skagafjörður fusese ferma părinților lui. Discuția nu durase mult, era limpede că Ari Thór se grăbea. Jónatan răspunsese conștiincios la fiecare întrebare, iar când se pregătea să întrebe politicos de ce voia poliția să afle toate astea Ari Thór închisese deja.

Sigur avea legătură cu uciderea lui Elías. Dar sub ce formă? Oare poliția aflase ce se întâmpla acolo pe vremuri? Poate că acum ar fi ieșit la suprafață întreaga poveste, supliciul cumplit la care fuseseră supuși băieții: Jónatan însuși, Elías și majoritatea celor îndeajuns de ghinioniști să fie trimiși peste vară la ferma părinților lui.

Jónatan nu reușise niciodată să înțeleagă care fusese motivul tratamentului brutal. Ce ar fi putut să creeze o asemenea cruzime, o asemenea nevoie de a-i vedea pe alții suferind? El nu simțise niciodată porniri de genul ăsta. Spera că nu se transmit din generație în generație.

Poate că, până la urmă, era momentul să spună toată povestea.

Indiferent de motivul pentru care fusese ucis, Elías era mort, deci pe el nu mai putea să-l ajute, dar era posibil să facă ceva pentru ceilalți care suferiseră în timpul șederii la fermă. Poate că până și moartea lui Elías avea o legătură cu zilele acelea întunecate.

Jónatan știa că o să strice imaginea familiei. Era greu de crezut că frații și surorile lui i-ar fi mulțumit că scormonea trecutul după atâția ani. În ceea ce-l privea pe el, ar fi ajuns să fie considerat o victimă și fiul unui monstru și ar fi avut parte de o revărsare necontenită de compătimire publică și interes senzaționalist.

Gândul la asta îl făcu să se cutremure. Ultimul lucru pe care și-l dorea era să atragă atenția.

Tot ce-și dorea era să fie lăsat în pace.

Oftă din greu. Uneori, lucrurile trebuiau să se schimbe indiferent de consecințe.

Se ridică și șchiopătă până în sufragerie, fără să-și mai caute bastonul. Se așeză greoi lângă telefon și formă numărul de pe care sunase Ari Thór.

Ari Thór răspunse. Parcă nu mai avea aer.

Jónatan așteptă o clipă, înghiți în sec, apoi își adună curaj să vorbească:

– Trebuie să-ți spun...

Însă Ari Thór îl întrerupse:

– Nu pot. Nu acum. Am... am treabă. E o urgență. Sună-l pe Tómas.

Îi dictă repede un număr de telefon și închise fără să aștepte răspuns.

Jónatan așteptă un minut, răstimp în care își adună forțele pentru un nou apel.

Răspunsul veni la fel de tăios și parcă fără aer ca în cazul lui Ari Thór.

– Tómas la telefon!

Vuietul din fundal îi arăta lui Jónatan că Tómas era la volan.

Probabil era în mașina de poliție și se îndrepta spre ferma din Skagafjörður.

– Salut, Tómas, începu el nesigur. Jónatan sunt. M-a sunat Ari Thór mai devreme și m-a întrebat despre ferma veche de la Skagafjörður...

Dar fu întrerupt din nou.

– Mă grăbesc, zise Tómas înainte ca Jónatan să-și ducă ideea la bun sfârșit.

Dar Jónatan știa că e acum ori niciodată. Își adunase în sfârșit curajul să spună adevărul și era hotărât să se facă auzit.

– Trebuie să-mi acorzi câteva minute, zise el, străduindu-se să vorbească limpede și ferm. E important. Foarte important.

– Zi. Zi, atunci.

Glasul lui Tómas nu ascundea faptul că era ferm convins că existau în clipa aceea lucruri mult mai importante.

– De ce ați vrut să știți unde e ferma? întrebă Jónatan, preferând ca întâi să fie precaut.

O clipă nu mai auzi decât zgomotul mașinii, zumzetul motorului.

– Căutăm pe cineva, o femeie, bodogăni Tómas. Credem că e acolo. Elías cunoștea locul. Credem că a dus-o acolo.

Jónatan simți că i se face rău. Lumina serii păru să se transforme brusc în negură, iar inima începu să-i bată puternic. Oare Elías omorâse o biată femeie și-i ascunsese cadavrul la fermă? Nu-i venea greu să creadă asta. Mintea începu să-i gonească. Își dădu imediat seama care era cel mai probabil loc unde o ascunsese.

– E... e foarte posibil, spuse Jónatan, aproape fără să vrea.

– Cum adică? întrebă Tómas, în continuare distras.

– Acolo s-au petrecut multe lucruri care n-ar fi trebuit să se întâmple, spuse Jónatan alegându-și cuvintele cu grijă. Lui Elías i-a fost foarte greu... și asta l-a afectat, fără doar și poate, mai târziu.

– I-a fost greu? întrebă Tómas luat prin surprindere.

– Băieții de acolo, inclusiv eu, n-au dus-o deloc bine în verile acelea, spuse Jónatan.

Se străduia să vorbească rar și cât mai direct.

– Stai așa. Vrei să spui că erau abuzați?

Lui Jónatan i se părea că, în sfârșit, îi captase atenția lui Tómas.

– Așa e, confirmă aproape în șoaptă.

– Ce naiba tot zici acolo? Ce fel de abuzuri? Abuzuri sexuale? întrebă Tómas cu glas tăios.

– Cum? Nu. Din fericire nu, răspunse Jónatan; fusese luat pe nepregătite. Tot felul de alte abuzuri – fizice, emoționale, bătăi, captivitate...

– Și de ce dracu' n-ai zis nimic până acum? vru să afle Tómas.

– Eu... eu...

Jónatan își simțea limba uscată. Nu mai plânsese din copilărie, însă discuția aceea era o încercare mai mare decât își închipuise.

– N-am putut să spun nimic cât timp trăiau ai mei. Iar când au murit ei am crezut că totul a rămas în trecut, că n-avea rost să răscolesc cenușa trecutului.

– Și zici că Elías a fost abuzat?

– Da. Foarte.

Jónatan oftă. Își adună forțele și continuă:

– A venit la noi în al doilea an după ce ai mei au hotărât să primească peste vară copii. O mică tabără de vară, îi spuneau ei, râse Jónatan, dar plin de amărăciune. A fost un infern. În primul an, trei sau patru băieți erau puși să muncească de dimineață până seara, bătuți până ascultau și apoi ținuți sub lacăt. Ne amenințau în toate felurile să nu spunem nimic nimănui. Unora le-au zis să se întoarcă vara următoare, altfel familiile lor din sud o să pățească lucruri rele. Așa s-a întâmplat și cu Elías. Și a făcut ce i s-a zis –

s-a întors anul următor.

– A fost bătut și închis? se interesă Tómas.

– Elías avea o fire puternică, răspunse Jónatan, alunecând într-o lume numai a lui, aproape uitând că vorbea cu cineva la telefon. Încă din prima zi a fost clar că e curajos și puternic, chiar dacă avea numai șase sau șapte ani. Așa ceva nu se putea tolera. Dar și-a dezvăluit un punct sensibil. Îi era teamă de câinele din curte. Nu știu de ce, era o cățelușă minunată. Poate că-l mușcase cândva un câine, nu știu. În prima noapte a avut voie să doarmă singur într-o cameră – în camera mea – și eu am fost pus să dorm într-un sac de dormit, în garaj, cu ceilalți băieți. Dar în noaptea aia m-am răzvrătit. N-am vrut să ies în întuneric, așa că am rămas o vreme în hol. Așa am văzut cum s-a întâmplat.

Jónatan făcu o pauză, iar amintirile i se derulară din nou prin fața ochilor, ca un film de groază vechi la care îi era greu să se uite. Se obligă să privească în urmă, să povestească ce văzuse.

– Elías a fost închis cu câinele și a țipat toată noaptea. Nimeni n-a putut să închidă un ochi, iar strigătele au răsunat în toată casa. De dimineață, Elías era schimbat complet, frânt și epuizat. Așa era acolo. Toată lumea trebuie să respecte toate regulile. Doar că nu erau scrise nicăieri. N-aveai cum să știi să nu calci strâmb. Ca o capcană. Era infernal! Pur și simplu infernal! spuse Jónatan, tot ridicând vocea până aproape țipă.

– Și ce se întâmpla dacă încălcai regulile? Bătăi până te purtai frumos? întrebă Tómas.

– Uneori, dar cel mai rău era să fii încuiat în magazia pentru cartofi. Am petrecut multe nopți acolo. Ușa era grea, n-aveai nicio șansă să scapi, și ajungea aproape până-n podea, abia dacă aveai aer curat. În zilele de vară cu multă lumină intra numai un firicel de soare, altfel era întuneric beznă. De-atunci n-am mai suportat nopțile luminoase – prea multe amintiri neplăcute. Iarna nu era încuiat nimeni, ar fi fost prea mult, ar fi murit de frig.

Chestia asta se întâmpla numai vara, când aveam vizitatori din sud.

Jónatan oftă.

– E cumplit, spuse Tómas cu glas greoi. Absolut înfiorător. Cum de n-a încercat maică-ta să facă ceva să oprească nebunia? Numai Dumnezeu știe câte rele a făcut taică-tu.

Jónatan înghiți în sec.

– Știi... n-ai înțeles. Scuze. N-am fost eu destul de limpede. Nu bătrânu' făcea asta, ci ea. Mama.

24

Ari Thór știa exact unde locuia Kristín. Fusese chitit să caute locul, mai demult, când venise la Akureyri. Putea să ajungă acolo ușor pe jos.

Spera să nu fie prea târziu. Nu reușea să scape de sentimentul că ea se afla în mare pericol.

Nu-i mai stătea mintea la uciderea lui Elías.

Și nu-l mai interesa nici soarta femeii necunoscute care poate că era închisă undeva, mai mult moartă decât vie.

Acum era convins că avea ocazia s-o salveze pe Kristín și s-o câștige din nou. Asta era tot ce conta pentru el.

*

Lui Tómas îi luă puțin timp să înțeleagă tot ce-i spusese Jónatan. Încă din clipa în care se lansase în dezvăluiri crezuse că tatăl lui Jónatan era cel vinovat de abuzurile asupra copiilor.

– Stai să pricep. Mama ta i-a încuiat pe băieți în magazia pentru cartofi? întrebă el uluit.

Era clar că pentru Jónatan fusese un efort să povestească întâmplările acelea de demult. Acum avea glasul pierdut, fără inflexiuni.

– Așa e. Ea era șefa. Ne bătea până făceam cum spunea ea. Majoritatea n-aveam nevoie decât de o noapte în magazie. Era așa de întuneric... Pur și simplu beznă.

Tómas se cutremură.

– Și tatăl tău ce zicea despre toate astea?

– Nu prea multe, oftă Jónatan. Nu-i făcea față cotoroanței. O ajuta dacă vreunul dintre băieți opunea rezistență, nu pentru că era un om rău, ci pentru că-i era la fel de frică de ea pe cât ne era și nouă, copiilor.

– Și tu erai singur? N-aveai frați și surori? întrebă Tómas, străduindu-se să fie atent și la drum în același timp, bucurându-se că avea telefonul pe *hands-free*; trebuia să se miște repede, pentru că mașinile din fața lui mergeau cu viteză.

– Da, dar erau mai mari. Au plecat de-acasă înainte ca ai mei să organizeze „taberele" astea.

– Va trebui să vii mâine la secție și să dai o declarație, îi zise Tómas cât mai blând cu putință.

Îi părea rău că-l repezise mai devreme. Nu simțea decât o compasiune profundă pentru bărbatul acela care izbutise, în sfârșit, să vorbească despre copilăria care-i fusese distrusă de părinți.

– Vino mâine dimineață. La orice oră.

– Așa o să fac, zise Jónatan, iar Tómas îi simți oboseala și ușurarea din glas.

– Și, Jónatan, spuse Tómas cu blândețe, mersi că mi-ai spus.

Tómas încheie convorbirea. Simțea că are nevoie de câteva momente să-și revină, dar nu le avea la dispoziție. O sună imediat pe Helga. Ea era în mașina care deschidea drumul convoiului. Îi povesti pe scurt ce-i spusese Jónatan.

– Deci primul loc în care ar trebui să verificați e magazia pentru cartofi, explică el. Omul nostru zice că are o ușă grea. Fără ferestre.

– Am cerut deja poliției din Sauðárkrókur să se deplaseze la locație, răspunse Helga. O să ajungă înaintea noastră. O să le spun despre magazie. Mersi. Echipa din Siglufjörður a fost de mare ajutor, adăugă ea, parcă puțin fără tragere de inimă, apoi închise înainte ca Tómas să apuce să-i mulțumească pentru compliment.

La vorbele ei, inspectorului îi crescu puțin inima.

25

Ari Thór era în fața casei.

La fereastra mare de la parter se vedea o lumină, dar draperiile erau trase atât de bine că nu putea să zărească nimic înăuntru. Ea cu siguranță era acasă, iar *el* cu siguranță venise în vizită. *Nemernicul.*

Lumina soarelui arunca o strălucire blândă peste casele de pe stradă. Tot cartierul se bucura în liniște de căldura serii.

Ari Thór rămase o clipă pe loc, prefăcându-se pentru sine că stă pe gânduri, cu toate că luase deja o hotărâre. Cu fiecare pas pe care-l făcuse până acolo, bănuiala i se transformase tot mai mult în certitudine. Era aproape sigur: Kristín invitase un individ foarte periculos în casă, iar Ari Thór era singurul care putea s-o ajute.

Se apropie de ușă și puse degetul pe sonerie. Dar înainte să apese îi veni o altă idee. Trebuia să abordeze altfel situația.

Bătu tare la ușă, cu autoritate.

În timp ce aștepta, inima îi bătea să-i spargă pieptul.

O clipă mai târziu, în prag apăru ea, de o frumusețe desăvârșită.

Aceasta era femeia alături de care trebuia să-și petreacă restul vieții. Acum îi era clar. De ce o lăsase să plece?

– Ari Thór?

Nu-și putea ascunde uluiala – i se citea în ochi, pe chipul cu sprânce ridicate, în glasul tremurat.

– Ce cauți aici? N-ai primit e-mailul? Ți-am zis că-s ocupată.

Deși îl certa, Ari Thór îi simți căldura din glas. Nu părea deloc nervoasă.

Căută cu disperare cuvintele potrivite. Își zise că trebuia să se liniştească, trase aer adânc în piept, dar tot simţea că inima îi bate prea puternic.

– El e aici? fu primul lucru pe care reuşi să-l spună.

Prea tăios; Kristín se albi la faţă.

– El? Ce se-ntâmplă aici, Ari Thór?

Acum chiar părea nervoasă.

– L-am cunoscut la Siglufjörður... El doar... se vede cu tine doar ca să se răzbune pe mine, explică el, rostind cuvintele de-a valma, din grabă.

Pătrunsese în casă şi stătea pe un covoraş uzat cu mesajul „bine ai venit", care nu-i era adresat.

– Nu fi ridicol, zise Kristín, încercând să nu ridice tonul dar nevoită să arate cât de exasperată era. Putem să vorbim mai târziu. Acum am treabă.

– E totul în ordine? se auzi o voce din apartament.

Ari Thór urmă sunetul şi, cu toate că ea încercă să-l oprească, ajunse imediat în bucătărie, faţă-n faţă cu un bărbat care stătea la masă şi ţinea într-o mână o furculiţă şi în cealaltă un cuţit, având în faţă o farfurie cu salată, cartofi şi o bucată de friptură, şi un pahar cu vin roşu.

La naiba.

Ari Thór nu-l mai văzuse în viaţa lui.

La naiba!

Clipi şi încercă să se adune, dar nu reuşi. Un întuneric profund i se aşternu pe ochi şi fu brusc transportat înapoi în timp la o petrecere cu clasa de la Hafnafjörður, cu mulţi ani înainte.

Gelozia i se răspândi în corp ca o otravă cu efect rapid. Ce mama dracului căuta străinul ăsta în apartamentul Kristínei? Cum îndrăznea?

Făcu un pas în faţă. În sinea lui ştia că e o greşeală, dar nu reuşea să-şi mai controleze valul de furie care să spărsese asupra lui. Făcu alţi doi paşi până ajunse chiar deasupra străinului, care părea perfect năuc, clipea și nu reușea să scoată niciun sunet.

Ari Thór îl apucă de gulerul cămășii ieftine în carouri și îl ridică violent de pe scaun. În același timp, observă că bărbatul scăpase furculița. Nimeni nu pleacă la luptă cu o furculiță. Dar cuțitul de friptură era încă în mâna lui dreaptă.

Ari Thór parcă era din nou la petrecerea cu clasa. Avea pumnul ridicat și gata să lovească. Era pregătit să trăiască din nou trecutul.

Bărbatul se feri de lovitură, dar se pomeni prins la colț, lipit de frigider. Ari Thór îl prinsese în capcană. Se năpusti spre el.

Ultimul lucru pe care-l auzi înainte să simtă durerea ascuțită fu țipătul Kristínei:

– Nu... nu... nu!

26

Tómas conduse de-a lungul cărării până la vechea fermă. Convoiul îl lăsase în urmă și, oricum, poliția din Sauðárkrókur probabil ajunsese acolo cu mult înaintea lor.

Opri și coborî în grabă din mașină. Grupul de polițiști se strânsese în jurul unei ambulanțe din mijlocul curții, dar echipajul ambulanței nu dădea semne că s-ar grăbi să plece spre spital.

Oare fata murise deja?

Își croi drum printre ei și se uită prin ușile deschise ale mașinii de la spital. Fata era întinsă pe o targă. Nu-i vedea fața, doar un mănunchi de tuburi care-i ieșeau din corp. Asta însemna că încă e-n viață. Văzu că era mică de statură, cu păr foarte lung, negru ca tăciunele.

Se întoarse spre paramedicul de lângă el.

– Trăiește?

– Da, dar e în stare gravă. E inconștientă și extrem de deshidratată. Elicopterul e pe drum. Trebuie să ajungă imediat la spital.

Înșiră toată acestea pe un ton plat, lipsit de emoție.

– Unde era?

– O magazie veche săpată undeva pe-aici. Cică se țineau cartofi acolo, așa am înțeles, zise paramedicul și expresia de pe chip i se schimbă, în sfârșit. Groaznic, absolut groaznic. Nu-s psiholog, dar genul ăsta de experiență e imposibil să nu-ți lase cicatrici pe viață, adăugă el clătinând dezgustat din cap și se sui în ambulanță.

Aici ai dreptate, își zise Tómas. Se uită la sărmana fată și se întrebă cum putea fi împărțită vina pentru chinul ei între Elías și mama lui Jónatan. Era o sarcină pentru puteri superioare oamenilor, își zise. Se simțea ușurat. Nu știa dacă ar fi fost în stare să dea un asemenea verdict.

27

Toate problemele lui Ísrún – violul și informațiile îngrozitoare pe care le aflase cu un an înainte din vizita de la Landeyjar – se retrăseseră într-un ungher al minții ei. Acum se concentra asupra unui singur lucru, știrea anului. Era la locul potrivit chiar în timpul desfășurării evenimentelor. Deja vedea un premiu stând la loc de cinste pe raftul ei.

Elicopterul venise și plecase. Din fericire, fata era încă în viață. Și, din fericire pentru Ísrún, niciun alt jurnalist nu fusese la fața locului. Corespondentul de la Akureyri reușise să prindă câteva cadre excelente. Redactorul de serviciu realizase deja un interviu cu Ísrún pentru următoarea transmisiune radio, iar ea se postase în fața elicopterului și prezentase la cameră ce se întâmpla. Urma să fie una dintre cele mai bune știri exclusive ale anului.

María îi sugerase să rămână peste noapte în nord și să plece spre sud de dimineață, ca să fie și ea acolo și să editeze știrea pentru buletinul de seară. Ísrún se simți ușurată. Voia să lucreze la știre, dar voia și mai mult să se odihnească. Doctorul ei îi spusese că avea nevoie de odihnă.

Avea încă bagajul la Siglufjörður, așa că hotărî să rămână acolo peste noapte. Se întoarse în oraș mult mai liniștită și atentă decât plecase.

28

Tómas plecase înapoi la Siglufjörður, înapoi la pustiul casei lui. Era târziu, dar poate merita să se oprească la secție. Îi plăcea să stea acolo mai mult decât acasă. Uneori chiar dormea la secție. Trebuia să afle ce se-ntâmplase cu Hlynur, de ce nu-i răspunsese la telefon. Oare plecase pe undeva când ar fi trebuit să rămână de serviciu? Tómas mârâi. Se săturase de comportamentul nepotrivit al lui Hlynur. Dura de prea mult timp.

Dar, fiind la volan, recunoscu față de sine însuși că, de fapt, ce-și dorea să facă era să întoarcă mașina și să se ducă în sud, la Reykjavík, să-și vadă soția și să se piardă în căldura ei. Minunatul lui oraș natal, Siglufjörður, putea fi călduros, dar nu-l cuprindea niciodată cu brațele.

Soneria telefonului îl trezi din reverie.

– Bună, vere, îl salută un glas încet, emoționat. Móna sunt.

– Móna? E totul în regulă? De ce mă suni la ora asta? întrebă el surprins, profund îngrijorat de ce putea însemna acel telefon.

– El..., începu ea și ezită. El... Logi, cumnatul meu, m-a rugat să te sun. Vrea să vă întâlniți, cât mai curând.

Tensiunea din glasul ei era limpede.

– În seara asta?

– Cel mai bine, răspunse ea încet.

– Ce dracu' se-ntâmplă?

Răbdarea lui Tómas era întinsă la maximum. Făcea eforturi să nu-și iasă din fire.

– Cel mai bine vorbiți voi doi. Dar...

Ezită din nou și Tómas își dădu seama că mai avea puțin și

izbucnea în plâns.

– Dar o să mărturisească.

– *Să mărturisească?* repetă el năucit.

– Da. Despre crimă.

– El l-a omorât pe Elías?

– Da.

Urmă o pauză prelungă.

– A trebuit să se apere. S-au certat în legătură cu traficul de persoane în care se implicase Elías. A adus aici o fată din Nepal și Logi încerca s-o salveze.

– *Ce dracu'!* izbucni Tómas fără să vrea, lăsând cuvintele deloc profesioniste să reverbereze în interiorul mașinii. Ce dracu'..., repetă el, de data asta pentru sine.

29

Când Móna lăsă jos telefonul, în ea să dădea o luptă.

Logi stabilise fără discuții că avea să ia vina asupra lui ca să-şi protejeze fratele şi familia – pe Móna şi pe copilul nenăscut. Jökull şi Móna protestaseră, dar Logi se hotărâse deja.

– Nimeni nu trebuie să afle că Jökull a fost cu mine şi, oricum, eu l-am pocnit pe Elías, zisese el. Ghinionul a fost că bucata aia de lemn avea un cui în ea, adăugă el aproape în şoaptă.

Logi acceptase sugestia Mónei – de fapt, a lui Ísrún – să mintă în privința motivului pentru care-l omorâse. Móna le povestise despre discuția cu jurnalista, dar îi silise să promită că n-o s-o trădeze pe Ísrún.

– O să am grijă de mine, spuse Logi încercând să-şi ascundă agitația. Voi gândiți-vă doar la copil. Iar cine-i tatăl adevărat, ăsta-i un secret pe care-l iau cu mine în mormânt.

30

Tómas stătea față-n față cu Logi la secția de poliție, altfel goală, din Siglufjörður. Avusese loc arestarea formală, iar Logi se arătase dornic să colaboreze cu poliția. Recunoscuse crima fără rezerve, invocând legitima apărare, dar refuzase să fie reprezentat de un avocat.

– Spune-mi ce s-a întâmplat, zise Tómas pe un ton cât mai calm cu putință.

Îl irita foarte tare absența celor două ajutoare. Ari Thór dispăruse în Akureyri, iar Hlynur – ei bine, nu știa nimeni de unde să-l ia.

– A fost treaba cu fata, explică Logi. O fată pe care a adus-o din Asia. Ce să mai, era trafic de carne vie, iar eu la asta nu mă înhămasem. Poate că n-am făcut tot timpul lucrurile ca la carte, dar asta era prea de tot. L-am rugat să-mi spună unde era, i-am zis că trebuia s-o trimitem înapoi acasă înainte să se întâmple ceva rău, înainte să afle poliția...

Ceva din povestea asta îi suna strâmb lui Tómas, părea cumva fabricată și memorată, însă nu avea niciun motiv real să se îndoiască de ea. Și, la drept vorbind, era o victorie necesară, o rezolvare elegantă a cazului – și, într-adevăr, o mărturisire completă.

– M-am întâlnit cu el în seara aceea. Ne-am certat, lucrurile au degenerat și m-am temut pentru viața mea. Elías întrecuse orice limită – am crezut că o să mă omoare pentru că l-am amenințat că merg la poliție. Bucata aia de lemn zăcea acolo, am apucat-o și m-am apărat. Cuiul ăla nenorocit... Știi... n-am vrut nicio clipă să-l ucid. N-a fost chiar crimă, știi... N-o să fiu acuzat de *crimă*, nu-i așa?

– Nu eu decid asta, Logi. O să te rog să rămâi aici, în celula din spate, doar în seara asta. Mâine te duc la Akureyri. Va trebui să cerem să fii ținut în arest acolo. Sunt sigur că înțelegi.

Logi dădu aprobator din cap, fără să trădeze niciun fel de emoție.

*

Celula era mică, dar acceptabilă. Logi nu mai intrase niciodată într-o celulă de închisoare, dar nu suferea de claustrofobie, prin urmare știa că putea să se descurce. Clipa când Tómas încuiase ușa îl tulburase puțin, dar știa că trebuia să se obișnuiască.

Nu era atât de întuneric pe cât se așteptase. Deasupra micului pat era o lucarnă.

– Dacă te întrebai, să știi că nimeni n-a reușit să spargă geamul ăla, îi spusese Tómas. Nu că n-ar fi încercat.

Logi nu voia să încerce. Se întinse în pat și închise ochii. Trebuia să rămână cu varianta lui de poveste. De dragul fratelui său.

Logi îl omorâse pe Elías – asta nu era o minciună. Apucase scândura și îl lovise. Spusese adevărul și despre cui, nu știuse că era acolo. Nu intenționase să-l omoare.

Minciunile erau două: Jökull venise cu el, și îl căutaseră pe Elías ca să-l bată după aflaseră că o violase pe Móna. Și nu doar că o violase, dar o lăsase însărcinată, nu era nici urmă de îndoială, Móna și Jökull încercaseră de prea multe ori, fără succes, să facă un copil. Nimeni în afară de el, Móna și Jökull nu mai avea nevoie să știe că tatăl copilului încă nenăscut fusese un violator. Nu, urma să fie copilul lui Jökull și al Mónei, iar după câțiva ani Logi avea să-și poată vizita nepoata sau nepotul. Nu era sigur că avea să convingă pe cineva cu povestea despre legitimă apărare, deci era posibil să-l aștepte șaisprezece ani de închisoare, opt dacă ar fi ieșit pe cauțiune... Era sigur că avea să se descurce. Trebuia doar să fie puternic.

*

Telefonul de la secție sună chiar când Tómas se pregătea să plece. Trebuia să ajungă acasă să tragă un pui de somn, cu toate că știa că nu e bine să lase un prizonier de unul singur. Unde naiba erau Hlynur și Ari Thór? Niciunul dintre ei nu răspundea, încercase întruna să-i sune pe mobil.

– Alo? Alo?

O voce de femeie.

– Secția de poliție din Siglufjörður?

Era vădit neliniștită.

– Am încercat de vreo două ore să dau de cineva. E vorba despre individul ăsta, Hlynur...

– Hlynur? Da? Cine e la telefon?

– Nu contează. L-am cunoscut în trecut, a fost la școală cu fratele meu, care a murit între timp. Hlynur m-a sunat mai devreme, a zis că a descoperit că sunt cea mai apropiată rudă a lui Gauti, a fratelui meu. A fost o convorbire extrem de ciudată. El... Ei bine, l-am învinovățit mereu pentru că fratele meu s-a sinucis... E o poveste complicată... Dar în seara asta a sunat să-mi spună că-i pare rău, că-i pare foarte rău... Și ceva din tonul lui m-a neliniștit, știi...

Tómas avea impresia că femeia de la telefon era cât pe ce să izbucnească în plâns. Respira anevoie și părea cu adevărat îngrijorată.

– Te-a neliniștit în ce sens?

– Păi, mi-a dat sentimentul ăsta că se gândește... mă rog...

După o scurtă pauză adăugă aproape în șoaptă:

– ...să se sinucidă.

Ei, drăcia dracului!

Tómas închise fără să salute și dădu fuga la mașină.

Drăcia dracului!

Spera doar să nu ajungă prea târziu.

31

Tómas trebuia să recunoască faptul că nu călcase niciodată în apartamentul lui Hlynur. Dar știa unde locuiește – cunoștea aproape fiecare casă din oraș, de fapt. Hlynur stătea în unul dintre puținele blocuri din Siglufjörður, care aveau însă numai patru apartamente și nu se comparau cu clădirile înalte de la Reykjavík. Fiecare apartament avea propria intrare. La prima vedere, în locuința lui Hlynur nu era niciun semn de viață, draperiile erau trase la toate ferestrele pe care le vedea Tómas. Lucrul ăsta era puțin ciudat, bineînțeles, dar nu neapărat inexplicabil. Nopțile erau atât de luminoase în perioada aceea a anului, mai ales în nordul îndepărtat, încât oamenii recurgeau la măsuri extreme ca să creeze puțin întuneric în casă.

Tómas bătu destul de tare la ușă. Niciun răspuns.

Simți că inima-i bate nebunește. Aproape i se făcu rău. Știa, efectiv era sigur, că se întâmplase ceva și că el era de vină, măcar într-o anumită măsură. Se purtase foarte greșit cu Hlynur. N-avusese răbdare cu el și îl repezise mereu în loc să stea de vorbă și să încerce să afle care era problema.

Încercă soneria, apoi bătu din nou. Așteptă nerăbdător câteva clipe, apoi făcu câțiva pași înapoi și izbi ușa cu toată puterea. Aceasta se mișcă un pic, dar nu se deschise. La a doua încercare, reuși să pătrundă în casă.

Dădu buzna în sufragerie – nimeni. Strigă din toate puterile:

– Hlynur? Hlynur?

Apartamentul era puțin mai mare decât se așteptase și mai avea câteva camere în care să verifice. Se îndreptă instinctiv spre cea despre care bănuia că ar fi dormitorul.

Acolo văzu lucrul de care se temuse: Hlynur, nemişcat, întins în pat. Lângă trupul lui era un flacon de pastile gol. Tómas îi căută în zadar pulsul.

Scoase telefonul şi chemă mecanic o ambulanţă, dar ştia că e prea târziu. Ştia că va trebui să trăiască tot restul vieţii cu vina faptului că-l dezamăgise pe tânărul acela într-un moment atât de critic pentru el, iar consecinţele neglijenţei lui fuseseră îngrozitoare.

32

Pentru Kristín fusese un șoc major să-l vadă pe Ari Thór înjunghiat. O clipă avusese certitudinea că rana era mortală. Cuțitul era ascuțit ca un brici și numai din întâmplare nu-i atinsese niciun organ vital. Însă rana arăta urât, iar Ari Thór pierduse mult sânge. Dar ea își păstrase calmul și oprise hemoragia cât timp aștepta ambulanța. Totul era doar un accident, bineînțeles, dar noul ei iubit efectiv se prăbușise pe podea văzând ce se întâmplase.

– Când ajunge poliția, spusese ea, zi-le că a fost un accident, bine?

Prietenul ei dăduse aprobator din cap.

Ea repetă rugămintea:

– Doar un accident. Să nu zici nimic despre vreo încăierare, înțelegi?

Vorbise pe un ton ferm. Nu știa de ce, dar simțea că e crucial să aibă grijă de Ari Thór. E adevărat că el începuse scandalul, dar dacă s-ar fi aflat asta cariera lui în poliție ar fi fost în pericol.

Acum sătea lângă el la spital. El dormea, așa că doar îl ținea de mână și se gândea cât de aproape fusese să-l piardă și cât de groaznică fusese senzația. Era un individ imposibil, gelos din fire și care lua mereu decizii tâmpite – și totuși, ea încă îl iubea.

33

Cu un an înainte

Nu obișnuiam să leșin în casele altora, dar în ziua aia m-a cuprins o stare proastă și brusc m-am simțit foarte slăbită.

Întâi am crezut că era vina zăpușelii din casă – în orice caz, sigur nu mă ajuta.

– Te simți bine, dragă? Ești albă ca varul! Nu vrei mai bine să te-ntinzi?

Bătrâna a arătat spre o canapea scurtă și șubredă.

Am ajuns până la ea împleticindu-mă și m-am întins o vreme. Trebuia să-mi recapăt o parte din puteri.

De ceva timp nu mai fusesem chiar în formă maximă și eram neobișnuit de palidă. Mă convinsesem că doar făceam prea mult efort la serivciu.

Cum stăteam acolo și încercam să mă relaxez, să mă adun și să scap de slăbiciunea care-mi cuprinsese tot corpul, bătrâna mi-a zis lucrul ăla.

Uneori îmi doresc să fi tăcut. Așa m-aș fi putut păcăli mai mult timp că totul era bine.

– Așa a început și boala bunicii tale, a zis bătrâna cu glas distrat, fără să se uite la mine. De la țigările alea nenorocite.

– Poftim? am reușit să întreb de pe canapea, încercând să-mi adun puterile de undeva din corp.

– Pur și simplu a leșinat dintr-o dată. Apoi s-a dus la doctor și a aflat de boală.

Am încercat să mă ridic în capul oaselor și am crezut că inima o să-mi sară din piept din cauza efortului. Nu voiam să vorbesc despre asta. Oare eram bolnavă, la fel ca bunica? Gândul mă înfiora. Voiam să mi-l scot din minte. Dar nu m-am putut abține să întreb mai multe despre boala ei. Poate am făcut-o ca să mă conving că starea de leșin, oboseala și slăbiciunea n-aveau nicio legătură cu ce o omorâse pe bunica.

– Ce simptome a avut?

– Păi... Eu nu-s medic, dragă. Nici pe departe. Țin minte că n-avea poftă de mâncare, dar avea amorțeli și dureri nesfârșite. Dormea prost și era mereu obosită.

Am simțit că o să leșin din nou. Amorțeli, dureri – totul se potrivea.

– Greață? am reușit să întreb, îngrozită.

– Da... săraca de ea.

Katrín parcă și-a dat seama unde duceau întrebările mele.

– Dar simptomele astea pot avea o groază de explicații, a zis ea zâmbind, încercând să mă înveselească. Sunt sigură că ești sănătoasă tun. Țin minte că i se umflase la un moment dat gâtul. Tu n-ai așa ceva, nu?

M-am întins la loc, înfiorată. Avusesem fără doar și poate dureri de gât care puteau fi descrise drept o inflamație sau chiar o umflătură. Nu-mi făcusem griji, îmi zisesem că nu era decât o infecție și că o să treacă.

În clipa aia n-am mai putut să-mi țin lacrimile în frâu. Nu-mi venea să cred că sunt grav bolnavă.

Inima continua să-mi bată cu repeziciune și nu mă puteam gândi decât că eram cumplit de bolnavă.

Pe bunica o băgaseră în groapă țigările. Era foarte simplu – sau nu?

Bătrâna mi-a pus o mână pe frunte.

– O să fie bine, dragă.

Am închis ochii și i-am ascultat glasul blând.

– O să fie bine, a zis ea din nou.

34

Era o ușurare să nu fie nevoită să conducă noaptea înapoi la Reykjavík. Ísrún nu se grăbea să se întoarcă la negură, la aerul otrăvit de cenușă și la ritmul vieții din capitală.

Se întinsese în patul de la pensiunea din Siglufjörður și rămăsese cu ochii deschiși. Nu putea să doarmă după agitația de peste zi. De obicei, când se întâmpla asta, experiența o învățase că remediul cel mai bun era o plimbare lungă.

Era trecut de miezul nopții când ieși din pensiune și merse cu mașina de-a lungul fiordului până la noul tunel din Héðinsfjörður. Parcă lângă curtea bisericii, la marginea îndepărtată a micului oraș, dorindu-și să meargă pe jos până la Siglunes, de partea cealaltă a fiordului, vizavi de oraș.

Aici, natura rămăsese neîntinată, spre deosebire de peticul de pământ întins spre apă pe care fusese construit Siglufjörður. Orașul se ridicase pe partea cealaltă a fiordului dintr-un motiv bine întemeiat: fiind terenul plat, acolo erau cele mai bune condiții pentru înălțarea caselor. Porni la drum, având în plan să se plimbe vreo oră de-a lungul malului de pe partea estică, nelocuită, a fiordului.

Poteca se dovedi mai dificil de urmat decât se așteptase – multă iarbă deasă în care trebuia să aibă grijă unde pune piciorul și pâraie pe care trebuia să le treacă. În unele locuri, niște bârne jucau rolul de podețe improvizate, dar în altele n-avea altceva de făcut decât să sară dintr-o parte în alta a apei. Câteva păsări se împrăștiară când se apropie de cuiburile lor, țipându-și semnalul de alarmă în aerul nopții.

Se opri la unul dintre pâraie și bău apă rece ca gheața din mâinile făcute căuș. Pe maluri era agățat mușchi verde-deschis, dar în alte părți iarba aspră și pipernicită nu stătea mărturie că ar fi fost vară, indiferent de ce scria în calendar.

Mergea încet. Nu se grăbea și era atentă să nu calce în vreunul dintre cuiburile care s-ar fi putut ascunde în iarbă. Mereu obosită, trebuia să recunoască faptul că trupul îi cerea să ia totul mai ușor.

Ajunse în sfârșit pe mal și privi îndelung pe deasupra fiordului spre orașul din partea cealaltă, atât de pașnic și nevinovat de la distanța aceea. În afară de cântecul păsărilor, nu se auzea niciun sunet. Aerul stătea pe loc, iar luciul apei era neted.

După ce-o vizitase pe Katrín, la Landeyjar, în vara precedentă, Ísrún se dusese direct la medicul ei, convinsă că era cu un picior în groapă. După câteva consultații din partea unor specialiști primise confirmarea, sau cel puțin aflase că era foarte posibil, să sufere de o formă foarte rară a unei afecțiuni moștenite. Putea duce la apariția unor tumori care, deși în general benigne, puteau să-i provoace multe simptome fizice. Exista și posibilitatea să se întâmple ceva mai rău de atât.

Refuzase pur și simplu să se oprească din lucru. În loc de asta, își consumase toate zilele de concediu medical și făcuse schimb de ture cu colegii când avusese nevoie.

Nu spusese nimănui despre boală. Medicii nu se puneau de acord asupra următorilor pași, însă totul arăta că tumorile erau, într-adevăr, benigne. Opiniile erau împărțite în privința unei intervenții chirurgicale. Era sigură că medicii încă schimbau e-mailuri despre cazul ei. Ei nu-i rămânea decât să-și păstreze calmul cât putea de bine în contextul acela.

Era foarte probabil ca bunica ei să fi fost diagnosticată greșit. Probabil suferise de aceeași afecțiune, dar pe ea o ucisese. Oare urma Ísrún la rând?

Simţea că trăieşte într-un vid din pricină că nu voia să discute despre asta cu nimeni în afară de medici. Toată iarna trăise sub semnul groazei dar, odată cu soarele care urca pe cer, lucrurile păreau mai luminoase. Şi totuşi, nu ştia ce putea să urmeze.

Avea să fie greu, dar era hotărâtă să-şi înfrângă teama.

Privi marea liniştită care strălucea în lumina soarelui de noapte. Se gândi la cuvântul pe care-l folosea bunica ei când se lăsase brusc întunericul: „negura". În ultimul an, de când fusese diagnosticată, trăise sub un nor negru. Dar acum, brusc, avea impresia că lumina zilei zdrobise negura, cel puţin pentru moment.

SERIA DARK ICELAND

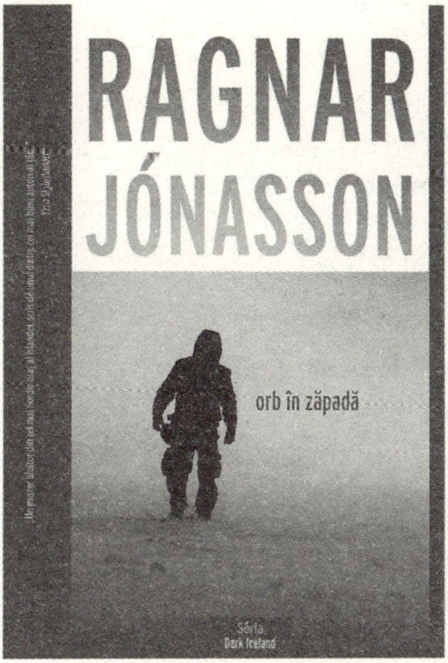

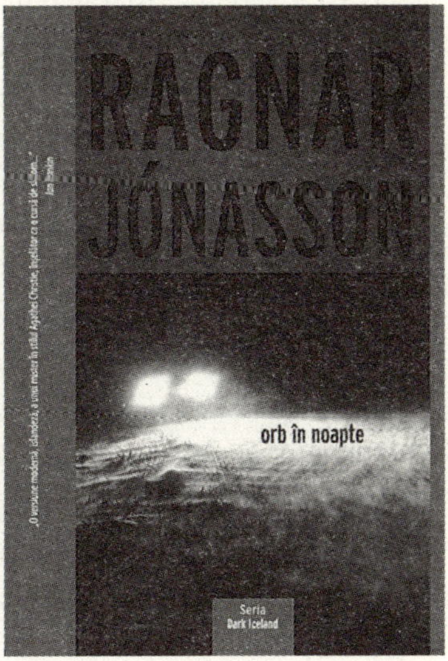

CRIME SCENE PRESS

Apariții editoriale

CRIME SCENE PRESS

George Arion – **Atac în bibliotecă**

George Arion – **Profesionistul**

George Arion – **Trucaj**

George Arion – **Pe ce picior dansați?**

George Arion – **Fortăreața nebunilor**

George Arion – **Maestrul fricii**

George Arion – **Umbrele din Ada Kaleh**

George Arion – **Detectiv fără voie**

George Arion – **Mâna care închide ochii**

George Arion – **Insula cărților**

George Arion – **Nesfârșita zi de ieri**

George Arion – **Spioni în arșiță**

George Arion – **Necuratul din Colga**

George Arion – **Crime sofisticate**

George Arion – **Însoțitorul lui Iisus**

George Arion – **Anchetele unui detectiv singur**

George Arion – **Trimisul special**

George Arion – **Cameleonul**

Boileau-Narcejac – **Cea care nu mai era**

Lawrence Block – **Dans la abator**

Lawrence Block – **Umblând printre morminte**

Alain Berenboom – **Primejdii în regat**

Alain Berenboom – **Averea Gutmeyer**

Alain Berenboom – **Porumbel à l'italienne**

Alain Berenboom – **Rege în Congo**

Ken Bruen – **Garda**

Ken Bruen – **Moarte în clan**

Ken Bruen – **Martirele de la Magdalen**

Apariții editoriale
CRIME SCENE PRESS

John Buchan – **39 de trepte**

Ann Cleeves – **Negru de corb**

Ann Cleeves – **Nopți albe**

Ann Cleeves – **Oase roșii**

Ann Cleeves – **Fulger albastru**

Ann Cleeves – **Ape moarte**

Ann Cleeves – **Secretele din strada Portului**

Ann Cleeves - **Pescărușul**

Sandrone Dazieri – **Ucide-l pe Tată**

Sandrone Dazieri – **Îngerul**

Sandrone Dazieri – **Regele de Arginți**

Caius Dobrescu – **Moarte în ținutul secuilor**

Caius Dobrescu – **Praf în ochi**

Caius Dobrescu – **Recviem pentru nimeni**

Caius Dobrescu – **Cu inima-n dinți**

Caius Dobrescu – **Lumea de dincolo**

Stona Fitch – **Fără simțuri**

Jean-Christophe Grangé – **Tărîmul morților**

Jean-Christophe Grangé – **Rîuri de purpură**

Ragnar Jónasson – **Orb în zăpadă**

Ragnar Jónasson – **Orb în noapte**

Marek Krajewski – **Moarte la Breslau**

Marek Krajewski – **Sfârșitul lumii la Breslau**

Cristi Lavin – **Viața ca un selfie**

Gaston Leroux – **Misterul camerei galbene**

Ian Manook – **Yeruldelgger**

VT Morogan – **Frumosul asasin**

VT Morogan – **În vrie**